降魔術士
奇縁のラストラーダ
聖術士
相克のアルテシア
魔術士
天災のルミナリア
九賢者
陰陽術士
七星のカグラ
死霊術士
巨壁のソウルハウル

「小生にお任せあれ
ですにゃー！」

無形術士
超常のフローネ

退魔術士
影絵のヴァレンティン

集結!?

仙術士
掌握のメイリン

召喚術士
軍勢のダンブルフ(ミラ)

賢者の弟子を名乗る賢者
She professed herself pupil of the wise man.
20

# 〈1〉

空は快晴。気候も安定。闘技大会開催中のニルヴァーナは、今日も今日とてお祭り日和である。それはもう連日連夜に亘って盛り上がり、全大陸で今一番熱い国になっていた。

ちょっと外に出れば、その賑やかさと陽気さに乗せられてしまいそうになるほどのお祭りムードに満ちた首都ラトナトラヤ。

だがそんな中、ニルヴァーナ城の一室に集まったミラ達は、お祭り陽気とは無縁の状態にあった。

大陸最大の犯罪組織『イラ・ムエルテ』の本拠地にて黒悪魔アスタロトを打倒し、これの壊滅を成し遂げたミラ達一行。その後、ある程度の情報収集も完了したところで帰還し、そのまま会議室に集まったというのが今の状況だ。

アルマとエスメラルダ、そしてミラ達とグリムダートの士官らが一堂に会する。この場でこれから始まるのは、報告兼、今後の動向についての話し合いだ。

「まずは皆、ご苦労様でした」

今はグリムダートの士官もいるためか、アルマは女王モードだ。気丈な振る舞いで労いの言葉を口にする。

その様、そして美しさも相まってか、士官達が思わずといった様子で吐息を漏らす。

対してアルマという人物をよく知るミラ達は、ほぼ無反応だ。唯一ゴットフリートだけは、どこか誇らしげである。

「さて、報告書には目を通しましたが、幾つか詳細に伺いましょうか――」

今作戦の結果については、ノインと士官達が手早く報告書をまとめ、ミラ達が帰国するより先にピー助便にてアルマへ届けられていた。

よってアルマは、『イラ・ムエルテ』本拠地での出来事について、だいたいを把握している状態だ。

ただ、視点の違いによる相違というものもある。それらをすり合わせるべく、会議の初めは本拠地への潜入から黒悪魔アスタロトの打倒までに焦点を絞って行われた。

とはいえ、それほど小難しい内容ではない。

簡単な戦況の推移や、敵戦力の分析。それぞれが主観で感じた事などについて触れていくだけだ。

「――なるほど。念を入れて戦力を揃えておいてよかったわ」

今回は、相手が大陸最大の犯罪組織であるという事を念頭に置き、いざという状況に備えての余裕を含めた戦力投入だった。

だが、まさかそれでギリギリになるとはとアルマは苦笑しつつも、それを問題なく成し遂げた面々を見回して頼もしい限りだと笑う。

「では、次の議題ね」

敵本拠地の攻略については、これで完了。いよいよ会議の議題はこれからの動き方に移行した。

まず初めに触れたのは、今後起こり得る問題だ。これについて、エスメラルダが言葉を継いだ。

「まず簡単に想像がつくと思いますが、『イラ・ムエルテ』は大陸全土に多大な影響を及ぼしていました。よってこれが壊滅したとなれば、これまで抑えられていた他の犯罪組織などが活発に動き始めるでしょう――」

そのようにして始まった今後の話。

エスメラルダが言うに、そういった動き自体は避けられない事であるという。だが被害を最小限に押し留める事は可能だとして、その対策などの認識を共有するべく説明が続く。

まず一つ。それらの問題は既に各国へ打診済みであり、中小様々な犯罪組織への対応については、後日に国家会議によって協議する予定だそうだ。

「それともう一つ――」

今後の動向において、とても大切な事があるという。

それは、本拠地を調査した事で得られた情報を基にした一斉捜査だった。

つまりは『イラ・ムエルテ』に関与していた悪党達の検挙。早い話が残党狩りである。

(ふむ、キメラクローゼンの時もそうじゃったのぅ)

ミラは当時を思い返しながら、ここからが大変だと苦笑する。

大本を断っただけでは、当然終わりにはならない。むしろ、その大きな看板の陰に隠れて悪事を成す、これらの者の方が厄介になったりするものだ。

今回の相手の影響力からして、対象が相当な数に上るのは確実だ。それこそ落ち着くには年単位にも及ぶ大掃除になるかもしれない。

だが、それをやり遂げた暁には、この上ない栄誉が輝くのは間違いなかった。

と、ここでアルマが次のような言葉を発する。

「この件について、我が国は今、闘技大会の真っ最中で運営で手一杯です。直ぐに人員を割く事も出来ません。よって、この作戦の総指揮をグリムダート側に一任したいと思うのですが、如何でしょう」

アルマの提案。それは非常に大変なミッションではあるが、同時に民からの多大な支持を得る機会を譲ると言っているようなものであった。

此度の『イラ・ムエルテ』の壊滅について、ニルヴァーナの貢献度は絶大だ。それもあって、このままアルマが陣頭指揮をとり、多くの手柄をその手中に収めたとて文句を言う者などいなかっただろう。

むしろニルヴァーナが主導権を持つ事が当たり前といえるような状況だ。

そうしたならニルヴァーナは、大陸に蔓延る巨悪を誅した立役者として莫大な支持と名声を得られる。それこそ国家として三神国にも迫るほど盤石にだ。

けれど今回、アルマはその権利をグリムダートに譲ると口にしたわけだ。

既に話はつけてあったのか、それについてノイン達は一切の異論を挟まなかった。

「ああ、いいと思うぜ」

「そうね、グリムダートなら任せても構わないわ」

更にゴットフリートとルミナリアが答えると、ミラ達もまた何の問題もないという態度でアルマの提案に賛同した。するとその流れを受けて、グリムダートの士官達の表情が喜色に染まっていく。

「よろしいのですか⁉」

思わずといった様子で問い返した士官の一人。その顔には驚きと共に、多大な期待が浮かんでいた。

それというのも、彼らはグリムダートの国王より重大な任務を拝命していたからだ。

その内容は、『イラ・ムエルテ』の壊滅後に行う関係者の一斉摘発において、最低でも共同作戦とするくらいの確約は勝ち取ってこいというものだった。

この作戦を完遂出来れば、これに関わっていたグリムダートは相応の名声を得る事になる。

つまり、国の公爵が『イラ・ムエルテ』に関わっていたなどという大失態を、作戦の完遂によって幾らか払拭する事が出来るというわけだ。

決戦においては、さほど活躍出来なかった士官達にとっては、せめてそのラインだけは確保しなければ国に帰れないところだった。

そのような事情もあってか会議が始まる際、任務の重圧と英雄達に囲まれた士官達の緊張具合といったら、もはやいつ気絶してもおかしくないくらいであった。

それほどまでに、この事後作戦の主導権というのはグリムダートにとって重要なものだったのだが、まさかアルマがその全権を委任するという。

グリムダート側にとって、これ以上ないほどの好条件と言えた。

「ええ、もちろんです。歴史も長く、大陸全土に影響力を持つグリムダート帝国ならば、安心して任せられると信じております。……それに、今は特にこれが必要だと思いましたので」

希望に満ちた士官達を見据えて、にっこりと微笑むアルマ。だがその目の裏には、隠す気のない言葉が浮かんでいた。『貸し一つ』と。

何だかんだいっても、アルマは三十年に亘り大国を治めてきた女王だ。ゆえに、当然気前よくタダで譲る気などあるはずもなかった。アルマは国の名声を高めるよりも、まずはグリムダートに貸しを作る事を選んだわけである。

大失態をしでかしたグリムダートに、名誉挽回のチャンスを与える。場合によっては、とてつもなく大きな貸しとなるだろう一手と言えた。

「……謹んで、お受けいたします」

士官は、その主導権に添えられていたアルマの思惑も含めて、そう答えた。

貸し一つ。それが高くつくか安くつくか今はわからないが、それでも今回の権利はグリムダートにとって絶対に欠かせないものである。

ゆえに彼には、それらを全て呑み込む以外に選択肢はなかった。

「それでは次の議題ね。これは多分、一番の厄介事と言っても差し支えはないでしょう――」

今後の動向についての話もまとまったところで、アルマはここからが本番だとその問題に触れた。

内容は、『イラ・ムエルテ』攻略において最大の障害となった公爵二位の黒悪魔、アスタロトについてだ。

現時点において、悪魔は人類の絶対的敵対者とされている。正確には変異した黒悪魔こそが敵対者なのだが、この真実を知る者は極一部である。

ともあれ、だからこそ裏社会における最大の犯罪組織だった『イラ・ムエルテ』のボスとして黒悪魔が君臨していたとしても殊更おかしな事ではない。

むしろ人類の手によって人類を苦しめるという点で見れば、黒悪魔らしい所業ですらある。

「このアスタロトの目的はなんだったのか。『イラ・ムエルテ』などという組織を作り、何をしていたのか。まだわからない事だらけです――」

相手は、黒悪魔の中でも最上位である公爵級だった。しかもそんなアスタロトが気になる発言をしていたというのが、メイリンの証言にて判明している。

「種は蒔き終わった、というやつか。いったいどういう意味なのじゃろうな」

ミラは黒悪魔が発したという言葉について考察するも、明確な答えには至れなかった。

今後、起こるであろう幾つもの犯罪組織の活発化を想定した言葉とも考えられるが、それは予想も容易(たやす)い未来だ。かの公爵が意味ありげに口にするとは思えない。

黒悪魔としての強大な力に加え、『イラ・ムエルテ』という力も有していたアスタロト。

彼はいったい、その立場で何を企んでいたというのか。

「厄介ごとの予感しかしませんが、この件は調査で明らかになるのを祈るくらいしか出来ないでしょうね」

そう口にしたエスメラルダは、本拠地の調査が終了してからでなければ予想しようもないと断言する。

事実、現時点において、それらを推測出来るような情報は揃っていないといえた。

現在、『イラ・ムエルテ』の本拠地にあった数多くの資料に加え、それぞれの幹部達が隠していた分も続々とニルヴァーナに届けられている。更に後日、専門の調査団を現場に送り込む予定だ。

その結果次第では、各犯罪の証拠だけでなく、アスタロトが口にした種の正体についても予想出来る何かが出てくるかもしれない。

「ではこの件については、また後程にいたしましょう」

結果が出るまで暫くの時間が必要だが、総力を上げて調査しているため、数ヶ月以内には幾らか話し合えるだけの情報が揃うはずだとアルマは豪語する。

そしてそのまま議題は次へと移行した。

続き話に挙がったのは、かの本拠地にあった謎の装置についてだ。

ノインチームによると、それは魔物の死骸から魔属性を抽出していたという。

「飲んだらパワーアップしたアレじゃな。まったく、やっかいな代物じゃったな……」

それはアスタロトとの戦闘中の事だ。黒い液体を飲み干したところで急激に強くなった時があった。凝縮された魔属性を取り込んだ結果である。

悪魔用のブーストアイテムのようなものかもしれない。

また魔属性であるため、魔物や魔獣などにも効果がある可能性が高い。

もしもこれが他の黒悪魔の手に渡ったとしたら。公爵一位がこれを使ったとしたら。それはもう手の付けられない脅威となるだろう。

更に悪人の手に渡った場合、幾らでも悪用出来てしまうはずだ。

「この装置についてはアルカイト王国と話がついているので、銀の連塔に送っておきます」

どうやらアルマは会議前にソロモンとも話していたようだ。

謎の装置には、複雑な術式が無数に刻まれている。だからこそアルマは、これの調査を銀の連塔に任せるのが最善だと判断したわけだ。

銀の連塔の研究員達は（変人だが）優秀である。ゆえに時間さえあれば、その仕組みを解き明かしてくれるはずだ。

魔物などの死骸から抽出するのみならず、本来は物質化など出来ない魔属性を液体にする方法。それが解明出来たなら、これを無力化する方法もわかるかもしれない。

そうなれば、黒悪魔の切り札を一つ潰せる事になる。悪人の悪巧みも同様にだ。

「……玩具にならなきゃいいけど」

「そうじゃのぅ……」

「まあ、無理でしょうね」

ルミナリアが懸念を口にしたところでミラもまた不安を浮かべると、カグラが悟ったように答えた。

銀の連塔の研究員達は優秀であるが、同時にマッドでもあった。

そんな者達の手に、悪魔の技術がふんだんに詰め込まれた装置などを渡したとしたら、どうなるかは火を見るよりも明らかだ。

だが、アルマは気付いてしまった。

そのような事を言うミラ達もまた、いいものが手に入ったといわんばかりに目の奥を輝かせていた事に。

(……間違えた、かな?)

ニルヴァーナやアトランティスにも、大規模な術の研究機関はある。

最高峰である銀の連塔には敵わないまでも、良識の点でいえばそれらの研究員は至極真っ当な者ばかりだ。

とはいえ既に話は決まった後。アルマは面倒な事にならないようにと祈りながら、「では、次です」と議題を切り替えるのだった。

## 〈2〉

「それにしても皆、流石（さすが）です。よくぞ、これだけの数を片付けましたね」

感慨深げにアルマが言う。

今度の議題は、『イラ・ムエルテ』本拠地に残る大量の魔物と魔獣の骸（むくろ）についてだ。

多少ならば特に気にする必要もない案件なのだが、今回ばかりは量の桁が違う。数千という夥（おびただ）しい数が、今も本拠地の島には残されていた。

これをそのままにしておくと、厄介な事になる恐れが強い。

死の臭いと漂う魔が結びつき、その場を死霊の蔓延る忌み地へと変貌させてしまうかもしれないのだ。

そうなってしまうと、これを浄化するために更に多大な労力が消費される事となる。

アスタロトを打倒し『イラ・ムエルテ』の本拠地を壊滅させた今、海を漂うこの島はニルヴァーナの預かりとなっていた。

使い方次第では、かなり便利に活用出来る島となったわけだ。

ゆえに、これをむざむざと死霊の楽園にするなど出来ぬというもの。

「この件については今、調査とは別に保存チームを編成しています。明日には出発出来るでしょう

――」

エスメラルダが言うに、それら全ての死骸をどうにかするため、既にチーム編成を開始しているそうだ。

島を忌み地にさせないため。そして何よりも、そこにある資源を無駄にしないために。

何といっても骸は数千という数だ。それらが秘めた価値というのは、国家レベルでも無視は出来ないほどだった。

だからこそ一番に送り込まれるのが、品質の低下を防ぐための保存を可能とする技術者チームである。

アルマ曰く、更に編成が完了次第、解体班も送り込んでいく予定だという。

「作業が完了するまでに、二月（ふたつき）ほどかかる予定です――」

数が数である。加えて特殊な解体技術も必要となる点から、その処理に有する時間は二ヶ月。

その間は保存と解体、そして複数の聖術士による浄化が並行して行われる事になるそうだ。

また得られた素材諸々（もろもろ）は、全てニルヴァーナ側で買い上げる形となった。

そこから必要経費などを引いた額より、功労者であるミラ達に分配するという形だ。

と、そのように話がまとまったところで、ゴットフリートがとんでもない事を口にした。

「あー、分配だとか面倒だからさ、俺は要らねぇや」

そう言って分配の権利を放棄したのである。

相当な額になると思われるが、ゴットフリートは一切気にならないといった態度だ。しかもそれだけに留まらない。更にサイゾーまで「拙者も、既に十分な報酬を受け取っているので結構でござるよ」などと続いた。

その報酬とは、ニルヴァーナ製の忍具の事であろう。ニルヴァーナが有する特別な技術や術式が仕込まれたそれらは、サイゾーにとってこの上もない報酬となるようだ。

「私も必要ない。どこかに寄付しておいて」

その流れからきてエリュミーゼまでも分配を辞退した。というよりは、その分をボランティアなどに役立ててくれという事だ。

三人とも謙虚なものである。とも言えるが、そこは流石の大国アトランティスの将軍というべきだろう。

有り余るほどの資産があるからこその余裕である。

簡単に計算しても一人頭数十億リフは下らない。それでいて一切気にした素振りもないというのだから大物だ。

それに対して九賢者勢はというと、こちらは反対に大盛り上がりであった。

「高値で捌(さば)けるよう綺麗に仕留めたから、平均より二割増しくらいにはなるはずよ」

そのように手柄を主張するのはルミナリアだ。

研究費として現金は幾らあっても足りないと、今回の臨時収入を大いに喜ぶ。試してみたかったあれやこれやを思い浮かべては、今から楽しみだと笑っていた。

「あ、私もかなり綺麗に倒したからね。ちゃんと注意してたから」

そう続けたのはカグラだ。彼女もまた素材としての価値を保つために努力したと自信ありげな様子だった。

そんなカグラは、森の保全が更に進むと喜ぶ。

キメラクローゼンの残党処理などが終われば、彼女が総帥を務める五十鈴連盟は、精霊が住める森林を保全する団体としての活動がメインとなる。

キメラクローゼンの影響で、未だ多くの森は精霊の管理が行き届いていない状態だ。

そのような状態のため、寄付金だけでは、やはりやりくりが難しいようである。だからこそカグラは今回の臨時収入にそれはもう大喜びだ。

「引っ越したばかりだから、助かるわね」

「ああ、色々とガタついたものもある。これを機に新調してしまうのもよさそうだ！」

そのように喜びの声を上げたのは、アルテシアとラストラーダだった。

最近になって、森の奥深くよりルナティックレイクの新しい孤児院へと引っ越してきた二人と大勢の子供達。

ただ、越してきたばかりという事もあり色々と入用であった。

そこに降ってわいた今回の臨時収入で、子供達のために色々揃えられると嬉しそうだ。

「あれだけの数じゃからな、相当な額になるのは間違いないじゃろう。これからは、本格的にアンティーク巡りが出来そうじゃのぅ！」

当然というべきかミラもご機嫌であり、その臨時収入を大いに歓迎する。

新召喚術である屋敷精霊(マイホーム)での生活空間を、より快適に彩るために必要なのが様々な家具の人工精霊。それらは主に、大切に長年使われ続けてきた家具に宿っている。そして、そういったものは大抵がアンティークとして扱われていた。

古くて味わいがある良いものというのは、得てして高額になるものだ。だからこそ、家具の人工精霊を揃えるには多額の資金が必要であった。

今回の収入によって、その資金が潤沢になるのは間違いない。ミラは、家具精霊集めが実に捗(はかど)りそうだとにんまりだ。

「俺の分は素材で頼む。これがリストだ。余剰分は好きにしてくれていい」

残るソウルハウルは、手早く走り書きしたメモをアルマに提出した。

そこに書かれていたのは、イリーナの装備を強化するために必要な素材一式だ。倒した魔獣の中には希少なタイプも多く存在しており、メモにはそういった素材が主に書き込まれていた。

希少品が多く高価ではあるが、どちらかといえば市場に出回りにくい部類の希少さである。分配される報酬と比べれば、一割程度の金額になるだろう。

だが、嫁であるイリーナをこよなく愛するソウルハウルにとっては、素材の価値の方が高いようだ。

これで更にイリーナは美しくなると微笑むソウルハウル。

ただ唯一メイリンだけは「皆で分ければいいヨ」と、金銭には無関心であった。

と、そのように、それぞれで勝手に盛り上がるミラ達。

「あの頃から何も変わってないな……」

「ほんと、そうよね」

ノインの呟きに答えるエスメラルダ。そこへ更にアルマが「まあ、これはこれで安心よね」と続けて苦笑する。

またゴットフリート達も、未だ健在といった九賢者らの様子に笑うのだった。


一通りの会議が終わったところで、今日は解散となる。

グリムダートの士官達は、そのまま調査部の手伝いに向かった。残党狩りの主導権を得られた事で国から与えられた役目は十分に達成した彼らだが、悪魔の案件についても詳細な報告を上げた方がいいと判断したようだ。

また、国のため家族のために少しでも役立ったという実績を作っておきたいらしい。そのように素直に申し立てたところで、アルマが快諾した形だ。

この調査が完了するまでの間は、ニルヴァーナに滞在するそうである。

旧友同士が顔を揃えれば話も弾むものだ。と、そうして会議室にて雑談を交わす中、アルマが今後の予定についての一つを口にした。

「それでゴットフリート君達なんだけど、相手をまだ調整中なのよね。力量差を考えると、なかなかなのよ」

話によると、ゴットフリート達は闘技大会にて模擬戦を行う予定であるそうだ。

それというのも、この大きく戦力を動かし辛(づら)い限定不戦条約下においてアトランティスの将軍を動かすには、そうせざるを得なかったからである。

表向きの理由として彼ら『名も無き四十八将軍(ネームレスライン)』は、闘技大会の特別ゲストという扱いでニルヴァーナにまでやってきているのだ。

と、そのような言い訳のために組まれた模擬戦だが、当の将軍達——特にゴットフリートはというと、それはもう楽しみ過ぎるといった様子であった。

「ああ。別に誰でもいいが、出来るだけ骨のある奴で頼むぜ！」

そう答えるゴットフリートは、更に何人でも構わないと言ってヤル気を漲らせる。闘技大会という特別な舞台が彼の熱意をより掻き立てているようだ。

すると、そんな会話の間にそっと口を挟む者がいた。

「まだ正式に決まっていないというのなら、わしでどうじゃ？　ご要望とあらば思い切り盛り上げる事も可能じゃぞ！」

ミラだ。模擬戦の相手として、ここぞとばかりに名乗りを上げる。

闘技大会への出場は、十二使徒からの嘆願によって潰えてしまった。

だがミラは、相手が十二使徒ではなく『名も無き四十八将軍』ならば一切問題はないだろうと考えたのだ。

ゴットフリートほどの者が相手となれば、それはもう試してみたい事が沢山ある。試作段階のものから実戦データをとりたいものまで怒涛のラインアップだ。

更にこれが実現すれば、大陸中が注目する大舞台にて大いに召喚術を喧伝出来ると、ミラは大張り切りで自身を売り込む。

実験が出来て喧伝も出来て、更には大会を盛り上げる事まで出来る。これ以上ないほどの名案だろうと自信満々なミラ。

対してゴットフリート達はというと、その顔を歪めて明らかな拒否感を前面に押し出していた。

どうやら《軍勢》の悪名を知るのは十二使徒に限った事ではないようだ。

すると、ミラがそのような主張をしたものだから、これに続く者がいた。

「ずるいネ。わたしも戦いたいヨ！」

メイリンだ。

ゴットフリート達は今、その立場もあるため試合という形でも簡単には戦えなくなった。

だが今回は特別だ。しかも最高の舞台まで用意されているとあっては、メイリンも黙ってはいられなかったようである。

　こちらもまたタイプは違うものの、ミラと同じ九賢者の一人だ。だがしかし、そんなメイリンの立候補に対する反応はまったくの正反対であった。

「おお、いいな。それは面白くなりそうだ！」

　メイリンが相手ならば、きっと最高に熱い試合が出来るだろう。そうゴットフリートが燃える目で答えたのだ。

　またサイゾーとエリュミーゼも、それならば悪くはないといった表情をしていた。

　同じ九賢者でありながら、えらい反応の違いだ。

「いやいや、ここはわしじゃろう」

　けれど、そのような違いなど気にも留めず、模擬戦の相手は自分が適任だと主張するミラ。

　なんといってもミラは、今をときめく新進気鋭の冒険者である精霊女王だ。

　その事を売りとしてプレゼンするミラ。

　生ける伝説である『名も無き四十八将軍』と、今勢いのある冒険者との試合となれば、観客が沸き立つ事は間違いない。

　そのように、さも闘技大会の事も考えていますよといった態度で語る。

「わたしネ、わたしが戦いたいヨ……」

　主張するメイリンだが、彼女は冒険者ではなく、通り名が付くような活動といった事もしてはいなかった。

修行のために強いものを求めて、あっちへふらふらこっちへふらふらと放浪の日々を送っていただけだ。

ゆえに精霊女王に対抗出来る看板がない。

すると、そのようにメイリンが悩んでいたところで、ふとラストラーダがそれを口にした。

「そういえば愛の戦士プリピュアって、メイリン君の事だよね⁉　とんでもないのが予選にいると観客だけでなく参加者の間でも凄く話題になっていたな！　いやぁ俺も見てみたいぜ、プリピュアが華麗に戦うところをさ」

流石は怪盗だった男ラストラーダというべきか。既にかなりの情報を集めているようだ。

中でもプリピュアといえばヒーロー好きなラストラーダにとって当然の守備範囲内であり、だからこそその話題は特に気になっていたのだろう。

そして何より、予選時にメイリンが着ているプリピュアっぽい衣装は彼の発案である。

そういった理由もあってか、それはもう期待に満ちた顔をしていた。

「そうなのカ？　わたし人気ネ⁉　わたしも戦えるヨ！」

現在、予選にて話題となっている愛の戦士プリピュア。そんな精霊女王に対抗出来る要素を手に入れたメイリンは、ここで勢いを取り戻した。

「いや、そのような一過性のものより、冒険者という確かな土台に裏打ちされたわしの方が話題性も抜群じゃろう。しかも大会には出場せず、その特別な模擬戦のみの登場ともなれば尚更にのぅ！」

愛の戦士プリピュア。メイリンが対抗馬となり得るその要素を生んでしまった事に、ミラ自身もまた関係している。

だが、それがどうしたと自身を売り込んでいく。これほど実験が捗るチャンスなど、そうは訪れないからだ。

けれどメイリンも負けてはいない。

「わたしが戦うネ！　きっとがっかりはさせないヨ！」

そのように食い下がりゴットフリートに駆け寄って、「わたしわかるヨ。貴方、わたしと同じネ」と言って挑戦的に笑う。

戦う事が好き、強くなる事が好き。二人には確かにそういった共通点があった。

そしてゴットフリートもまた、それを理解していた。だからこそ、メイリンが相手ならば一切問題もなかった。

「なればこそ、わしが適任じゃろう！」

ミラもまたそう言って立ち上がり、ゴットフリートに迫る。

戦う事が好きならば幾らでも相手をしてやれるぞと、それはもう自信満々だ。

召喚術を使えば、戦闘相手を無尽蔵に用意出来る。よって訓練相手にも最適だと豪語するミラ。

事実、訓練相手として世話になった者は多い。

メイリンに加え、ルミナリアやラストラーダ、カグラなども、実戦を模した訓練で何度も利用したものだ。

だが試合となったら話は別であると、ここにいる全員が理解していた。

かつてのミラは訓練相手として、あくまでも受け手側という立場がほとんどであった。

そのため反撃などの動きも最小限。主に術を受けて、どのような影響があるかを把握するための訓練だった。

「いや、訓練で終わらせる気ないだろ……」

両の目を爛々と輝かせるミラを見据えて、ため息を漏らすゴットフリート。ミラが明らかに何かをしでかすつもりだと確信している顔だ。

「ぬぅ……！」

完全に見抜かれたミラは、だからといって諦めずに食い下がる。

闘技大会の大舞台。そこならば召喚術の健在ぶりを大いに広める事が出来るのは間違いないからだ。

「わしじゃろう？」

「わたしネ！」

ミラとメイリンは競い合いながら、どっちがいいのかとゴットフリートに迫る。

そんな中、ゴットフリートは困惑した顔をしながらも心の中で思った。『うわぁ、俺、モテモテじゃねぇか』と。

実際のところ傍からならば、一人の男を二人の少女が取り合っているかのように見えなくもない。

と、その様子を険しい目で見つめる男がいた。

(何だよ、あんなに熱くなって迫ってよ――)

ノインだ。彼は、期待に満ちた目でゴットフリートに迫るミラの事を見据えながら眉間に皺を寄せ、険呑な雰囲気を滲ませていた。

ミラが他の男に言い寄るなんて、などという嫉妬心に駆られ……その直後に『いや、なぜそうなる！』と心の中で叫ぶ。

(中身は召喚爺だ。しっかりしろ、俺！)

頭では理解しているノイン。けれども彼にとって、ミラの容姿はあまりにも完璧過ぎた。ゆえに未だノインは苦悶しているのだ。見た目と中身の途方もない違いに。

そして、そんなノインの姿を心配そうに見守るエスメラルダ。それはもうはっきりとわかる罠にかかりかける彼を憐れんでいるようだ。

だが、その隣のアルマは、葛藤するノインの事を少しだけ楽しんでいる様子であった。

「――そこはやはり、わしが二戦じゃろう」

「わたしが二戦ネ」

ノインが葛藤している間にも、ミラとメイリンの言い争いは、どちらが対戦相手になるかという話から幾らか進んでいた。

今更ながらとも思えるが、今はゴットフリートとサイゾー、そしてエリュミーゼの相手を誰がどう分けてするのかという話だ。

そう、二人は最初、一人で三人と模擬戦をするつもりだったわけである。

だが、ようやく現実的な話し合いになったかと思えば、そうでもない。ゴットフリート達は三人だ。

ここでもまた誰が二戦するかというところで揉め始める。

「ほらほら二人共、我が儘言わないの――」

ミラは新進気鋭の冒険者。メイリンは予選にてその名を轟かせる愛の戦士。

そんな二人の正体は九賢者だ。大陸において、頂点ともいえるような戦いが繰り広げられる事はまず間違いない。

ともなれば、闘技大会は最高潮に盛り上がるのもまた確実だろう。

そう僅かに考えたアルマだが、その考えを進めた末、デメリットの方が目立つと判断したようである。

「――一応ね、この件については幾つか案が出ていたのよ。うちの軍の将校に出場してもらうか、それとも新兵に訓練をつけてもらう場にするかって。どちらにしろ、アトランティスの最強がどんなものか体感してほしいと思っていたのよね」

アルマは二人の口論を制止するなり、現時点での選択肢として考えている案を告げた。

大犯罪組織『イラ・ムエルテ』の本拠地制圧のため、ゴットフリート達との共同戦線を結んだ。

そのための表向きの理由として挙げた闘技大会の特別ゲストだが、アルマもまた、ただのイベントで終わらせる気はなかった。

それこそ、十二使徒の誰かだったり、ゲスト招待のルミナリアだったり、新進気鋭の冒険者だったりとの模擬戦も盛り上がりそうだと考えてはいたらしい。

また、別の選択肢の一つとして、軍事力強化のために利用するという手もあると続ける。

とはいえ、そのような理由を提示されて引き下がるような二人ではない。

ミラとメイリンは、それならば丁度いい、一人ずつで問題ないなどと言って食い下がった。

どうあっても模擬戦に出たいと訴える。

「でもほら、そもそもメイリンちゃんは出場者の一人として闘技大会に出場中でしょ？　一応は他と同じ選手としての扱いなのに、ゴットフリート君達との模擬戦だなんて特別扱いは難しいかな。どうしてもっていうのなら闘技大会を辞退してもらう必要があるんだけど、どう？」

アルマはメイリンに、そうぴしゃりと告げた。

闘技大会で話題になっているからといっても、今は一般出場者。だからこそ特別扱いは出来ないと。

それでもゴットフリート達と模擬戦がしたいというのなら、闘技大会を諦める事が条件だ。

「うぅ……」

その選択はメイリンにとって、極めて困難な二択であった。

けれど暫く黙り込んだ後にメイリンは「じゃあ、また今度にするヨ」と、しょんぼりしつつ引き下がった。

これからどのような猛者が出てくるのか想像もつかない闘技大会と、強く戦い甲斐はあるものの、過去に何度となく試合をした事のあるゴットフリート達。

それらを天秤にかけた結果、メイリンは未知のわくわく感を選んだようだ。

そして、残るミラには――

「それじゃあじぃじは特別ね。ゴットフリート君達が希望するなら、模擬戦に出てもいいわよ」

そのようにアルマが寛大な条件を提示したのだ。特別ゲストである三人の誰かが対戦を望むのなら舞台に立ってもいいと。

「なんと、そんな事でよいのか⁉」

戦闘好きなゴットフリートは勿論の事、サイゾーもまた特訓好きだ。新しいニルヴァーナ製の忍具を色々と試したいと考えているところだろう。

そしてエリュミーゼは、どこか九賢者を尊敬している節がある。ソウルハウルへの反応を見れば明らかだ。

そんな三人ならば、いっそ全員に希望される事も有り得るのではないかと、ミラは自信満々にどんと構えた。

だがその結果は、ひたすらの沈黙だった。

「なん……じゃと……」

希望しないどころか、むしろゴットフリート達の顔には拒否感が表れていた。望むどころか辞退したいという無言の意思表示である。

「まあ、他にも目玉はあるんだし、将校さん達に頑張ってもらえばいいんじゃない？」

突き刺すようなミラの視線から目を背けるゴットフリートら。そこに割って入るようにして、カグラが無難な意見を述べる。

「だな。俺達ばかりで楽しむより、もっと若者が活躍出来る場を作ってやろうぜ」

その意見に賛同したルミナリア。

するとたちまちのうちに、その選択肢が支持を集める事となった。

「じゃあそういう事で、うちの軍の特別強化訓練にしましょうか。よろしくねゴットフリート君、サイゾー君、エリュミーゼちゃん。大いに胸を貸してもらうわ。後で相手になる士官達を紹介するわね」

「ああ、任せてくれ！」

「うむ、しかと役目は果たすでござるよ」

「お任せあれー」

一転してアルマの声には軽快に答える三人。

そのようにして『名も無き四十八将軍』の模擬戦相手は、ニルヴァーナ軍の将来有望な将校と新兵に決まった。

そこから更に模擬戦の詳細が詰められていく中、ミラはずっと不貞腐（ふてくさ）れたようにむくれるのだった。

## 〈3〉

大犯罪組織『イラ・ムエルテ』の本拠地制圧から数日。吉報は瞬く間に各国へと広まっていった。

大陸最大規模のイベント中だった事もあり、現在ニルヴァーナには各国の外交官が多く集まっている。だからこそこの情報は迅速に、そして等しく正確に伝わった。

「やってくれたなニルヴァーナ。まったく、とんでもない女傑がいたものだ」

「そうか、遂にやり遂げてくれたのだな。ありがとう、アルマ女王。これで娘も浮かばれる……」

「これはまた朗報ですねぇ。さぁ、忙しくなりそうだ」

それを受け取った首脳達は、悩みの種が一つ消えた事に喜ぶと同時に、起こり得る事態に備えて動き出した。

そう、『イラ・ムエルテ』の存在によって押さえつけられていた者達が活発化する事への対策だ。

「ほほぅ……後始末はグリムダートですか。これはまた思い切ったものだ……が、この貸しは相当に高くつきそうだ」

「手柄を捨てるか。ニルヴァーナほどの大国となれば、グリムダートの顔色など窺わずともよいものだが。何かあるのか？」

「英断だな。今のニルヴァーナは、闘技大会で手一杯だろう。迅速に『イラ・ムエルテ』残党を吊るし上げる事は難しい。だからこそグリムダートに恩を売る形で譲渡したわけだ」

アルマは約束通り『イラ・ムエルテ』の本拠地で見つけた資料や、幹部達より得られた情報をグリムダートに預け残党狩りの指揮権を譲渡した。

これによってグリムダートは、自国の公爵が関わっていたという汚名を返上する機会を得たわけだ。

現在グリムダート国王が直々に指揮を執り、これの解決に当たっている。

「とりあえずは、これで少しは落ち着いたかな……」

今回の件、『イラ・ムエルテ』関係の処理を一通り終えたアルマは、別の書類の山から逃げるようにして奥の私室へと向かう。

そして自分へのご褒美だと、お気に入りのグラスを手に取ると「今日の業務は終了！」などと勝手に決めて一杯呷(あお)る。

「アールーマー……」

「ひぃっ！」

それから更に二杯目を手にしたところでエスメラルダに見つかったアルマは、卓越した聖術でアルコールを浄化されながら執務机に戻されていった。

そうこうして『イラ・ムエルテ』関係は、一先(ひとま)ず落ち着いた。

よって、そのために集結したドリームチームも解散となる。それと同時に、ミラが就いていたイリ

スの護衛もまた、この時をもって満了。ミラは自由の身となった。

ミラがニルヴァーナにやって来た目的であるメイリンについては、既に帰国の約束を取り付けてある。残るは、大会終了後にメイリンが帰国するのをしっかり確認するのみだ。

「わたしの勝ちネ！」

そんなメイリンはというと、当然ともいうべきか、既に闘技大会の本戦出場が確定している。

だがそこで慢心しないのがメイリンである。時折、寄宿先の長男ヘンリー・アダムスの出勤に付いていっては、城の訓練場にて兵士達と共に基礎訓練などを行っているようだ。

とはいえ彼女の真の目的は、その基礎訓練の後にある戦闘訓練だろう。兵士達を相手に大暴れしているとの事だ。

メイリンが来ている日は、いつも以上に訓練場から誰かしらの悲鳴が聞こえてくるため直ぐにわかった。

また、メイリンのみならず、他の仲間達もそれぞれが自由に過ごしていた。

九賢者のルミナリアは今回、友好国のゲスト枠での招待という扱いで滞在していた。そのため本戦開始前に、ちょっとした挨拶をする予定だそうだ。

「いいねいいねぇ。こういうイベントってのは、たいてい美人揃いだからな。いつだって楽しめるってもんよ」

当のルミナリアはそれまでの間、折角だからと毎日のように変装して大会会場に繰り出している。

メインの闘技大会以外にも闘技場周辺では、それこそ百に近い催し物が連日開催中だ。

その中には、服飾ブランドのファッションショーといったものまで含まれる。

ルミナリアはマジカルナイツが主催するショーも含め、幾つかを見学しては美人なモデルをロックオンしていた。

また、絶対に見ると意気込んでミスコン会場に向かったところ、急遽出場する流れとなった結果、優勝してしまうなどという事もあった。

そしてミスコン優勝者として、次のミスターコンテストの審査員をやらされ全員に0点を付けるという暴挙をしでかすなど、彼女なりに充実した日々を送っているようだ。


「あと一ヶ月か二ヶ月くらいで終わるはずだから――」

カグラは五十鈴連盟での仕事が忙しいようで、会議が終わった次の日には帰っていった。

ただ、エスメラルダにガウ太が預けられており、二、三日に一度は顔を見せて夕食などを皆と共にしている。

また、次々と捕まる『イラ・ムエルテ』関係者の尋問などでも大活躍だ。

カグラが有無を言わさず白状させるものだから、これ以上ないくらいの初動でニルヴァーナ皇国内の残党は排除されていった。

ソウルハウルはニルヴァーナ城の研究室を借りて、日夜死霊術の研究に勤しんでいる。かの『イラ・ムエルテ』本拠地での事。そこで見つけた悪魔の術式について更に深く研究しているようだ。

これまでは支配出来なかった魔獣すらも死霊術の対象に出来る可能性が見えたとの事である。

「魔属性を制御する事で、魔獣までも蝕むか……。まったく恐ろしくも面白い事を考えるもんだな、黒悪魔っていうのは」

操られていた魔物と魔獣。更には、島全体に張り巡らされていた巨大魔法陣や、魔属性を抽出する装置に刻まれていた分など。

あの島にあった術式の全てを写していたソウルハウルは、新しい目標が出来たと分析に取り組んでいる。

そういう性分なのか。数年がかりで神命光輝の聖杯を完成させたばかりだというのに、彼はまた大きな目標を掲げて進み出していた。

「こいつは大変だ。いくぞ、皆。助けてー、ジェスパーナイトー！」

ラストラーダは年少の子供達を連れて、催し物の一つであるヒーローショーに来ていた。

そして子供達と一緒にヒーローの名を叫ぶのだが、誰よりも気合の入った様子に周りの親御さん達はたじたじだ。まさか、『私達もあそこまでしないといけないのか』といった表情である。

だが、そんな事など意に介さず、ラストラーダは子供達と共にヒーローショーを楽しんでいた。

「さあさあ始まるわよ。皆、静かにね」

アルテシアが少女達にせがまれてやってきたのは、大会会場内にある演劇場だった。

そこでこれから公演される演目は、今若者達に大人気のラブロマンスだ。

ただの町娘であるヒロインと大国の王子が、様々な障害を乗り越えて遂には結ばれるというのが前半。

何者かがかけた呪いによってヒロインが死の眠りについてしまい、王子がこれを救うために旅立つという流れが後半だ。

どのような困難にも挑んでいく、ひたむきな王子の愛。女性達と少女達は、そんな一途さに大盛り上がりだった。

と、そのようにしてラストラーダとアルテシアは大忙しだ。

ニルヴァーナは今、お祭りの真っ最中である。

ゆえに、そんな環境下で子供達が大人しく出来るはずもない。次はあっちだ今度はこっちだと、会場内の催し物を巡る日々だ。

ただこれには、孤児院の教師陣に加えてニルヴァーナ城勤めの兵やメイドなども率先して助力してくれていた。

今は希望者ごとに幾つかの班に分けて、様々な催し物を巡っている状態だ。

アルテシアのみならず、ニルヴァーナ城には子供好きな者達が多いようである。


ノインは、決戦後もこれまでとさほど変わらない。通常業務に戻っただけだ。

とはいえ将軍位だけあって、何かと忙しそうである。

「ああ、最近会えない――って、いやそれがどうした！　はぁ……これはちょっと働き過ぎかな」

兵士達の訓練の視察をしている最中の事。ふと脳裏に浮かんだミラの姿に想いを馳せた途端、慌てて頭を振って妄想を散らせるノイン。

理解しているが、その理解を超えてしまう感情に悶絶しながら、彼はじっと瞑想を始める。

(あれは召喚爺、あれは召喚爺、あれは召喚爺)

そう念仏のように繰り返しては自分に言い聞かせるも、浮かんでくるのは可憐で蠱惑的なミラの姿。

「くそっ……どうすればいいんだ……」

気付けばルミナリアより頂戴したミラの秘蔵写真を見つめていたノインは、天を仰ぎ、もっと働こうと駆け出した。


アトランティスの将軍達も模擬戦までの間、王城に滞在して好き勝手に楽しんでいた。

「おーおー、なかなかに将来有望な奴がいるじゃねぇか！　あー、俺も出たかったぜ」

ゴットフリートは、毎日のように闘技大会の予選会場へ足を運んでいる。

自分が戦うだけでなく、誰かの戦いを見るのも好きなようだ。

しかしながら、才能を感じさせる戦士を見つけた時の目つきは、ただの戦闘好きなそれである。観戦するというよりは、面白そうな対戦相手を探しているといった方が正解かもしれない。

「へぇ、召喚術士か。珍しいな。しかしあの腕前……面白そうだ！」

予選の段階ながらも、頭一つ抜き出た選手というのは相当に目立つ。

ゴットフリートは、圧倒的な強さと巧みな技術によって勝ち上がる一人の召喚術士に注目する。

「お、あの剣士、速いな。しかも、読み合いとか一切考えていない戦い方……面白いじゃねぇか」

更に次へと目を移した先にいるのは、バトルロイヤルという予選形式の中で全方位に喧嘩を売っていく剣士だ。

それぞれがぶつかり合い数を減らしていく中で、どれだけ体力を温存出来るかというのもバトルロイヤルで戦う上での重要な要素だ。

だがしかし、その剣士は、数が減る前に片っ端から突っ込んでいた。

それは、全員自分で倒すというような気迫すら感じられるような戦いぶりだ。

そういう奴は、嫌いじゃない。むしろ好きだと、ゴットフリートは興味深そうに目を細めた。

サイゾーは、ニルヴァーナ製の忍具一式の使用感を存分に試していた。

国が変われば仕様も変わる。ニルヴァーナ独自ともいうべき幾つかの忍具を気に入ったようだ。

「おお、これはなんとも素晴らしい業物でござるな！」

また忍具の他にも刀剣類に目がないようで、毎日のように街へ繰り出し鍛冶屋巡りをしている。

剣、刀、槍など、彼の興味は全般に及び、少しでも気に入ったら店主に試し斬りの許可を求めるほどだ。

そして、それらの武器がサイゾーの卓越した腕前でもって振るわれるものだから、試し斬りの結果は他の客達の関心を大いに集めた。

結果、サイゾーが認めた鍛冶屋はこれまで以上に繁盛していく事となり、ニルヴァーナの鍛冶水準が少し引き上げられるという副次的効果までもたらされた。

「よし、そこを計測しておいてくれ」

「うん、わかった」

エリュミーゼはというと、ソウルハウルの助手として同じ研究室に詰めていた。

同じ死霊術士としてソウルハウルに敬意を抱く彼女は、だからこそ彼が始めた悪魔の術式研究も気になったようだ。

ソウルハウルが研究を始めたその日には研究室へと押しかけて、そのまま助手としての立場をもぎ取っていた。

今は、ところどころで助手らしい作業を任されるようになってきたところだ。

とはいえソウルハウルは、あまり他者を気にしない性分であるため、基本は放置気味にされているエリュミーゼ。だがそれでも彼女は満足そうな様子であった。

と、そのように日々を過ごす『名も無き四十八将軍（ネームレスライン）』達が登場する模擬戦は、闘技大会の本戦が大いに盛り上がった頃合いで行われる予定だ。

今はまだ予選の段階であるため当分は先になる。

よって三人は、このまま暫くのんびりと過ごすつもりのようだ。とてもいい休養になると、嬉しそうですらあった。

ミラはというと、アルマに通信室を貸してもらい、ソロモンに現状を報告していた。

とはいえ『イラ・ムエルテ』関連については、アルマとも連絡を取り合っていたソロモンだ。だいたいの事は把握済みだった。

けれど資料を基にした情報では足りない部分もある。

ミラは、ソロモンが気になったという幾つかの疑問について、当事者目線で答えていった。

と、そうして黒悪魔アスタロトの企みはまだ終わっていなそうだ、といった結論に達したところで通信装置越しにスレイマンの声が聞こえてくる。

どうやら、ソロモンに用事がある様子だ。

「何ともまた、随分と忙しそうじゃな」

もう少ししたら行くと答えるソロモンに対して、ミラはこれでもかと寛ぎながら言う。メイリンを見つけ出し、更には悪の組織の首魁を討ち取ったミラはもう、一仕事どころか二仕事終えたくらいの休暇モードだ。

『ああ、建国祭の準備もあってね、てんてこ舞いだよ。何と言っても九賢者の帰還を発表する場にもなるから出来るだけ豪華で盛大にしようと思っているんだけど、今は招待状を誰に送ろうかで難航していてさ』

そう答えたソロモンのため息が通信装置を介して聞こえてくる。

「ふーむ、なるほどのぅ。それは確かに難儀じゃな……」

いわゆる国の誕生日祝いだが、今回は九賢者の帰還というアルカイト王国史上最大級の発表が控えている。

そうなるとお祝いだけでなく、見届け人という意味合いでも、今までより多くの有力者の目に留まった方がいい。そうすれば九賢者の抑止力としての効果が、より大きく広まるというものだ。

ソロモンが言うには、現時点ではアルマが出席を約束してくれており、アトランティス側もまた将軍位の数人を出席させてくれるとの事だ。

アーク大陸において一位と二位を誇る二大国家が建国祭に出席するともなれば、アーク大陸諸国への睨みは万全といっても過言ではない。

だが、場所は海を挟んでの向こう側。位置的には相当に遠い国となる。

『出来る事なら、もう一手強力な何かが欲しいところなんだけどねぇ……。アリスファリウスとは、それなりに仲良くさせてもらっているけど、まだ流石に大物を招待させてくださいとは言えないし……』

よって周辺諸国への牽制という面を考えるならば、出来ればアルカイト王国と同じアース大陸内における強国、特に三神国あたりとの友好関係を示唆しておきたいというのがソロモンの考えのようだ。けれども抑止力として、また注目度の面で話題になるほどの人物は、まだ出席してもらえないだろうと言う。

アリスファリウス側も自国の影響力を知っているからこそ、そのあたりの基準は極めて厳しいらしい。

『まあ、そういうわけで会議に行ってくるよ。今日も決まりそうにないけどね……』

「うむ、そうか。……ご苦労様じゃな」

国の今後を思ってか、重々しいため息を漏らすソロモンと、彼の心労を思いやりつつも、あまり巻き込まれたくないと一歩身を引くミラ。

そうしてミラは、簡潔に現状報告を終えた。

しかし、それだけでは終わらない。次に王城の中庭へと場所を移してワゴンを取り出すと、今度は召喚術の塔に連絡を入れたのだ。

その目的は、当然マリアナである。

『はい、こちら召喚術の塔、補佐官のマリアナです』

何とも久しぶりに感じる声が、通信装置から聞こえてくる。

ミラは、その愛おしい声に聴き入りながら満面の笑みをこぼして「わしじゃよ。元気にしておったか？」と答えるのだった。

## 〈4〉

大陸全土に影響を与えた『イラ・ムエルテ』本拠地攻略作戦完遂より一週間後。

仲間達が各々で自由に過ごしている中、ミラはどうしているかというと――。

「ふむ、自分で染める場合と何が違うのじゃろうな……」

その姿は、今もイリスの部屋の中にあった。

脅威が去った今、イリスが狙われるような事はもうない。よって護衛の任は解かれたミラが、なぜまだここにいるのか。

それは、ただ快適な環境が整っているイリスの部屋に居座っている……わけではない。

単純に、イリスがそれを望んだからだ。闘技大会が終わり帰ってしまうまでは、友人として一緒に過ごしたいと。

とはいえ、男心を内に秘めるミラがイリスと共に暮らす事を容認されてきたのは、何よりも護衛という名目があったからこそ。

そのように考えていたミラは、だからこそ、それを継続するのは難しいだろうと思っていた。しかし、アルマはあっさりとこれを了承したではないか。

（それもまあ、そうじゃろうな。裏があって当然というものじゃ）

アルマが許可した思惑。それがどの程度のものなのかは不明だが、一つだけ明確に理解出来るものがあった。

その一つとして、ミラは今イリスに髪を染めてもらっている最中だ。

「これでばっちりですー！」

上下左右から確認したイリスは、その染め上がりに満足そうな笑みを浮かべていた。

事実、ミラが自身で染めた時のような色むらもなく、とても艶やかな仕上がり具合である。

更に長い髪をお下げに結った事で、これまでの印象から一転し、どことなく大人しめな少女といった様子へと変わっているではないか。

「ふむ、なかなかよいな。これならば、わしと気付かれんじゃろう！」

ミラがしていたのは、変装だった。

では、なぜ変装などしているかというと……そう、二人はこれから外出するのだ。

命を狙われる理由がなくなったため、イリスは数年ぶりに外へ出る事が出来るようになった。

かといって危険がないかというと、それもまた違う。

暗殺者だなんだという心配はなくなったが、大陸最大級のイベントが開催中であるため人も多く、それだけ危険も増えているのだ。

そんな街に、数年もの外出ブランクがあるイリスをいきなり解き放つなど出来るはずもない。しかも彼女は男性恐怖症だ。

そのように誰もが心配する状況であり、当然アルマの心配もまた絶大だった。

だからこそ、ミラに役目が回ってきたわけだ。護衛改め、友人兼引率役としての役目が。

それを機に、まずミラはイリスの男性恐怖症を治すべく動いていた。

その方法はというと、召喚仲間に協力してもらい少しずつ慣らしていくというものだ。

距離を変えつつ過ごしていき、いざ辛そうになってきたらワーズランベールの隠蔽能力によって見えなくしてしまう事が出来た。

そうして少し慣れてきたところで、人間形態のアイゼンファルドの登場だ。

見た目は、まるで物語に出てくる王子様のようなイケメンであるアイゼンファルド。

だがそれでいてミラの前では子供のような甘えん坊になる事もあり、普通の男よりも男性感のようなものは希薄といえた。

それが功を奏してか、イリスはミラに甘えるアイゼンファルドを見るだけなら問題ないというほどにまでは回復したのだ。

「どうじゃ、町娘のように見えるか？」

そうしてこの日は、いよいよこれまでの集大成である外出にこぎつけた次第だ。

ミラは変装した自身の姿を鏡で確認して、その新たな可愛(かわい)さを気に入りながら自信満々に振り返ってみせる。

「完璧ですにゃ！」

「はい、素晴らしい変装具合です！」

その先にいたのは、団員一号とシャルウィナだった。ミラと共に、両者もまたイリスの友人となり過ごしている。

団員一号はカードゲームの対戦相手として確固たる地位を築いており、シャルウィナもまた本好き仲間という立場にて最高の友人となっていた。

二人は、これならば容易く看破される事はないと太鼓判を押す。

ただ、その直後の事だ。不意にシャルウィナが、ハッとしたように目を見開くと、そのままじっとミラの全身を隈なく見つめ始めたのだ。

そして何事かと戸惑うミラをよそに、イリスへ向けてこう言った。

「この髪型……『ミッドナイト・サーチャー』のブリジットが、サティスン市場に紛れ込む時のものですね!?」

「はい、大正解ですー！　シチュエーションが似ていたので、閃いちゃいました！」

興奮気味なシャルウィナの言葉を受け、イリスもまた少し上気した顔で答えた。

どうやら二人の盛り上がり方からするに、ミラの髪型は、とある小説のキャラクターを基にしたもののようだ。

余程の出来栄えなのか得意げなイリスと、その仕上がり具合を絶賛するシャルウィナ。

するとだ。そのように盛り上がった末に、だからこそ服も完璧にしてしまおうなどと二人が言い出したではないか。

「いや、変装用の地味目な服ならば、もうあるのでな――」

明らかに熱に浮かされたような……病的でいて狩猟者の如き目でミラを振り向いたイリスとシャルウィナ。そんな二人に対してミラは、テレサに貰った素朴な町娘風衣装を取り出して見せる。

「ブリジットっぽくないですー」

「彼女は、こういった服は着ないですね」

もはや二人は完全にミラを、『ミッドナイト・サーチャー』なる小説のブリジットっぽく仕上げる気満々のようだ。

どうすれば、もっとブリジットっぽく仕上げられるだろうかと熱く語り合う二人の熱は、そう簡単に冷ませそうにはなかった。

ただ、そうしているイリスは、とても楽しそうだ。

ゆえにミラは取り出した服をしまい、好きにしてくれと全てを二人に委ねた。


「完璧ですー！」

「まさか、ここまで再現出来るなんて……私達天才かもしれませんっ」

「何事かと思えば、主様を変装……コスプレ？　させようだなんてね。まあ、楽しかったからいいけど」

一時間ほどをかけて完成した、ミラの変装ブリジットバージョンは、イリスとシャルウィナも大満足な仕上がりと相成った。

しかも途中から、二人の要請によって裁縫上手なエリヴィナまでも召喚させられるという力の入れようだ。

ただ、そんな三人の努力の甲斐もあって、それは一目で精霊女王だと気付ける者などいないと確信出来るほどの仕上がりとなった。

では、変装という名のコスプレをさせられた当の本人はというと――。

(ブリジットとは……いったい何者なのじゃろうか)

ふわりと仕上げられたお下げ髪からして、どことなく物静かなお嬢様的キャラクターを思い浮かべていたミラ。

だが、イリスが完璧だと言った衣装は、いわゆるゴスロリに分類されるような代物であった。

黒と赤を基調とした色合いは、まさしくゴスロリ王道の配色といえるだろう。

また、膝丈ワンピースの襟には大きなリボン。そこへ金糸の刺繍(ししゅう)が栄えるケープを羽織れば、ブリジット風ミラの完成だ。

「しかしまた、結局、魔法少女風にするのならば、わざわざ着替える必要などなかったじゃろうに」

細かい事は気にしないようにしたミラは、そう次に思った事を口にした。

着せられた服は、ゴスロリ系魔法少女風とでもいったものだろう。そう感じたミラは、先程まで同じ魔法少女風の服を着ていたのだから、そのままでも十分だったのではと考えたわけだ。

するとどうだ。イリスとシャルウィナの顔が、信じられないと一変したではないか。

「全然違うんですー！　こちらはシークロイヤルの流れを汲むクラシックヴィヴィアン調の由緒正しき系譜なんですー！」

「そうですよ主様！　魔法少女風なるものは支流の一つに過ぎません。これこそがその源流に最も近いのです！」

いったい何がどうしたのか。二人はそのように、今のゴスロリ風ファッションと魔法少女風は別物であると力強く主張し出したではないか。

「う、うむ。そう、なのじゃな……」

二人の勢いにたじろぎながら、反射的に頷いたミラ。

だが今の服と魔法少女風のどこが違うのだろうか。

色々と解説していく二人の言葉。聞いてみたものの、その線引きを理解する事は出来ず、ミラはただ首を傾げるばかりだ。

（しかし、あれじゃな。ブリジットとやらがどういうキャラなのかは知らぬが……まあ、これならば誰もわしだとは気付かぬか）

ゴスロリと魔法少女風。そこについては気にしないとして、改めて姿見で自分を確認したミラは、きっとこれならば精霊女王だと見破られないだろうと納得する。

だが同時に懸念もあった。精霊女王だとはバレそうにないが、それ以上に目立つであろうと。

出来る事なら、バレず目立たずが理想だ。

けれど、ふと見ればイリスがとても楽しそうに笑っている。

ゆえにミラは、それ以上は何も言わず、甘んじて今を受け入れた。

「――私も、遂にこれを着る日が来ましたー！」

ミラの変装が完了したところで、続きイリスも着替え始めた。

しかもそれは部屋着から外出着に――ではなく、なんとミラと同じくゴスロリ系ではないか。

もとから、その衣装自体は用意されていたのだろう。棚から取り出したら、それはもう嬉しそうに袖を通していくイリス。

いったい今度は、どういった服なのか。ちらりと窺うようにシャルウィナへ視線を向けると、彼女はそれで悟ったように解説してくれた。

曰く、イリスが着ている服は、ブリジットの相棒であるゴスロリ少女エイミーのものなのだそうだ。

（『ミッドナイト・サーチャー』……いったいどういった作品なのじゃろう）

さっぱり予想がつかず気になったミラだが、二人の熱量を見るに、それ以上は怖くて聞く事など出来なかった。

「とってもお似合いですよ、イリスさん！」

「ありがとうございますー！」

そうこうして、いよいよイリスも着替えが完了した。

余程の出来栄えなのだろう、とってもエイミーだとシャルウィナも興奮した様子だ。

するとイリスは、そんなシャルウィナに「実は、こんなのもあるんですよー」と、衣装棚から何やら取り出し始める。

そうして手にしたそれを広げると、シャルウィナの顔が更に喜色に染まった。

「何という事でしょう。それは正しく、イーナトゥーレの神官装束ではないですか！」

その反応からして、きっとイリスが手にする衣装も、何かのキャラクターのものなのだろう。

と、そのような感想をミラが抱いていると、イリスがとんでもない事を言い出した。

「シャルウィナさんとエリヴィナさんも、着替えちゃいませんか⁉」

なんとミラとイリスのみならず、むしろ全員でコスプレ……変装してしまおうというのだ。

そもそも、本来は精霊女王だとバレぬようにミラだけが変装すれば十分だった。

それがどうだ。気付けばイリスが着替え、シャルウィナらも満更ではない反応である。

「えっと、如何しましょう、主様」

「私はまあ……主様次第ね」

二人は、そのように伺ってきた。

ただ、口ではミラ次第だと言ってはいるものの、その顔はゴーサインを待つ忠犬の如くだ。

シャルウィナは、それこそイーナトゥーレなるキャラクターになりきりたいとばかりに。そしてエリヴィナはというと、更にイリスが見せた衣装に惹かれてのもののようだ。

「……うむ、構わぬ。好きにするとよい」

それはもう楽しげな女性陣の雰囲気を壊すような真似など出来るはずもないと、ミラは促されるままに承諾した。

ニルヴァーナ城、女王の部屋。そこには女王アルマの他、ゴスロリなミラとイリス、聖女なシャルウィナ、そして和装の剣士といったエリヴィナの姿があった。

「なんだか、イベントを観に行くのに、イベントの主賓みたいな事になっているのね……」

出発前に挨拶に寄ったところ、アルマはミラ達を一目見るなり、そう苦笑した。

事実、イベントを楽しんでくるというよりは、むしろイベント側の演者ではないかと思えるような容姿だ。

「これって前に、皆で作っていた服よね。とっても可愛いわよ、イリス」

これまでは部屋の中で着るだけだった。けれど今日という日に、それを着て思い切り外を歩きたいというイリスの希望が、ようやく叶う。

そんな瞬間を我が事のように喜ぶアルマは、イリスをべた褒めしてからミラに視線を向ける。

「……ミラちゃんも、またこれまで以上に可愛らしい格好になっちゃって……」

顔を合わせた途端に思わず噴き出しそうになるアルマ。

見た目としては、むしろこれでもかというほどに似合い過ぎているミラ。しかし、だからこそ以前を知る者にとってその乖離(かいり)は甚だしく、別の感想が浮かんできてしまうものだ。

「まったく……まあそういうわけじゃからな。夜前には戻る！」

「あー、ごめんって。凄く似合い過ぎていたから、つい。ね？」

ミラがむすりとした顔で予定を告げると、アルマはそう平謝りして「ありがとう」とも口にした。

それは、イリスの護衛を続けてくれた事に加え、このようにイリスに付き合ってくれた事への礼だろう。

「じゃあ、イリスをお願いねって、これだけ頼もしい布陣なら安心ね」

アルマは改めるようにミラ達を見回すと、一切心配も要らないようだと笑う。

ミラとシャルウィナにエリヴィナ、更にはエスコートする紳士の如きファッションに身を包んだ団員一号も同行しているのだ。

手を出そうものなら、秒で返り討ちにあうのは必至というもの。

「うむ、任せておけ」

ミラは、自信満々にそう答えた。

「お、あれは……」

いざイベント会場に向かうべく城内の廊下を進んでいたところ、前方に見覚えのある人物の姿を見つけた。

それはノインだ。メイドや女性術士と気さくに言葉を交わしては、彼女達を色めき立たせている。

細かい事はどうあれ、強くてイケメンで優しいノインは、数多の女性達の憧れの的なのだ。

「きゃー、ノイン様ステキー、こっち向いてー」

にんまりと不敵な笑みを浮かべたミラは、笑顔でメイドを見送るノインに、そう声を掛けた。

するとノインは、それはもう条件反射とでもいった速さで「ありがとう、お嬢さん」と振り返った。

「おっと、なんて可愛らしいお嬢さん方なんだ。っと、ん？　あまり見かけない娘……でもそっちは……」

爽やかな笑顔を向けたノインは、四人の可愛らしさに頬を緩める。だが次の瞬間に、四人を見定めるかのような目で何度も見直し始めた。

ノインは、ゴスロリの一人に注目する。その顔、そして髪は見覚えがあると。

そう、イリスだ。ノインは若干距離をとられつつも、真っ先にイリスの純真な笑顔に気付いた。

そして次は、シャルウィナとエリヴィナだ。いつも鎧姿であるため印象がガラリと変わっているものの、見間違えるはずもないヴァルキリー姉妹の美女二人である。

「って、すると……お前は⁉」

そこまで気付けば、後は簡単な推理だ。

イリスの友人として傍にいて、更にはシャルウィナとエリヴィナが付き従う者など一人しかいない。髪の色を銀髪から黒髪に変えた事で印象が正反対になっていたミラ。だが、その美少女ぶりに陰りはなく、それどころか更なる魅力まで引き出されているほどだ。

ノインは改めてミラを見つめて頬を上気させると、その直後に『いい加減、判(わか)れ！』と心の中で叫び苦悶する。

「ま……また、随分と化けたもんだな」

ゴスロリミラに心を惹かれつつも、ノインは平静を装いながら愛想笑いを浮かべてみせた。

更に彼は下手を打つ前に、「遂にイリスちゃんも外に出られるようになったのか」と早口で話を変えて、ちらりとイリスを見やった。

するとイリスは、少しだけおっかなびっくりしながらも隠れる事なくノインに視線を返した。

「とりあえず、手の届かない範囲なら、といったところじゃな」

「そうか……頑張ったな、イリスちゃん」

少し前までは、目を合わせる事すら怖がっていた。だが今は大丈夫だ。

ノインはそれを我が事のように喜び、淡い笑みを浮かべる。きっと彼に気のある女性が見たら、卒倒してしまうだろう優しい微笑だ。

「ありがとう、ノインお兄ちゃん」

イリスは、はにかむように笑った。

その二人のやり取りは、妹想いの兄と引っ込み思案な妹といった様子であり、純粋な優しさで溢れていた。

「しかしまた、最初に見た時よりも更に盛大になっておるのぅ」

いよいよ大会の会場にやってきたところで、ミラはその盛況ぶりを前に感嘆し呟く。

目玉である闘技大会の本戦が直前にまで迫っているからだろう。前回見て回った時に比べ、更に賑やかさが増していた。

それこそ、お祭り騒ぎである。

「油断すると直ぐに迷子ですにゃ」

下手をすれば踏まれまくってしまうと直感した団員一号は、すぐさまミラの身体をよじ登り、その肩を定位置に決める。

広大な敷地内にて多くの催し物が開催されているここは、それこそテーマパークの如く賑わっていた。

老若男女が揃い踏み、どこもかしこも笑顔で溢れ、時折喧噪が聞こえてくる。思わず現実である事を忘れてしまいそうになるほどに、そこは日常とかけ離れた場所となっていた。

「凄いですー!」

そんな会場を前にしたイリスが、興奮したように叫ぶ。

催し物だけを映していた魔導テレビでは、この会場の雰囲気は伝わらなかっただろう。初見となるイリスは、だからこそその賑やかさに驚き、それはもう大盛り上がりだ。

「これがお祭りですか……」

「凄いわ。色んな人がいる」

加えて、こういったイベントには疎いのだろう。シャルウィナとエリヴィナもまた驚きつつ、とても興奮した様子であった。

「さて、予定まではまだ時間があるのでな。それまで色々と巡っていくとしようか」

「行きましょー！」

「はい、主様」

「楽しみね」

「いざ、出発ですにゃ！」

そうして堂々と繰り出したミラ達は、様々な催し物を見て回った。

ディノワール商会のブースにて新商品の紹介に一喜一憂するミラ。

馬車の展示会にて、キャンピング馬車をえらく気に入ったイリス。この馬車で色々な国に行ってみたいと妄想を広げていく。

射的だ金魚すくいだといった、それこそ夏祭りさながらの催し物などもあり、ミラ達もまた騒がしく駆け回り存分に楽しんでいた。

更に満場一致の結果、昼食は一流パティシエ達が腕を振るうスイーツアンサンブルなる露店だ。その名に恥じぬ、見事な調和を感じられるような甘味の数々にミラ達も大絶賛だった。

そして午後には、小規模なカードゲーム大会他、幾つかのイベントを見学していく。

「ここは、天国でしょうか⁉」

「きっと天国ですー！」

続いてシャルウィナが希望した古本市にやってきたところ、イリスもまたそこに並ぶ本の山を前に大興奮だ。

イリスの部屋の図書室には膨大な蔵書があるものの、一点ものという稀覯本は多くない。

対してこの古本市は、そんな一点ものの本があちらこちらに埋もれているのだ。

ゆえに本好きの二人は、このチャンスを逃してなるものかと、揃って古本漁りに飛び出していった。

「……ふむ、本に夢中になっておれば、より男性恐怖症は軽くなるようじゃな」

突入していくイリスを追いかけながらも、ミラはその様子からまた一つ、男性恐怖症克服のための糸口を見極めていた。

まだまだ躊躇いは残っているものの、シャルウィナにぴったりくっついていく事で、男の直ぐ傍も抜けていく事が出来ていたのだ。

好きというのは、思わぬ力を発揮するものである。

と、そう感心しながらもミラは見失わないよう、イリスに付くよう団員一号に頼むのだった。

## 5

アルマにお小遣いを貰っていたというイリスは、ここぞとばかりに本を買い漁っていった。

そのお小遣いには巫女(みこ)としての仕事料も含まれているのだろう。かなりの金額であったため稀覯本が際限なく増えていく。

結果イリスは、その重さと量で動けなくなってしまった。

「まったく、仕方がないのぅ」

まだまだ先もあるのに何をしているのかと苦笑しながら、ミラはそれらの本を全てアイテムボックスに収納する。

「ありがとうございますー！」

イリスは本がすっかり収まると礼を言って「これがあれば、どこにでも本を……」と、羨ましそうな目でミラの腕輪を見つめた。

そしてイリスは「冒険者に……」などと呟いて、その目に真剣みを浮かべる。

どうやら沢山の本を持ち歩くために冒険者になろうなどと、半ば本気で考えているようだ。

「ところで、シャルウィナよ。お主は何も買わなくてよいのか？」

イリスと共にはしゃぎ駆け出していったシャルウィナだが、これといって本を手にしてはいなかった。

これだけの場所である。きっと気になる本は幾らでもあったはずだ。

「はい、はい。今日は見られただけで満足です」

シャルウィナは、微笑みながらそう答えた。だがミラは、それが本心でない事を見抜いていた。

そして告げる。

「お主が、その程度で満足するはずないじゃろう。折角の機会じゃ。それと、お主達姉妹にはわしも助けられておるのでな。遠慮など無用じゃよ。幾らでも好きな本を選ぶとよい」

支払いは全て受け持つと、ミラは太っ腹なところを見せつける。

するとシャルウィナは笑顔をぱっと咲かせて、「あ……主様！　ありがとうございます！」と感涙したかと思えばすぐさま本を手にした。一冊、二冊、三冊と。

計十冊で二十五万リフ。なかなかの値段であったが、ミラはそれこそ孫に玩具を買い与える祖父の如く、嬉しそうに支払いを済ませるのだった。

古本市巡りを終えたミラ達は、次にマジカルナイツのファッションショーにやってきた。

こちらは、エリヴィナの希望だ。デザインなどの参考にしたいとの事である。

（ふむ、流石はこの道の第一人者。何とも素晴らしい光景じゃな！）

魔法少女風。それは一見するとコスプレのように見えるものだが、きっと元となったあれこれを知っているからこそ、そう見えているに過ぎないのだろう。

元いた世界では、大きなお兄さん達がカメラを手に集まりそうなファッションショーだ。

しかし今、ミラの周りにいるのは、ほとんどが女性だった。

そう、ここでは魔法少女風というジャンルが確かなファッションブランドとして確立しているのだ。

ミラは不思議な光景だと感じつつも、そのショーを大いに楽しんだ。

そうしてショーは、恙(つつが)なく終わった。エリヴィナは素晴らしいインスピレーションを得られたと嬉しそうだ。

ただ、離れた場所からの見学だけあって、細かい部分をしっかり確認出来なかったのが名残だという。

「それならば近くで見せてもらえるかどうか、ちょいと聞いてみようか」

そう言って立ち上がったミラは、そのままマジカルナイツのブース裏に向かった。

マジカルナイツの広報であるテレサは知り合いだ。忙しい時なら難しいが、可能性はゼロではない。

「こちらにいるテレサという者に会わせてもらえないじゃろうか。ミラが来たと言えば通じるはずじゃ」

ブース裏の女性係員に、そう声を掛けるミラ。

するとどうだ。ミラの事をじっと見つめた後、女性係員の顔に驚きの色が浮かんできたではないか。

「も、もしかして……あの精霊女王のミラ様ですか⁉　テレサさんから話は伺っております。どうぞお通りください。彼女は広報なので第二テントにいるはずです」

どうやら、また訪ねてきた時のために話を通しておいてくれていたようだ。女性係員は少々上気した顔で、さあさあどうぞと奥のテントを指し示す。

「おお、そうか。第二テントじゃな。感謝する」

そう答えて女性係員の隣を通り過ぎたところで、「あの」と呼び止められる。

ミラが「なんじゃ？」と振り返ると、彼女は「握手してください！」と右手を差し出した。

ミラは快諾して握手を返し、再び第二テントに向けて歩き出す。

「かっこいいですー！」

二つ名付きの冒険者。その人気の程を目の当たりにしたイリスは、ミラを見るその目を、ますます輝かせていた。

「あ、ミラちゃん。来てくれたんだ！」

第二テントに顔を覗(のぞ)かせると、声を掛けるよりも早くテレサが気付き駆け寄ってきた。

ミラはゴスロリに変装しているのだが、テレサにその程度の変装は通じないようだ。

それどころか、「それって『ミッドナイト・サーチャー』の衣装だよね？　すっごく可愛いよ！」と、それがどういった服なのかまで見抜いている。

更にテレサは、ミラと共にいる三人にも視線を向けて「そちらはミラちゃんのお友達？　皆で揃えるなんて気合入っているね！」と、その目を輝かせた。

彼女もまたコスプレ好きという一面を持つためか、イリス達にも相当な興味を持ったようだ。

するとミラが紹介するより早くに反応した者が二人いた。

「はじめましてテレサさん。イリスですー！」

「シャルウィナでございます。ところでテレサ様は、『ミッドナイト・サーチャー』をご存じなのですね⁉」

そう、イリスとシャルウィナだ。

二人とテレサは、まるで引かれ合う磁石の如く一瞬のうちに仲良くなっていた。

あの物語のあの場面が凄い、あのシーンが最高だなどと盛り上がり始める。

イリス、そしてシャルウィナに新しい友人が出来た瞬間だ。

だが、それをただ見守っているわけにもいかなそうだ。

「ところでテレサよ。……何やら随分と忙しそうじゃが」

第二テント内は、関係者があちらこちらと駆け回っている程に騒がしかった。それこそ若干、趣味の話で盛り上がるテレサにチクチクと視線が突き刺さっているくらいに。

と、そのようにミラが声を掛けた事で、テレサもようやく現状を思い出したようだ。

「そうだった！」

そう叫び、どうしようと足踏みを始め――そのますぅっと視線をミラへと移し、「ミラちゃん、お願い――！」と瞬間的に泣きついてきた。

テレサが言うに、何やら次のステージのモデルが一人、直前に来られなくなってしまったというのだ。

「――つまり、わしにその代役を……というわけではないじゃろうな？」

話の内容と現状から、ミラはテレサが言わんとしている事を即座に予想した。

そしてそれは、大正解であった。

つまりは、マジカルナイツのファッションショーに出てくれというわけだ。

それを理解したミラは、直後にその顔を渋さいっぱいに染める。

マジカルナイツといえば、魔法少女風。つまりこれから、こってこての魔法少女風衣装を着て大勢の前に立てという話だ。

慣れ始めてきたとはいえ、多くの人目に晒されるなど耐え難いと口をつぐむミラ。しかもモデルとしては素人である。

「何でも言う事聞くからお願い！」

ミラほど似合うモデルなど、そう簡単には見つからないと懇願してくるテレサ。

更にはイリスとシャルウィナも、新しい友人のためにといった視線を送ってくるではないか。

「うむ、わかった……。じゃが、どうなっても知らんぞ」

気乗りはしないが、ここまで頼まれては断れない。

ミラは仕方がないと承諾し、「ありがとうミラちゃん！」と喜ぶテレサに更衣室へと連れていかれるのだった。

十分と少々。プロの手によって瞬く間に着替えとヘアメイクが完了する。

更にはランウェイの歩き方などを一気に詰め込まれ、瞬く間に本番となった。

(予想以上に多いと思っておったが、ここからじゃと更に多いとわかるのぅ……)

魔法少女風の新作衣装でばっちりと決められたミラは、音楽と共にランウェイを進みながら観客の多さに圧倒される。

ファッションとしての魔法少女風の人気は、既に大陸規模だ。観客の全員が、それはもうキラキラとした純真な目でランウェイを見つめていた。

そうしていよいよランウェイの先端にまでやってきたミラは、最大限に注目を浴びている今の状況を感じ――そして思った。

もしや、好機なのではないかと。

そう気づいてしまったが最後。ミラは遠慮なく、それを実行した。

「小生にお任せあれですにゃー!」

イリス達と共にいる団員一号を送還すると、すぐさま再召喚したのだ。

肉球形の魔法陣よりぴょんと跳び出した団員一号は、その可愛らしさを観客達に全力でアピールしながらミラの肩にちょこんと座った。

すると、どうだ。一気に会場が沸き立ち、その可愛さを絶賛する声に包まれたではないか。

（ちょいとやり過ぎたかのぅ……）

最後にミラは、しっかりと衣装を見せつけるように回ってみせてから、ランウェイを戻っていった。

「最高だったよミラちゃん！　しかもあそこでマスコットキャラを登場させちゃうなんて、もう完璧だよ！」

「ふむ……そ、そうか。なら良かった」

折角だからと召喚術アピールをしたが、新作衣装よりも沸いてしまった。

その事を懸念したミラだったが、魔法少女といえばマスコットという図式がしっかりと浸透しているようだ。むしろ完璧なランウェイだったとマジカルナイツ一同、大喜びであった。

モデルの代わりを務め終えたミラは、そのままプロ達の手によって元のゴスロリ――『ミッドナイト・サーチャー』のブリジットに戻されていた。

そしてイリス達はというと、特別展示室なる場所で、じっくりと新作衣装のデザインを間近で見学しているところだ。

それは、モデルになる対価としてミラが要求した結果だ。エリヴィナのため、何でも聞くと言うテレサに頼んだのである。

ついでにイリスとシャルウィナも魔法少女風に興味を持ったのか、そのまま付いていったという次第だ。

「ねぇミラちゃん。何かミラちゃんの知り合いだって子が来てるんだけど」

と、そのようにミラの着替えも終わったところで、テレサが顔を見せそんな事を口にした。

「ぬ？　わしの知り合いとな……？」

いったい誰の事だろうか。それ以前に、そもそもなぜここに自分がいるとわかったのだろうか。

そんな疑問を浮かべたミラだが、次にテレサが告げた名前でピンと来た。

「えっと、ミレイさんとマリエッタさん、あとネーネさんっていう子だったよ」

「おお、もしや……！」

覚えのある名に立ち上がったミラは、そのままテレサの案内でテント裏へと向かう。

そこにいたのは、やはり見覚えのある三人娘。ファジーダイスを捕まえにいったハクストハウゼンにて、インナーパンツ選びを手伝ってくれた娘達だった。

「やはりお主達じゃったか。久しぶりじゃのぅ！」

ミラは驚きと共に三人を出迎え、その再会を喜んだ。

「ああ、やっぱりミラちゃんだった！　また会えて嬉しいよー！」

「まさかモデルとして出てくるなんて思いませんでした！」

「この出逢いは運命」

三人もまた余程嬉しかったのだろう、駆け寄りながら輝かんばかりの笑顔を咲かせた。

「しかしまた、よくわしじゃと気付いたのぅ」

久方ぶりの再会を喜んだミラは、だがそこで、そんな疑問を口にした。

マリエッタの口振りからして、三人はランウェイを歩くミラを見て気付いたのだとわかる。

だがミラは髪を黒く染めたままで、更には服装も以前とは全然違うものだ。

すると三人は、どことなく自慢げに答える。髪の色を変えるのは魔法少女風フリークでは当たり前の事であり、さしたる障害にはならないと。

更に極めつけは、団員一号だそうだ。その毛並みと模様と雰囲気で、あの日のケット・シーだと直感したという。

実に恐るべき観察眼だ。


今日の分のファッションショーは終わりだそうだ。よって三人娘もまたミラの知り合いという事で、控室にまで入る事を許されていた。

初めて出会った時の思い出話や、その後の事について語り合うミラ達だったが、魔法少女風フリークでもある三人娘の興味は、控室に並べられた新作に向いていた。

テレサが好きに見て構わないなどと言ったものだから、再会の喜びがそちらに上塗りされてしまったようである。

「勝手に触るでないぞー」

「わかってるってー」

「大丈夫です。まだ理性が生きてますから」

「素敵……」

と、相変わらずな三人娘の様子に呆れていたところだ。

マジカルナイツの係員達の動きが慌ただしくなったかと思えば、新作の衣装が次々と運び出されていってしまったのだ。

「ああー……」

もう見学時間は終了なのか。そう肩を落とす三人娘。

だが、それから少ししたところで、そんな三人が歓喜する出来事が起こった。

「よーし、黒の一番から十番までは第一ラインに並べて。赤の一番から八番は第二ラインによろしく」

そのような指示の声が響いてきたかと思えば、係員達がえっさほいさと衣装を運び込み始めたではないか。

「お……おおー！」

「これって、もしかして……」

「新ブランドの！」

次々と並べられていく衣装の数々。

それらを前にした三人娘は、これまで以上に興奮した様子で、その衣装を食い入るように見始めた。

そんな中、マリエッタが思い出したように振り返り「ミラさん、これは凄いですよ！」と駆け寄ってくる。

「ほ、ほぅ？　そうなのか？」

彼女達ほどどころか、さほど愛好家ではないミラは、何がどのように凄いのかわからず首を傾げる。

するとマリエッタは、これでもかというほど懇切丁寧に、その凄さを説いてくれた。

いわく、今並べられているのは、明日発表予定となっている新ブランドだろうという事だ。

そして噂によると、その新ブランドは『魔女っ娘』なるものをテーマとしているらしい。

「ふむ、魔女っ娘か……」

魔女っ娘。ミラはマリエッタの説明を聞く中で、その単語に反応した。

というのも魔女っ娘といえば、かの九賢者の一人であるフローネが好んでしていたファッションだからだ。

はてさて、彼女はいったいどこで何をしているのだろうか。

ミラは熱弁するマリエッタの話を聞き流しながら、そんな事を思い浮かべるのだった。

## 〈6〉

満足のいくまで見学したエリヴィナ達と合流したミラは、魔法少女風フリークな三人娘達と別れた後も様々な催し物を見て回った。

中でもイリスが興奮していたのは、各国の英雄が集まり魔獣王グランカエクスとの決戦に挑んだ時を再現した演劇だ。

困難に立ち向かう勇気と団結に、それはもう夢中になっていた。

対してミラ達はというと、少々バツが悪そうに苦笑いを浮かべている。

それというのも、この各国の英雄というのには九賢者も含まれていたからだ。

「しかしまた演劇というのは恐ろしいのぅ……。あれを、よくぞここまで美談に出来たものじゃ……」

「あの時の、ですよね。今でもよく覚えています……」

「ほんと、何をどう解釈したら、こんな話になるのかしら」

「八十六回ですにゃ。小生が巻き込まれたのは八十六回ですにゃ。今でもよーく覚えていますにゃ」

ミラだけでなくヴァルキリー七姉妹や団員一号も、その戦いを経験していた。

魔獣王グランカエクス。それはプレイヤー達にとって初めて遭遇する事となった、大規模レイドボスだった。

かつてのミラ——ダンブルフら九賢者もまたソロモンと共に総力をあげてこれに挑んだ。

だが、それだけではない。アトランティスやニルヴァーナも含め多くの国の猛者達が、その討伐に参戦していた。

ここで問題になったのが、FF(フレンドリーファイア)だ。ゲームとしては珍しく仲間同士でも攻撃が当たる仕様であったため、魔獣王の攻撃だけでなく他のプレイヤー達の攻撃にも注意しなければならなかった。

だが、百以上のプレイヤーが入り乱れる戦闘は誰もが初めての経験であり、その結果戦場は阿鼻叫喚。

やられたらやり返す。初めての大規模レイドボス戦は、魔獣王と他プレイヤーを相手とするバトルロイヤルな戦いへと推移していったのだ。

最終的には、《軍勢》と《巨壁》によって他プレイヤーを抑えている間にソロモン達が魔獣王を仕留め、その戦いは九賢者の勝利という形で幕を閉じた。

だが目の前で繰り広げられている演劇では、国同士が手を取り合い協力し、力を合わせて見事魔獣王を討伐したという内容に変わっている。

国境を越えた共闘。国とは本来こうあるべきだ。戦争は何も生まない。国は違えど人は繋(つな)がりあえる。などといったメッセージが演劇にはふんだんに盛り込まれており、イリスはそれにいちいち感動していた。

そんな純粋なイリスを前に真実を知るミラ達一同は、当時の事は誰にも言うまいと心に決めるのだった。

そうして夕暮れ時も過ぎ去り、空が夜の帳（とばり）に覆われ始めた頃。

それでも辺りは照明によって明るく照らされ、未だ会場内は多くの者達で賑わっている。

そんな会場の一角、より一層賑やかな音色に包まれた場所にミラ達の姿はあった。

そこは、コンサートステージだ。大陸中から集まった音楽を生業（なりわい）とする者達が、この大舞台の主役である。

民謡やバラード、合唱に聖歌、更にはロックやポップスといった現代調のものまで。この舞台にコンセプトのようなものはなく、あらゆる音楽が奏でられていた。

しかも曲順といったものも一切考慮されてはいないようだ。激しいロックの次がクラシックな曲などという落差の激しいコンサートでもある。

とはいえ、それもまた次にどんな曲が始まるのかという楽しみを生み出していた。

また演奏に使われる楽器も様々であり、観客達は慣れ親しんだ曲に和みつつ、聞き覚えのない曲に刺激されながら盛り上がっている様子だ。

加えて曲の合間合間に司会者がちょっとした会話を挟んでくるのだが、それがまた音楽家達の人となりを見事に引き出すものだから面白い。

「ふむ、カバーバンドか……。とはいえ誰のカバーをしておるのか、ほとんどわからぬじゃろうな……」

ミラは、その一曲一曲に耳を傾け、個性豊かな音楽家達の話を楽しむ。

今演奏しているのは、間違いなく元プレイヤーであろう。そのバンドが歌う曲は、全てミラも馴染みのあるものばかり。

つまりは、現代で流行(はや)っていた曲なのだ。

そのためかバンドはカバーバンドを名乗っているが、何をカバーしているのかは元プレイヤーにしかわからないだろう。

「何だかカッコイイですー！」

「悪くないですね」

「音楽って色々あるのね」

「小生も今、ギターの練習中ですにゃ！」

どちらかというと懐かしさを感じるミラとは違い、イリス達にとっては新鮮な音楽に聞こえるのだろう。

ミラは、そんな感じ方の違いにそっと微笑みながら歌詞を口ずさみ、楽しいひと時を満喫する。

そうしてコンサートも最終盤。トリを飾る事になった音楽家が舞台に上がったところで、ミラは「おお!?」と驚きを口にした。

「さあ、今日も最後になりました。今夜を締めて下さるのは、この方達。その甘い歌声と優しい歌声のハーモニーが魅力な新進気鋭のデュオ、エミーリアーナです！」

コンサートの進行役がそう紹介したところで、「よろしくお願いします」と一礼する二人の音楽家。ギターを手にする男性のエミーリオと、ライアーハープを持つ女性のリアーナ。そっと寄り添うように立つ二人の姿は仲睦まじく、それだけで心を穏やかにしてしまうような優しさに包まれていた。

二人が演奏を始めると、その旋律は瞬く間に会場に染み渡っていき、歌声は空高くに溶けていく。これまでに見てきた世界、そしてこれから見ていくであろう世界を夢想する。二人の歌は、そんな旅情たっぷりで明るい未来に向かうような、希望に満ちたものだった。

曲が進むほど観客達も盛り上がり、そして目の前に浮かんでくるかのような旅の情景を垣間見ては共感し、またいつか見てみたいと夢に思う。

「そうかそうか……その道を選んだのじゃな」

エミーリオとリアーナの歌が終わる。するとミラの胸に去来するものがあった。

二人が歌い、二人が望んだ未来。

エミーリオとリアーナ。二人とは、かつて大陸鉄道にて出会った仲だ。

片や盲目となり絶望の中にあったリアーナ。そんな彼女を壮大な旅に連れ出した吟遊詩人のエミーリオ。

あの日出会った二人は、こうして共に歌っていくという未来を選んだわけだ。

響き渡る歌は、共に歩んできた旅の思い出を綴ったもの。そしてまだ見ぬ旅路の先に想いを馳せるもの。

だがミラにとって、二人の事を知る者にとって、それは、これでもかというくらいに鮮烈なラブソングだった。


と、ミラが二人との出会いを思い出していた時である。

「素晴らしい歌をありがとうございました！」

そのように締め括った司会者が「さて――」と、フリートークを開始する。

「皆さん、精霊女王と呼ばれる新進気鋭の冒険者をご存知ですか？　ご存知ですよね？　なんと私が噂で聞いた話によりますと、エミーリオさんとリアーナさんは、今のように有名になる以前の精霊女王さんとお会いになった事があるとか。その点について、私とても気になるのですが……真実は如何でしょう？」

二人と素早く距離を詰めるなり、さあどうぞとマイクを向ける司会者。客席からも期待の声が上がる。

対してエミーリオとリアーナは苦笑しながら手を繋ぎ「はい、会いました」と肯定した。

「僕達にとってあの出逢いは、一生忘れる事の出来ない思い出です。何よりも彼女に会えたからこそ、今の僕達があるといっても過言ではないんです」

エミーリオは、あの時の出逢いがどれだけ素晴らしいものだったかを語った。楽しい冒険の話を聞けた事。二人で本音をぶつけ合うきっかけをくれた事。そして音の精霊に会わせてもらえ、音楽の可能性を心の底から信じさせてもらえた事。

エミーリオ、またリアーナも、あれは神様がくれたような出逢いであり、それはもう大切な思い出だと告げた。

「精霊女王さんは、素晴らしい方なのですね。彼女のお陰で、こうしてお二方の歌を私達も聴く事が出来たわけですから」

感慨深げに頷く司会者は、そこから更に「もしもまた会えるとしたら、どうですか。やっぱり会いたいですか？」と続ける。

「もちろんです」

「はい、会ってお礼を言って、今の私達を見てもらいたいです」

当然といった口調で答えたエミーリオとリアーナ。けれど二人は、いつかどこかで自分達の歌が届いてくれればそれだけで幸せだと言って笑った。

「きっとその時には、また素晴らしい歌が生まれるのでしょうね」

と、司会者が最後に締めの言葉を口にした時だった。コンサート会場に思いもよらぬ声が響いたのだ。

「見てますよ！　お二人の事、ミラさん見てましたー！」

ぎょっとして振り向くと、立ち上がったイリスがそんな事を叫んでいるではないか。しかも二人の話に感極まったと明らかにわかる顔である。

「これ、イリス。何をしておる⁉」

現在ミラは変装中だ。なぜ変装しているかというと、精霊女王だと気付かれて騒ぎになるのを避けるためであった。

だからこそコンサート後に、そっと二人に会いに行ってみようなどと考えていたところだ。

だがまさかこんな場所のこんなタイミングでイリスがばらすとは思いもよらず、ミラは慌ててイリスを引き戻す。

けれど、時すでに遅し。ステージ上の二人だけでなく、観客全員の視線がミラ達の方に集まっていた。

「え、ほんと？」「なんだ？　何かの冗談か？」「あれだろ、そういう演出だろ？」「どこ？　どこにいるの？」

そんな声があちらこちらから湧き上がってくる。

また何より遠くの反応は曖昧といった様子だが、近くともなると別だ。

「黒髪だけど、言われてみれば……」「あ、変装しているのか⁉　もしかして変装していたのか！」

「ケット・シーだ。確か召喚出来たよね」「よく見れば確かに……」

と、そうかもしれないと疑って見てみれば、そうではないかという要素がちらほら浮かび上がるものだから大変だ。

これは本物なんじゃないかという声が次第に大きくなっていき、あれよあれよという間にコンサート会場は、精霊女王コールで溢れていってしまったではないか。

「ミラさん凄いですー！　大人気ですー！」

変装がばれてしまった云々といった事は、まったく気にした様子のないイリス。それよりも精霊女王ミラの人気ぶりを、心の底から喜んでいる様子だ。

「如何なさいますか、主様」

「脱出するなら、お任せください」

いつ殺到してきてもおかしくはない状態だ。シャルウィナとエリヴィナは、周囲に目を配りながら警戒する。

そして団員一号はというと、ギターを手にミラの肩に立つなりニヒルに笑う。

「さあ、団長、小生達のロックが頂点をとる日がやってきましたにゃ！」

視線が心地好いと悦に入る団員一号。その背にあるプラカードには「シェケナベイベー」と書かれていた。

ともあれ、既に騒ぎは誤魔化しがきかないほどに広がってしまった。そうなれば選択肢は一つだ。

「まったく、仕方がないのぅ」

バレてしまったのなら、それはそれ。なんやかんやで満更でもなさそうに立ち上がったミラは、颯爽と飛び上がり宙を駆けていった。

そのまま観客達の頭上を飛び越えてステージに降り立ったミラは、エミーリオとリアーナに「久しぶりじゃな」と、苦笑気味に声を掛ける。

「凄い変装ですね。でも、その声とその目は、間違いなくミラさんだ」

「そうね。ミラさんの声」

対面したところで二人はそう嬉しそうに笑った。

するとその様子を前にした司会者が、「何という偶然の再会なのでしょうか！」と煽り盛り上げる。

それは、本当にただの偶然だったのだが、むしろ運営側が用意したサプライズなのではないかといった声も上がる。

そんな中ミラは、エミーリオらと幾らか言葉を交わしたところで不敵に笑った。

「二人がコンサートのトリを飾った後じゃが、わしにも一曲披露させてはもらえぬじゃろうか？」

本来ならば、このままコンサートは終了だ。けれど折角の好機であると判断したミラは、まずエミーリオとリアーナに目配せしてから司会者に振り向いた。

「それは素晴らしいですね！」

「ええ、私も是非また聴きたいです」

ミラが何をする気なのか直ぐに察したようだ。エミーリオとリアーナは、後押しするように同意を示す。

そんな二人の反応から、司会者もまたピンときたようだ。「確認しましょう！」と言いステージ裏に走っていった。

それから十数秒後、駆け戻ってきた司会者は「是非ともお願いします！」という言葉を届けた。

許可は、とれた。

ミラは、召喚術ここにありと笑いながらロザリオの召喚陣を展開した。

『この声が聞こえたら、この想いが届いたら、君は目覚めてくれるだろうか。その声を聞かせて欲しい、その声で歌って欲しい。鈴のように響く音色をもう一度、今此処(ここ)に願う』

静かに響くミラの詠唱。それは進むに連れて召喚陣を輝かせていき、一際眩(まばゆ)く光ったところで、その者を降臨させた。

「ふわぁ……コンサート会場ですよぅ！」

音の精霊レティシャは、この場所がどういったところなのか直ぐに把握したようだ。

ステージの後ろに並べられた楽器や音響設備、そして期待に満ちた表情の観客達を前にして、それはもう理想の場所だと大喜びだった。

「それじゃあ歌いますよぅ。奏主様の――」

「――いや、それはまた後でよい。それより、《永遠なる君へのラブソング》を頼む」

ここで《奏主様の歌》などという、聴いているこちらが照れてしまう曲を歌われては大変だ。そう素早く判断したミラは、早速歌い出そうとしたレティシャを制し、今の二人にぴったりな曲を選んだ。

それは、エミーリオとリアーナ、二人の未来を祝福するための一曲だ。

「リクエスト、承りましたよぅ」

少々残念がるレティシャであるが、リクエストもまた大好きであり、それはもう存分に奏で始めた。

健やかなる時も、病める時も、共に歩み、共に過ごし、共に越えていく。

二人の幸せ、二人だからこその幸せ。何気ない幸せ。

生きていくだけなら必要のないもの。けれど、だからこそ必要と思える気持ちこそが大事だという事。

レティシャの歌は、そんな純粋でひたむきな愛に溢れていた。

そして何よりも音の精霊の為せる業か、このタイミングで歌を聴きに次から次へと観客が集まってくる。

ラブソングが終わっても観客達は冷める事なく、またこういったステージは久しぶりだからだろう、レティシャも相当に調子が上がっていた。

「あ、エミーリオさんとリアーナさんですよぅ。一緒に歌いましょぅ」

またレティシャは、エミーリオとリアーナを覚えていたようだ。二人に気付くなり早速駆け寄っていく。

「はい、喜んで」

「あの、私も……その、レティシャさんに憧れて音楽を始めたんです」

心の底から喜ぶエミーリオと、思いを述べるリアーナ。

するとレティシャは「それはとても嬉しいですよぅ！」と歓喜して、リアーナに飛びついた。

そうして今度は、レティシャとエミーリアーナの合奏と合唱が始まる。

精霊と人とで奏でるそれは、両者の未来の在りようを示すかのようであった。素晴らしい音楽に種族の差など関係ないと誰もが知り、誰もが引き込まれていく。

しかもコンサートはそれだけで終わらない。更に他の音楽家達も、居ても立っても居られないと飛び出してきて、そのままアンサンブルが始まったのだ。

その結果コンサートステージは、ここから本番だというくらいに盛り上がり、あっと言う間にレティシャを中心とした楽団が出来上がっていったのだった。

# 〈7〉

爽快な朝の空気。窓から望む空は半分ほどが雲に覆われているが、そこから差し込む陽ざしはより輝いて見えた。

気付けば秋も中程まで差し掛かった今は何とも心地好く、過ごし易(やす)い日々だ。

ミラは、そんな空の下を歩いていく。徐々に賑わい始める大会会場の入り口前をそのまま通過しながら、昨日のコンサートは大盛り上がりだったと思い返す。

（よもや、あの二人にまた逢えるとはのぅ。しかもリアーナまで楽器を手に歌っておるとは驚きじゃった）

ミラは初めて出逢った時の二人を思い出しながら、当時との変わりように微笑む。

あれから随分と頑張って練習したのだろう。そして何より、二人の相性が抜群だったのだろう。リアーナの歌声と演奏は、エミーリオのそれと見事に調和していた。

レティシャにお墨付きを与えられるほどにだ。

（きっと、またどこかでばったりと出逢いそうじゃな）

コンサートの後、二人とは、またいつかと別れた。そして不思議と言葉通りに、またどこかで逢えそうな予感がミラにはあった。

（更にあの様子からして、召喚術の素晴らしさも相当に伝わった事じゃろうな！）

エミーリオとリアーナはもちろんの事、観客だけではなく、多くの音楽家達もレティシャとのアンサンブルを楽しんでくれた。

音の精霊といえば、音楽を生業とする者にとって崇敬にも値する存在だ。

そんな存在との出逢いを成したのが召喚術ともなれば、それはもう特別と感じてくれた事だろう。

音楽家達は、国を巡る者が多い。ならば、そんな召喚術の偉大さを各地で語ってくれてもおかしくはないというもの。

（これでまた一つ、召喚術復興への道が拓けたかもしれぬな！）

ミラは召喚術の未来が楽しみだとほくそ笑みながら、城下町の大通りを進んでいく。

朝から甘い匂いを漂わせる菓子店や、店頭で弁当を販売しているレストラン。興味深い品が並ぶ術具店に、掘り出し物がありそうな万屋。

歩いているだけ、見ているだけで楽しいそれらの誘惑に抗わず堪能しつつ、あちらこちらを巡るミラ。

今日のミラは、久しぶりに一人だった。

先日の作戦によって『イラ・ムエルテ』を壊滅させた事により、ニルヴァーナ皇国内に潜んでいた関係者らも芋づる式に検挙されていった。

それらの中にはイリスの命を狙っていた者などもいたが、数日前にそれら全ての拘束を確認。そうして安全面が確保出来た事で、イリスの通学が可能となったのだ。

とはいえ学業の遅れやら何やらがあるため、直ぐにとはいかないようである。

時間のある時にアルマやエスメラルダが教えていた事に加え、自習などもしていたそうだが限界もあった。

今イリスは、凄腕の家庭教師に一般教養を学んでいるところだ。

（何かあればシャルウィナから連絡が入るじゃろうから、今日は存分に一人を楽しむとしようかのぅ）

こうして完全に一人になったのは何日ぶりだろうか。

ミラは風の吹くまま気の向くままに観光を楽しむ。当然、昨日のゴスロリとは違う平凡な服で完璧に変装済みだ。

と、そうしてあっちにふらふら、こっちにふらふらとしていたところで冒険者総合組合の前を通りかかった。

大国の首都だけあって、ラトナトラヤの組合は見上げるほどの大きさだ。

どこぞの領事館かと思えるほどに立派なそれは、一つの建物ながら左右で戦士組合と術士組合に分かれている。

と、そんな組合前を通り過ぎようとしたところで、「精霊女王――」という声がミラの耳に飛び込んできた。

「むむ!?」

様々な音が交じる中にありながらも、特定の声、自分に関係する単語というのは不思議と際立って聞こえるものだ。

ミラもまた耳ざとくそれを捉えて立ち止まる。

「――で――昨日、精霊女王が……――」

何やら冒険者総合組合にて、精霊女王の話題で盛り上がっている者達がいる様子である。

(ふむ……早速昨日の宣伝効果が出てきたようじゃな!)

これは良い兆候ではないかと察したミラは、ふと思い立ち、そのまま組合内へと歩を進めた。

これまでにも幾らか噂の種などは蒔いてきたが、それらがどのように伝わっていくのかといった過程について興味が湧いたのだ。

「――で、まさかの本人登場ってんだからびっくりだ」

「なんだそれ。すっげぇ偶然もあるもんだな」

「いやいや、流石にそこまできたら仕込みじゃね?」

「どうかなぁ、そんな感じはしなかったが」

「でも思いっきり変装して紛れてたんだろ?」

「それはあれだよ。有名人だからそうしてただけじゃないか?」

「だったら、そんな目立つような登場する必要もなくないか？　裏でこっそり再会でいいじゃん」

彼らは召喚術については触れず、精霊女王の話が出てからの本人登場について熱く語っていた。偶然か演出かと。

あれは正真正銘の偶然だったと言ってやりたい。そう心の内で思うミラだったが、それでは変装している意味がなくなってしまうというもの。

と、そうしてもどかしく思いながらも依頼掲示板の前で聞き耳を立てていたところ、彼らの話が伝播したのか、「精霊女王といえば――」などという声が別の場所でも上がった。

「何か聞いたところによるとさ、召喚術士がいると水の心配がなくなるとかいう話だぞ――」

そういう話題を待っていましたと喜ぶミラ。

更にそこから発展して、家や家具なんかもあるという噂も徐々に広がっていく。

だが、そこにいる冒険者達の反応を見るに半信半疑といったところが大半だ。詳しい者がほとんどいない召喚術だからこそ、余計に尾ひれがついてしまっているのではないか、などという声も飛び出し始める始末である。

(おのれ……余計な事を……)

召喚術って実は凄いのでは……という状況から一転、そうであると願いたい召喚術士の妄想が作り上げたデマではないかといった空気になりつつある組合内。

かといって、今のミラは変装中だ。大きく反論などしようものなら身バレしてしまう恐れもあった。

「いいや、嘘ではない！　ならばこのわし自ら、その証拠を見せてやろうではないか！」

あったのだがミラは堂々と名乗りを上げ、ここにいる全ての者達に噂は全てが真実であるという事を存分に見せつけたのだった。

「また別の変装を考えねばな……」

召喚術の素晴らしさを冒険者達の骨身に染み込むまで教え込んだミラは、「水精霊と友達になるぞ！」と盛り上がる者達を見送りつつ溜め息を漏らす。

と、そんなミラにそっと話しかける男が一人。

「ミラ様、丁度良いところに。数日前にミラ様宛ての荷物を預かっております――」

それは組合の係員だった。彼が言うにはファンからの贈り物が届いているそうだ。

「なんと！」

ファンからの贈り物。その素晴らしい響きに変装がどうとかいう悩みは掻き消え、舞い上がるミラ。

受け取りについては、どうするか。そのように聞かれたミラは、少し考えてからこの支店で受け取ると答えた。

前回はルナティックレイクの組合に送ってもらったが、今回はまだ暫くここに滞在する事となる。だからこその選択だ。

「畏まりました。明日は定期の空輪便がありますので、夕暮れ時には届くでしょう」

「うむ、わかった。では、また明日受け取りに来るとしよう」

そのように頷いたミラは『ファンからの贈り物とか、流石は精霊女王だ』などといった声を背に受けながら、意気揚々と胸を張り術士組合を後にした。

術士組合にて変装をバラしてしまったが、まだその情報は広まっていないようだ。

ミラはこれといって目立つ事なく、のんびりと続きの観光を楽しめていた。

と、そうして幾らかの時間が過ぎ、もうじき昼を回ろうかというところだ。

「さて、そろそろじゃな」

時間を確認したミラは、そろそろかと方向を変えて歩き出す。

向かう先は闘技場だ。今日は、第二十八グループの予選決勝があった。そしてその第二十八グループには、ブルースがいた。

（あともう一息じゃぞ、ブルース！）

ブルースが決勝トーナメントに駒を進められるように、また彼が召喚術士として立派に戦っているかを見届けるために観戦するのだ。

闘技場には、アルマより賓客入場証を貰っているため、いつでも出入りは自由となっている。

更に、賓客用の特別観戦席まで使えるときた。ほどよい距離と高さがあり、舞台全体を見渡せる素晴らしい眺望の席だ。

またここは室内席となっていて、周りを気にせず観戦が出来た。身バレを気にする必要もなさそうだ。

「さてさて、ブルースは後どれくらいで登場かのぅ」

途中で購入した焼鳥、フライドポテトにレモンサワーという鉄板セットを手に観戦を開始するミラ。

完全に、スタジアムで野球観戦をするそれである。

現在、闘技場で行われているのはそれぞれのグループごとの予選準決勝。

一人、また一人と予選決勝への進出を決めていく。

「流石は過酷なバトルロイヤルを勝ち抜いた者達よ。もうこの時点でも、上級冒険者くらいの実力者揃いじゃな」

一万をも超える出場者。しかも準決勝前までの予選はバトルロイヤル形式ともあって、それを突破するのは並大抵の難易度ではない。

バトルロイヤルともなれば、強い者を数人がかりで潰そうなどという戦い方も出来るからだ。

つまり準決勝まで駒を進めた出場者というのは、そういった妨害をも撥ね除けた猛者がほとんどだというわけだ。

「……ふむ、しかしこの試合は、ちと差があり過ぎるようじゃな」

とはいえ、中にはうまい事漁夫の利を収めた者や、仲間を作り結託して上がってきた者もいた。

けれど、この闘技大会において、身の丈に合っていない順位というのは危険である。

準決勝にて一対一となったところで、選別されるからだ。

今日も一人、狡賢く勝ち上がった男が救護室へと運ばれていった。

そうして試合も進み、いよいよ第二十グループからの予選決勝が始まる。

「決勝トーナメント……きっと素晴らしい舞台になったじゃろうな……」

予選の時点で、これだけの実力者が揃っているのだ。決勝トーナメントになれば、それこそAランクの中でも上位の冒険者や、もしかしたら九賢者クラスの強者まで出てくるかもしれない。

それはきっと、色々と試せる最高の実験場になっただろう。そして召喚術の可能性を広める最高の宣伝にもなっただろう。

改めてそう思ったミラは、なぜ出場禁止なのかと、むくれながらブルースの出番を待った。

予選決勝第二十、二十一、二十二グループと進んでいく。

予選も決勝になると皆が凄腕揃いであり、見応えのある試合が続いた。

戦士クラスに術士クラスが入り交じる無差別級。そこには人それぞれの戦術があり、「ほぅ、そうくるか」と、ミラにもまた得られた部分が幾つもあった。

それから更に試合は進み、いよいよ第二十八グループ目。ブルースの出番がやってきた。司会のコールに合わせて登場するブルースは、予選決勝という舞台ながらも落ち着いた様子だ。

鍛えた召喚術の腕と、頼もしい仲間への信頼、そして何よりもミラに――九賢者ダンブルフに直接指導してもらったという自信がその顔には表れていた。

「よくぞここまで勝ち上がってきた。さあ、もう一勝じゃ！」

そうブルースに念を送るミラ。

と、次に司会の口からブルースの対戦相手が告げられて、その姿を見せたところで、ミラは「おお⁉」と驚きの声を上げた。

対戦相手の名は、アルフェイル。

あれはいつぞやにソウルハウルの手掛かりを求めて、祈り子の森へと赴いた時だ。森の手前の村にて、強い者と戦うのが好きだという男に試合を申し込まれた事があったが、その時の男の名がアルフェイルだった。

「ふむ……やはりあの男で間違いなさそうじゃ。確かに見覚えがある」

ブルースとアルフェイルの試合が始まると、ミラはその動きをつぶさに観察した。そして大胆で奇抜な動きや、極めて攻撃的な戦い方を見て同一人物であると確信する。

それでいて、あの頃よりも更にずっと技に磨きがかかっていた。ブルースのダークナイト二体を相手に引かぬどころか果敢に突撃して、これらを斬り伏せていくのだ。

「これまた厄介な相手と当たってしまったものじゃな。しかし勝機はあるぞ、ブルース。お主なら出来る！」

召喚術が廃れてしまい幾星霜。ブルースほどの召喚術士を相手にした事のある者は、そう多くはなかっただろう。

ここまでの予選において、そういった要素もブルースに大きくプラスに働いていたはずだ。だがアルフェイル相手となると、少々違ってくる。彼は一度、ミラのダークロードとも戦った事があるからだ。

そして真の召喚術士に敗北し、その強さを思い知ったからこそ、アルフェイルは召喚術士との戦い方というのも学んできたようだ。その立ち回りは、まさしく召喚術士相手に適したものだった。

「さあ、ここが踏ん張りどころじゃぞ！」

ブルースには、対召喚術士戦法に対する戦い方というのも既に伝授してある。それを上手く使いこなせさえすれば、アルフェイルが相手だろうと勝てるはずだ。

期待を胸にミラが観戦する中、二人の激しい攻防は続いた。

懐に飛び込もうとするアルフェイルと、そうはさせぬと立ち回るブルース。

どちらが勝ってもおかしくはない。そんな一進一退の戦いに観客達も沸き上がったところで試合が動く。

「うむ、よいタイミングじゃな」

僅かな隙を見逃さずにアルフェイルが飛び込んだ瞬間、そこに塔盾が出現したのだ。

しかもそれだけに終わらない。続けざまにダークナイトの腕も現れると、手にした黒剣を振り下ろした。

そう、部分召喚である。

まだまだ挙動諸々に不備はあるものの、ブルースは実戦に投入出来るまでに仕上げ切ったようだ。

そしてこの新たな召喚術を前にして、アルフェイルが初めて距離をとった。

的確なタイミングでそれを行使した事で、ブルースはアルフェイルに警戒という行動をとらせたのだ。

神出鬼没な塔盾と黒剣。どこに現れるかわからない以上、相手は全方位に気を配る事となる。

しかも部分召喚は、通常の武具精霊召喚に比べ、ずっとマナ消費が少なくて済む。

それでいて相手にプレッシャーを与え、精神力の消耗を強要出来る。これこそが部分召喚の隠された強みだ。

「よし。アルフェイルには気の毒じゃが、召喚術復興のためじゃ。いけ、ブルース！」

部分召喚という新たな召喚術。これの登場により、形勢は一気にブルースへと傾いた。

攻めるダークナイトと、護るホーリーナイト。更にサラマンダーが多角的に炎を浴びせていく。

僅かに立ち止まれば黒剣が現れ、塔盾にて動きを制限する。

流石は銀の連塔の術士というべきか。召喚術の習熟度と活用力は、それこそ天才の部類であった。

だがアルフェイルも、そのまま押されっぱなしでは終わらない。

部分召喚のタイミングを掴めないよう、その動きに緩急をつけ始めたのだ。

今のブルースでは、ミラのように直感的な発動は出来ない。ゆえに、その対策は正解だった。

「戦いの中で進化するとは、どこの主人公じゃろうな。とはいえ――」

戦況を見極めて対応し、すぐさまその動きを完全に身に付ける。

そんなアルフェイルの天才ぶりにも脱帽しつつ、だがミラはブルースの勝利を確信した。

そして、それから数分後。ミラの予想通りにブルースの勝利によって二人の試合は決着する。

勝敗の要因は、スタミナだ。

片や、動かず周囲を固め、部分召喚によりマナ消費を抑えたブルース。

片や、周囲に気を配りつつ、止まることなく動き続けたアルフェイル。

どちらが先に限界を迎えるか明白といえるだろう。

「ようやった、ようやったぞ！」

両者の奮闘を称えるように観客達からの喝采が響く中、ミラもまた立ち上がり称賛を送ったのだった。

## 〈8〉

ブルースの決勝トーナメント出場決定を確認したミラは、ライバルになるだろうその後の予選決勝まで観戦してから闘技場を後にした。

時刻は夕暮れ時。ブルースの噂をしている観客の声をちらほらと聞いたミラは、ご機嫌な様子で会場内の催し物を見て回っていた。

（ふむ、この甘みと苦みの絶妙なバランス。悪くないのぅ）

途中で見つけたキャラメリゼオレを堪能しつつ、他にも美味しいものはないかと会場内を散策するミラ。

レストランブースや屋台などを色々と見て回り、次はどれにしようかとのんびり考える。

そうして丁度、マジカルナイツのブース前を通りかかったところで、ミラは一際盛り上がった歓声に何事かと振り返った。

（これは確か……昨日三人娘が言っておったやつじゃな）

見るとブースの舞台上にて、新ブランドのお披露目が始まっていた。

ミレイとマリエッタ、ネーネらが言うには、その新ブランドは魔女っ娘をテーマとしているそうだ。

（魔女っ娘……のぅ）

昨日、マジカルナイツのブース内にて、ちらりとそれらを見た時の事を思い出したミラ。

ミレイ達は言っていた。その新ブランドは、魔法少女風よりも幾分大人向けのデザインであり、可愛いよりもカッコイイ寄りなのだと。

そこでふと、ミラの脳裏に一つの想いが過る。どうせ着せられるのなら、カッコイイ方がいいのではないかと。

そのようにリリィ達を説得するのも一つの手ではないか。そう考えたミラは、多少の興味を胸にファッションショーを観覧してみた。

（ふむ……なるほど。悪くない）

次々と紹介されていく、魔女っ娘シリーズの衣装の数々。

大人しめな色使いと、シックなデザイン。それでいて所々に中二心を擽る要素も施されており、ミラは、これならまだ着せられても問題ないなどと考え始めた。

もはや女性ものの服を着る事など慣れっことでもいった様子だが、服にはこういった系統以外にも沢山あるという事が頭から抜け落ちているようでもあった。

それもこれも、リリィ達の影響によるものか。もはや洗脳に近い状態だ。

（ふむふむ、あれも悪くないのぅ――。それも――。ああ、これはフローネが気に入りそうじゃな）

何となくで見始めたが、これが存外悪くない。ミラは、なかなかどうしてと前のめりに品定めを始める。

と、そのように熱を入れ始めたミラだが場所が場所だ。周りはマジカルナイツのファンばかりであり、新衣装が登場するたび大盛り上がり。

落ち着いてじっくり見られないという事で、どうにかこうにか隙間を抜けて移動する。

またそうしている内に、一つ把握出来た事がある。

それは、魔女っ娘シリーズに格別な期待を寄せている観客達の層についてだ。

魔法少女風は好きだけど、もう少し年齢に見合った落ち着いたものが——といった大人な女性達が、特に盛り上がっている様子だった。

(確かに、そう思う者もおったじゃろうな)

魔法少女風というのが流行っている事から、どこの街にもそういった服装の女性はいた。

ただ魔法少女とあるように、基本的なデザインのコンセプトは少女寄りだ。大人な女性——特に落ち着いてくる頃合いには、少々行き過ぎた部分も多々ある印象だった。

そこに登場したのが、今回の新ブランドだ。

これにはお姉さん方も、大満足といった盛況ぶりである。

(ほぅ、あの娘、先取り具合からして、なかなかのセンスじゃな)

大人な女性がメインターゲットだろう事は感じ取れたが、かといって少女が対象外などというわけでは決してない。

ミラは特殊な部類だが、ちらりと目に入った少女も、今回のシリーズを随分と気に入った様子だ。

それはもう素晴らしいと拍手しているのが見えた。

しかもその少女、かなりのマジカルナイツフリークと見受けられる。

基本は魔法少女風ながら、その組み合わせや色合いなどを工夫する事でシックでクールに、それこそ魔女っ娘寄りにカスタマイズした服装であったのだ。

（そういえば、フローネもあんな感じじゃったな。あれに魔女っぽい帽子を、被……って――って⁉）

ふと目にした少女は、その服装のセンスに加え背格好もフローネに似ていた。

更にそこへ彼女のトレードマークであるとんがり帽子を被せれば、もっと近づくのではないか、などと思いつつ自然とその少女を見つめたところで、ミラは不意に下りてきた直感に目を見開く。

僅かに窺える、その少女の横顔。それを目にした瞬間にミラは思った。むしろ、フローネにそっくり過ぎではないかと。

（いやいや、流石にそこまでの偶然は有り得んじゃろう――）

よもや本人か。そんな予感が脳裏を過ったが、そんなまさかと踏み止まるミラ。

この広い世界。未だ行方も知れず所在の情報すら皆無で、きっと一番捜索難度が高いだろうと予想していたフローネだ。こんなところで偶然見つかるなんてそんな都合のいい展開などあるはずがない。

ミラは希望的観測過ぎる状況に待ったをかけて、冷静になれと自分に促す。

ソウルハウルにカグラ、ラストラーダとアルテシア、そしてメイリン。捜し出すのに色々と苦労したものだ。

それがフローネともなれば、ダンジョンの一つや二つは攻略し、未開の地までも切り拓くらいに大変だろうと、ミラは心の隅で覚悟していた。

しかしどうだ。こんな何でもないイベントブースで邂逅など、これまでを思えば、むしろ何かの罠ではないかと疑ってしまう状況ですらある。と、それほどまでに慌てたミラは、だからこそ一度落ち着くように自らを戒め、深呼吸する。

まだ、ちらりと横顔が見えただけだ。もしかしたら横顔が似てるだけの別人かもしれない。

（よし、まずは確認じゃ）

ミラはどうにか落ち着きを取り戻すと、まずはフローネと思しき少女の顔をしっかり確認しようと動き始める。

目指す場所は、正面から顔が見える位置だ。

（こちらに気付いた様子はなさそうじゃな）

フローネと思しき少女を見失わぬよう注意しながら、徐々に徐々に進んでいく。

そうして時間をかけて正面側にまで移り終えたミラは、そこから気付かれぬように振り返り、フローネと思しき少女を見やる。

その少女は、ファッションショーに夢中だった。

そしてミラは、そんな少女の顔をしかと捉えて確信する。余程の事でもない限り、彼女こそがフローネ本人で間違いないと。

（やはり本人じゃー！　あの顔……記憶となんら変わっておらぬ。服の趣味もじゃが、あのイヤリングは一点もので、フローネのお気に入りじゃったからな……）

背格好に顔、服の趣味とお気に入りのイヤリングなど、見れば見るほど複数の要素が一致していき、それら全てが彼女こそフローネ本人だと示していた。

何かの罠でない限り、奇跡的な偶然によって九賢者の一人を発見してしまったというわけだ。

（どちらにせよ、このチャンスを逃す手はないじゃろう！）

ここで見失えば、もうこれほどの好機は巡ってこない。そう確信するミラは、早速フローネ確保のため動――――こうとした。

だがそこで一旦止まり、周りを窺う。

ミラは思ったのだ。この状況下で、どのようにフローネと接触すればよいのかと。

（ふーむ……こんなに人がいる中で、「お主、九賢者のフローネじゃな？」などと聞くわけにもいかぬからのぅ……）

九賢者捜しは、極秘任務だ。よって人に声を聞かれる環境下で、大っぴらに実行出来るはずもない。

また、別の方法で接触するにせよ、相手は予測不能なフローネである。彼女なりに戻ってこない理由があるはずだ。

その結果、どのような反応をするかがわからないというのも問題だった。周りに迷惑がかかるかもしれない。

ゆえに万全を期すのなら、彼女が一人きりになってから声をかけるのが、無難といえるだろう。

（そうとなれば、まずは見失わぬよう見張れる位置に移動じゃな）

ファッションショーに夢中な様子からして、これが終わるまでの間は待つ必要がありそうだ。

そう判断したミラは、もっと自然に見張れるように移動を開始した。

目指すは、フローネの死角となる背後。そして振り返るなどという不自然な行動をせずとも監視出来る位置だ。


観客の間をすり抜けて理想的な位置についたミラは、そこでファッションショーが終わるまで待った。

マジカルナイツの新ブランドである魔女っ娘シリーズの発表は、終始大盛況で幕を閉じた。

しかも来週から店舗に並ぶとの事で、観客達のテンションは最高潮だ。

と、そうして熱も冷めやらぬ中、観客席よりはけていくマジカルナイツフリーク達。

それと共にフローネもまた、いよいよ動き出した。他の客と同じ流れにのって満足そうにマジカルナイツのブースを後にする。

（さて、いっその事、ねぐらまで突き止めてしまうというのも有りじゃが――）

ミラは付かず離れずの距離を保ちながら、フローネの尾行を開始した。

加えて頼もしい仲間も一緒だ。

『ポポット、ちゃんと見えてるのー』

『小生の目からは、何者も逃れられないですにゃ！』

空からはポポットワイズが。そして地上の別地点からは団員一号が、しっかりとフローネを見張っていた。

彼女がどのような動きをしようとも、人ごみに紛れてしまおうとも、これだけの観測点があれば決して見失う事はないだろう。

(しかし国にも顔を見せずに、今までどうしておったのじゃろうな)

メイリンに次ぐ自由人として仲間内で周知されているフローネ。彼女は、これまでの間この世界で何をしていたのだろうか。

そして、今はどこでどのように暮らしているのか。

色々と聞きたい事は山のようにあるが、彼女は何かと秘密主義な気質だ。

よって何かしら企んでいる場合、今回のような遭遇において逃走という手段をとる場合も十分にあり得た。

だからこそ尾行から接触に切り替える際は、より慎重な動きが求められる。

勘付かれないようにするためにはワーズランベールの力を借りるのが最適だが、隠れて尾行をしようものなら当然警戒させてしまうため今回はお休みだ。

むしろ好奇心の強い彼女が相手ならば、多少気付かれるくらいが丁度いい。

なぜ尾行していたのかと興味を持ち、あちら側から声を掛けてくる可能性があるからだ。

とはいえ、そこは負けず嫌いなミラである。簡単に気付かれてたまるものかと、細心の注意を払ってフローネを追跡する。

(ふむ、会場を出たか。さて、どこまで行くのやら)

街の中心部へと進んでいくフローネ。今夜の夕食と明日の朝食分だろうか。幾つかの店を巡り、出来合いの料理を購入して回っている。

(これまた相変わらず、料理は苦手なようじゃのぅ)

ミラは生鮮食品を扱う店には目もくれないその潔さに懐かしみを感じつつ、小腹が減ったと串焼きを一本購入した。

更に幾つかの店を巡り色々と買い物をしていたフローネが、いよいよ商店街を離れていく。

続いてやって来たのは、宿場街だ。

このまま宿に帰るのだろうか。それならばフローネが滞在している部屋を特定し、そこで接触した方がゆっくり静かに話し合えるかもしれない。

(しかし……高級そうな宿ばっかりじゃな)

中心部に近い宿場街だけあって、どこもかしこも一目で高級だとわかる面構えの宿ばかりが並んでいる。

若干気後れするミラだったが、そこそこの宿に泊まった事もあると自負して胸を張り大通りを進んでいく。

人の流れの多い宿場街。時間も頃合いとあってか、時折見失いそうになるほどの波に呑まれるミラ。けれどもその都度、ポポットワイズと団員一号の活躍により素早く捕捉し直す事が出来ていた。

（む……奥に入り込んでいったのぅ）

そうこうして宿場街にやってきてから、十分と少々。そもそもまだ宿を決めていないのか、あちらへこちらへと見て回っていたフローネが、ふと大通りより脇道に入ったではないか。

（これはきっとあれじゃろぅ。大通りの宿はどこも高過ぎたから、ランクを落とそうと考えたのじゃろうな。お主の考えは、手に取るようにわかるわい！）

同じような経験があったミラは、同情的に同意しつつ、どんな動きもお見通しだとほくそ笑んだ。

ともあれ、何も良い宿というのは高いばかりではない。安くて良い宿というのも沢山あるものだ。

（どれどれ、フローネの目は如何ほどじゃろうな！）

数ある宿の中から、彼女は素晴らしい宿を見つけ出す事が出来るだろうか。

幾度となくそれを成功させてきたミラは、挑戦者を迎え撃つ絶対王者の如き意気込みを以て脇道に足を踏み入れていった。

「なっ――!?」

それは、ほんの刹那の出来事。突如光に包まれたミラは、その脇道より姿を消したのだった。

〈9〉


「何じゃ……これは……」

それはまるで、間違って繋げられたビデオフィルムのようだった。

華やかな宿場街からちょこっと脇道に足を踏み入れた瞬間、石壁に囲まれていたのだ。

ほんの僅かな瞬きと同時に世界が丸ごと入れ替わったかのような状況に、ミラは困惑する。

「これはもしや……牢の中じゃろうか」

正面左右は石の壁。それから振り返ってみると、そこには鉄格子が嵌められていた。

ミラは自身の立ち位置からして、ここは牢獄の中だと気付く。そして、いったい何がどうしてこうなったのかと考える。

すると、そんなミラの脳裏に声が響いた。精霊王の声だ。

『一瞬、時空への干渉が感じられたのだが、何かあったか？』

曰く、他の精霊達と世間話をしていたところ、不意にその気配を感じ取ったそうだ。

時空への干渉。それは本来、神や始祖精霊クラスの力がなければ触れられもしない領域だ。

そして精霊王がそれを感知したという事実から、ミラは現状を理解する一つの答えを導き出した。

そう、空間転移だ。あの瞬間、脇道へと踏み入った時に、この場所へと転移させられたわけだ。

だがいったい誰がどうやって、人の業を超えた領域である空間転移を実行したというのか。

「――まあ考える限り、あ奴しかおらんじゃろうな……」

九賢者の中で最も型破りな存在。無形術を究めし者であるフローネならばこそ、空間転移にまで至っていてもおかしくはない。

そして、見事に飛ばされてしまったという事から考えて、どこかで尾行に気付かれていたともわかる。

「さて、どうしたものかのぅ」

泳がされた末、牢獄に閉じ込められてしまった。

しかもこの場所は、彼女が特別に誂えたものなのだろう。術を封じる効果があるのか召喚術をうまく構築する事が出来ず、また余程遠くまで飛ばされたのか、団員一号達とも連絡が出来なくなっていた。

状況は、かなり危機的である。だがしかし、ミラの顔には一切焦りも浮かんではいなかった。

このような状況からの脱出方法は幾つか用意がある事に加え、そもそもこれを行ったのがフローネであると予想出来ていたからだ。

「まあ一先ずは待機じゃな。なるべくなら直ぐに来てほしいところじゃがのぅ」

わざわざこの牢獄に尾行犯を閉じ込めたのだ。当然そのまま放置するはずはないだろう。待っていれば様子を見に来るはずだ。

その時に事情を説明すれば何の問題もない。むしろあちら側から来てくれるわけだ。そうミラは高を括り、シーズンオレ・オータムを飲みながらのんびりと待つ事にした。

変化は数分後に起きた。どこか遠くで扉が開いた音が聞こえた後に、足音が近づいてくるのがわかったのだ。

そしていよいよ、その足音の主がミラのいる監獄の前にまでやってきた。

足音の主。それは予想通りにフローネであったのだが、彼女はミラの姿を目にするなり真っ先に驚きを顔に浮かべた。

「あれ？　どんな変質者が掛かったかと思えば、可愛らしい女の子？　なんで？」

どうやらフローネは、尾行していたのが誰かまでは把握していなかったようだ。ただ何者かにストーキングされていると気付き、あの転移の罠を仕掛けたといったところだろう。

よってフローネは、むしろ変質者につけ回される側にしか見えないミラを前に疑問を浮かべる。それでいて観察するように、じろじろとミラの事を見つめた。

「……貴女(あなた)、元プレイヤーなんだ。で、私の事をつけ回していたのって貴女でいいよね？　それでどちら様？　私に何の用？」

元プレイヤー同士というのは、互いにそれを知る事が出来る。フローネはミラが元プレイヤーだとわかったところで更に警戒度を上げたようだ。その目には、疑いが色濃く広がっていた。

（……こういうところも相変わらずのようじゃのぅ）

若干の人間不信に陥っているフローネは、極力他者との交流を拒む傾向にあった。特に元プレイヤーともなれば、この世界において特殊な立場にある者が多い。警戒するのも仕方がないだろう。と、そのように色々と繊細な彼女である。よってミラは回りくどい事などせず、単刀直入に理由を告げた。

「フローネや、お主を捜しておったからじゃよ。そして静かなところで声を掛けようと思い、様子を窺っていた次第じゃ」

そう口にしたミラは、「その前に気付かれて、こうなったわけじゃがな」と続け笑ってみせた。

するとどうだ。ミラの言葉を耳にした瞬間に見せたフローネの反応は、それこそ驚きを通り越した先にある焦燥だった。

「な、なにそれ誰の事？　ちょっとわかんないんですけどー」

僅かに目を見開くも、すぐさまそのような誤魔化しを口にして白を切るフローネ。

だがしかし、その様子から把握出来る通り、フローネという人物は嘘を吐くのが下手であり、もはや本人である事は一目瞭然だった。

「ほれ、嘘を吐く時にはそうやって右下を見てから頬の辺りを触る癖、今もまだそのままではないか」

ミラは、よく知っているぞと不敵に笑いながら、びしりと指摘する。相変わらずな彼女の癖を。

「なっ……⁉」

ミラの言葉通りの行動をとっていた自分自身に気付いたフローネは、慌てたように左上に視線を移しながら不自然に手櫛（てぐし）で髪を整える。

更に誤魔化そうとしているようだが、既に手遅れというものだ。そして本人も薄々それに気付いたのか、次にはむしろ怒気を含んだ目でミラを睨みつけた。

「貴女、誰？　何で私の事を知っているの？」

もう偽る事は止（や）めたようだ。肯定したフローネは杖を取り出し、その目を鋭く細めて構えた。

これまでとは一転して、いざとなれば消し飛ばすという意思の篭（こ）もった目であり、急激に空気が張り詰めていく。

だが、そんなフローネを前にしても、ミラは先程までと変わらぬ態度で向かい合う。

「なに、単純な話じゃよ。その杖、黒杖剣ナギキリじゃろ。今も愛用しておるようじゃな。まったく、素材を揃えるためにあちらこちらと駆け回り、鍛冶師のワビサビまで紹介してやった甲斐もあったというものじゃよ」

フローネが愛用している仕込み杖、黒杖剣ナギキリ。その制作において、ミラもといダンブルフは、素材集めから職人探しまでと広く手伝っていた。

ゆえにミラがそれを口にしたところ、フローネの反応に再び変化が表れた。

仲間内だけしか知らない事に加え、それをさも自分の事のような態度で口にするミラ。

フローネは、堂々と佇むミラの事を見据えながら考え込んだ。するとその顔は警戒から疑惑に変わり、更には確信を経て驚愕へと移った。

「この剣の事……それに、ワビサビ君の事までって……」

ミラの言葉を受けて、フローネは確かにダンブルフに手伝ってもらった時の事を思い出したようだ。鉄格子の前にまで駆け寄ってから、まじまじとミラの顔を覗き込んだ彼女は、「え……？　じっじ？」と口にした。

けれどもダンブルフとミラでは、あまりにも印象が違い過ぎたからだろう。まるで狐狸にでも化かされているのではないかといった顔だ。

「気付いたようじゃな。その通り。わけあって今はこんな姿じゃがのぅ！」

ミラはというと、そんなフローネに対して不本意ながらこうなってしまったのだと念を押すように告げる。

「ふーん、そうなんだ」

フローネは、真に受けたとも疑うともわからぬ顔でそう答えた。

ただ警戒は解けたようだ。杖を下ろした彼女からは敵対心が抜けていた。しかし、その代わりに浮かんできたものがある。

それは、秘密主義な一面だ。

「じゃあ、また今度ね。じっじ！」

数歩下がったフローネは、そっと何かの術を行使しながら笑顔で手を振った。

するとどうだ。ミラがいた牢獄の至る所に魔法陣が仕込まれていたようで、それが輝き始めたではないか。

「これは……⁉」

多くの術式を把握しているミラ。だが何と、そこに刻まれた魔法陣の術式は何一つ理解出来ないものだった。

けれど、だからこそフローネが何をしようとしているのかが予想出来る。

「そうはいかん！」

フローネは、この場所に飛ばした時と同じように、またどこかへと飛ばすつもりだ。刻まれているのが転移の術式ならば、見覚えがないのも当然。

そして何よりも、「また今度」というフローネの言葉からして、それは明白だろう。

そう直感したミラは、ここで見失ってなるものかと抵抗する。

「よいか、フローネ。しっかり防ぐのじゃぞ！」

そのように注意を促したミラは、破壊力重視の魔封爆石をそこら中にばらまいてみせた。

「え⁉　ちょっと待ってじっじ！」

その行動に面食らったのはフローネだ。当然ながら魔封爆石がどういったものかを理解している彼女は、大慌てでシールドを展開した。

そして数瞬の後、ミラが閉じ込められていた牢獄の中で十数という魔封爆石が一斉に炸裂し、そこに仕込まれていた魔法陣を壁ごと破壊した。

「じっじ!? ねぇ、大丈夫なの!?」

あちらこちらの岩壁にヒビが入り、また崩れた牢獄には、もうもうとした砂煙が舞っている。

しかも術を封じる仕掛けも施された牢獄だ。術が使えない状態で、あれほどの破壊力を防げる手段などあるものか。

その只中にいたとなれば無事では済まないだろう。だがダンブルフならばもしかしたらと、フローネはその姿を捜す。

「いや、まったく。我ながら素晴らしい出来栄えじゃな」

砂煙の中、ミラは何事もなくそこに立っていた。

巻き込まれたのなら無事では済まない破壊力だったが、ミラはそれを以前にも使った方法でやり過ごした。

そう、『イラ・ムエルテ』との決戦地にて実績のある、空絶の指環(ゆびわ)を利用した方法だ。

ただ、一つだけ欠点がある。

「……――、――……!」

外側の音が聞こえなくなるという点だ。ゆえにフローネが何かを言っているが、ミラには聞こえなかった。

ともあれ牢獄に施されていた術式は、転移と術封じ諸共砕け散ったようだ。

「見たかフローネ！　この脱出は完璧じゃったろう！」

指環の効果を切り五体満足で悠々と歩み出したミラは、思惑通りにはいかないぞと笑ってみせた。

「何それズルイ！」

ミラが何をしたのか。それを理解したフローネは、一番に文句を口にした。

「転移なんてものを使うお主に言われたくはないのぅ」

自爆技と見せかけて被害は一方的ともなれば、そんな感想が出てくるのも頷けるというものだ。しかもミラは、あのフローネを騙くらかせたぞとしたり顔である。

だからこそというべきか。フローネは、全力でミラを飛ばしにかかった。

「今度こそ、帰ってね！」

それは最早、一瞬の早業であった。なんとミラが砕いた岩壁を念動力の無形術で組み直し、再び転移の術式を起動させたのだ。

瞬く間に発動する転移。本気になったフローネの展開速度は尋常ではなく、もう魔封爆石で吹き飛ばすどころか、言葉を発する時間すらない速さだった。

強引に、だが精密に組み直された魔法陣が輝いて、その中にあったものを転移させる。

「……なんで!?」

転移の起動完了後、フローネは堪らずといった様子で声を上げた。

なぜならば、確実に飛ばせたはずのミラが、まだそこに残っていたからだ。

「残念じゃったな！　この防壁は、ただのシールドとはわけが違うのじゃよ。時空の始祖精霊の力によって、ありとあらゆる干渉を断絶する代物じゃ！」

防壁を解除したミラは、一つの魔封爆石を投じて壁の一部を破壊した。すると瞬く間に、術を封じる効果が消え去っていく。

ミラは、壁が修復されていく瞬間に、術封じの術式がどこに仕込まれているのかを見抜いていたのだ。

そこから更に灰騎士を召喚。周囲の壁を粉々に砕かせながら、それはもう自慢げに語った。

囲んだものを強制的に転移させるフローネの魔法陣だが、絶対防御を誇る空絶の指環の力は、そういった干渉すらも防いでしまう優れものだと。

「ズルイ、ズルイ！」

それはあんまりだと地団駄を踏むフローネ。あらゆる攻撃、あらゆる効果を防いでしまえるその力は、言う通りにとてもズルイ性能であろう。

とはいえ相応のマナを消費するため、そう何度も使えるわけではない。

「ほれ、どうした。転移はもう品切れか？」

だがミラは、何度やっても同じ事だとでもいった顔でフローネに迫る。

ミラの隠し玉を前にしてフローネは、どのように動くか。そうミラが隙なく身構えていたところ

「じっじの意地悪！　馬鹿！」

何と彼女は、そんな捨て台詞を吐きながら踵を返し脱兎の如く逃走したではないか。

「な！　これ、待たぬか！」

ただ逃走したといっても、フローネのそれは尋常なものではない。無形術により宙を舞う……というよりは完全に飛翔しているからだ。

その速度は、それこそ翼竜もかくやといったほどであり、これこそフローネの実力の一端でもあった。

とはいえ、ミラとて負けてはいない。仙術技能全開で廊下を駆け抜けて地下より脱出すると、飛行速度重視という事で素早くヒッポグリフを召喚。颯爽と跨がり即座にフローネを追跡した。

「相変わらずの素早さじゃな！」

ミラは空を飛んで逃げるフローネを追いながら、同時に見慣れぬ景色を一望した。

地下の牢獄があった場所には、他にも幾つかの建造物が並んでいる。

また周囲は森で覆われているのだが、どうにも普通の森とは違う。見える範囲の木々には、リンゴやブドウ、柿、栗など、様々なものが生っているのだ。

一見すると果樹園か農家かといった印象を受ける場所だ。

しかも森は、見渡す限りに広がっている。これが全て果物の生る木だとしたら相当である。

だが、そんな森以上に気になる存在がミラの目には映っていた。

それは、城だ。森に囲まれたそこに、堂々とした姿で大きな城が佇んでいるではないか。

「しかしまた、ここはどこじゃ？」

実に特徴的な場所だ。けれど見た事も聞いた事もない。

改めて周囲を見渡したミラは、雲一つない空と森の境界線を見ながらふと違和感を覚えていた。

「はて、気のせいか地平線が近いような気が……」

いつも空から眺める景色と少し違う。そんな差異を感じていたミラだったが、次の瞬間にはそのような事を考えてもいられなくなった。

距離を縮めていくミラ達に気付いたフローネが、地上にある石やら岩やらを飛ばし始めたからだ。

「おっと、この程度、わしのヒッポグリフの機動力があれば問題ではないのぅ！」

進行を妨害するように飛来する石と岩だが、空の上ならばヒッポグリフの庭も同然。右に左にと巧みに避けていく。

とはいえ、流石のフローネか。飛んでくるのは一直線ばかりではない。ゆえにミラもまた、部分召喚などによる迎撃で忙しかった。

だがこのままでは埒が明かないというもの。よってミラは追加でペガサスやガルーダを召喚して、フローネを多角的に追い詰めていく。

「おのれ……今のも躱せるか」

風を操作するガルーダ。素早く先回りするペガサス。それでもフローネの飛行技術は昔より更に上がっているようで、それらを見事突破する。

何度目かのコンビネーションアタックも見事に受け流された。その結果ミラは、これでは決着がつきそうもないと、最後の手段に出る事を決めた。

「いってくれるか、ワントソ君や」

もうこれしかない。そう考えたミラはワントソを召喚して、そう告げる。

するとワントソは地上を見てごくりと息を呑みながらも、「お任せくださいですワン！」と力強く答えた。その目にしかと勇を宿しながら。

ミラは、ワントソの覚悟に感謝するとダークナイトフレームを身に纏う。

そしてじっくり構え――強化された膂力を込めて思いっきり放り投げた。

勢いよく発射されたワントソは、キリリと鋭い眼差しでフローネを捉える。けれども飛べないワントソは中空での軌道制御など出来るはずもなく、徐々に狙いからずれていく。

だがそこで――

「フローネやー、ワントソ君がそっちにいったぞー！」

ミラが大声で呼びかけたのだ。

するとどうだ。どれだけ呼びかけても反応のなかったフローネが、ペガサスとガルーダ相手に空中戦で圧倒し始めていたフローネが、隙だなんだといった何もかもを忘れたようにぱっと振り向いたではないか。

「ワ……ワントソくーん！」

その反応は、まさに劇的だった。彼女の目にその姿が映った直後、フローネは軌道を外れていくワントソに一直線で向かい、がっしりと受け止めたのだ。

そして次の瞬間にワントソは、その全身を余す事なく蹂躙（じゅうりん）されていった。

「ワントソ君懐かしい……もふもふ可愛い」

ワントソに顔を埋（うず）めて存分にもふり始めるフローネ。

そう、彼女は猫好きのカグラと双璧を成すほどの存在であり、それでいて相容れる事のない愛犬家であった。

その可愛がりようといったら留まる事を知らず、瞬く間にトレードマークの探偵服を脱がされたワントソは、そのまま全身の毛並みを堪能されていく。

猫カフェ籠城などという問題は起こしていないものの、その愛はカグラに負けず劣らずであるフローネ。

そんな彼女にワントソを差し出したならどうなるか。わかっていたからこその最終手段であり、ミラは尊い犠牲となったワントソに敬意を表しつつ、そっと接近してフローネを確保するのだった。

〈10〉

フローネを捕まえた……というよりはワントソ効果で釘付けにしたというべきか。逃げる事を忘れてワントソに夢中なフローネ。

「さて……」

大人しくなった……逃走を忘れた彼女を確認したミラは、改めるように周囲を見回す。

地上十メートルほどから見えるのは、周囲に広がる森と森に囲まれた大きな城。また、ところどころに畑のような場所もあるとわかる。

一見すると、随分豊かな土地だ。けれどミラは、その光景に違和感を覚えていた。

それは見える範囲に、大きな城以外に居住出来そうな建築物がないというもの。そう、周囲には街どころか村すらなく、城だけがぽつんと佇んでいるだけだったのだ。

ニルヴァーナの周辺には、このような立地の国などはなかったはずだ。

「して、ここはどのあたりじゃ？」

いったいあの時の転移で、どれだけ飛ばされたというのか。そしてどこへ飛ばされたというのか。

そんな疑問を抱きつつミラは問うた。

「……」

フローネは答えない。まんまとワントソに釣られてしまったのが悔しいのか、ぷいっとそっぽを向いてしまった。

とはいえ、こうして話が出来る状態にまで持ち込めたのなら、後はもう難しいものではない。

「……落ち着いたらガルムも召喚してみようかのぅ」

ミラがそんな事を口にしたところ、フローネがぴくりと反応する。

大型犬を超えるほどの大きさのガルムは、とてももふり甲斐があるというものだ。それを想像したのか、相当に惹かれている様子である。その顔に揺らぎが見えた。

「しかも最近、新しい隠し玉とも契約出来てのぅ。大きな子犬のような状態で、もっふもふじゃぞ」

更には、それとなくフェンリルもラインアップに加えるミラ。

「ここは……ここは……。秘密――――!」

壮絶な葛藤の末、フローネはその誘惑を断ち切った。けれど、余程の決断だったのだろう。プルプルと震えていた。しかも僅かに涙ぐんですらいる。

それほどまでして誘惑に抗うほど、この場所を秘密にしておきたいようだ。

けれどミラは、そこで手心を加える慈悲など微塵も持ち合わせていなかった。もう一押しだと見極め止めを刺すべくそれを実行する。

「フローネ殿。ニルヴァーナから見てどのあたりかでも構いませんワン。教えてほしいですワン」

ワントソが愛嬌を振りまきながら、そのようにミラの言葉を代弁したのである。

それはフローネにとって極限ともいうべきお願いであった。

究極に可愛いワントソに加え、正確な場所ではなくてもいいという譲歩。その効果は、揺らぐフローネの心を一気に傾けるには十分だった。

「北側……かな」

フローネは、ミラには聞こえないくらいの声で答えた。

だがワントソには聞こえる程度であったため、当然ながらそれはミラにしっかりと伝わる。

（ふむ、北か……）

答えた代わりに更なるもふりを要求するフローネと、その身を犠牲にして情報を得たワントソ。

ミラはワントソの献身に感謝しつつ、ニルヴァーナの北側というとどのあたりが候補だろうかと地図を広げる。

するとそこで、疑問をその顔に浮かべた。

ニルヴァーナの位置は、『く』の字のような形をしたアーク大陸の最南端。ゆえに北側には海が広がっているのだ。

しかもその海を越えた先は、アース大陸の西端部。かつてキメラクローゼン騒動の際に立ち寄ったセントポリーの街などがある辺りだ。

アース大陸の西側というと広大な荒野が広がっている。そのような場所に、今目の前にあるような緑豊かな土地など数えるほどしか存在しない。

そしてミラの知る限り、大きな城を取り囲む豊かな緑のある場所というのは、そこに存在しなかった。

(いったいどういう事じゃ……)

単純にフローネが嘘を吐いたという可能性もある。

だがしかし、その可能性を潰すために質問者をワントソにするという手段を用いたのだ。フローネが大好きなワントソに嘘を吐くなど考えられないというもの。

では、どういう事か。

(ここは一つ、あちらを窺うのが早そうかのぅ)

考えた末、ミラは情報の得られそうな城に向かう事を決める。

王族だったり権力者だったりと、よく知らぬ場所ゆえにあまり関わり合いにはなりたくないと考えるミラ。だがフローネがここを転移先にしていた事からして、何かしら城の者との繋がりがあると思われた。

ならば、いざとなれば彼女を盾に出来るだろう。

そんな防衛策も立てたミラは、加えてフローネが抵抗しないようにという作戦も思い付く。

「さて、フローネや。一先ず下りるぞ。約束通りガルムを召喚しようではないか」

そう言ってヒッポグリフに降下するよう頼む。

するとどうだ。ガルムという名を耳にしたフローネは、ぱっと笑顔を咲かせるなり「うん、下りる！」と、素直にミラに続いた。

「ふぉぉぉぉおおお！　可愛いぃぃぃぃ！」

森の中の少し開けた場所に降り立つと、ミラは約束通りにガルムを召喚した。

体長三メートルは超えるガルムの姿は、実に勇猛でいて雄々しくある。

だがフローネにとってみれば、それもまた可愛いの範疇のようだ。ガルムが姿を見せたら絶叫し、目にも留まらぬ速さで抱きついていた。

なお未だフローネに捕らわれたままのワントソは、そんな両者に挟まれ揉みくちゃになっていた。けれども文句も言わずにじっとしているあたり、実に大人な対応だ。

「ほれ、フローネや。背に乗ってもよいそうじゃが、どうする？」

出来る限りサービスするようにと頼んだミラは、ガルムの承諾を得てそう伝えた。

するとどうだ。ガルムの首元に顔を埋めていたフローネは、ぱっと振り返って「乗る！」と即答した。

ミラのアイコンタクトに頷き答えたガルムは、フローネの前にそっと伏せる。

「ありがとうガルムさん！」

さあ乗るがよいと言ったガルムに満面の笑みで答えたフローネは、それはもう幸せいっぱいな様子でその背に跨がった。

ガルムが立ち上がると、更にフローネのテンションが上がっていく。

両腕にはワントソ、足元にはガルム。それはフローネにとって夢のような状態だった。

「さて、折角これだけ見事な森が広がっておるからのぅ。少し散歩といこうか」

自然な態度でミラが告げると、フローネは何の疑いもなく「行く！」と返した。

そのように始まった、見知らぬ場所の森の散策。森は一見すると雑然としているが、どこか整然とした印象もある不思議な場所だった。

また、空から見た時にもわかった通り、どこを見ても美味しそうな実をつけた木々が目に入るほどの豊かさで溢れている。

だからだろうか、全体的に甘い香りで満たされていた。

「とても美味しそうですワン」

途中その香りに魅了されたのか、ワントソが堪らずといったように声を上げる。

と、そんなワントソの声にフローネが応えた。果実を一つ、無形術でもってひょいともぎ取り「はいどうぞ、ワントソ君。とっても甘くて美味しいよ」と、笑顔で差し出したのだ。

（……ふむ、今の行動を見るに、フローネはこの森の事をよく知っておるようじゃな）

フローネがワントソに向けた言葉。それは正に、その味を知っている者の言葉であった事をミラは聞き逃さなかった。

それどころか、「ガルムさんも食べる？　どれも美味しいよ」と楽しそうに語らうフローネの様子からして、その関わり具合がずっと深そうだという印象すらある。

ここは、どこの国のどういった場所なのか。フローネは、どのように関わっているのか。事と次第によっては面倒にもなり得ると予感しながら、それを暴くべく進んでいく。

「この辺りは全部、桜の木なの。春になったら凄く綺麗だから、また一緒に見ようね。それでそっちはね──」

森の散策を始めてから十分と少々。フローネの機嫌は最高潮に達していた。

ミラに見つかり逃げ出そうとした事など既に忘れてしまったかのようなはしゃぎっぷりだ。

もはや知り尽くしているのか、得意そうに説明するフローネ。その話によると、この森の木々は実る季節ごとに区分けされているそうだ。

つまりは人工の森である。広大さから考えて、これだけの事を成すには相当な資金と労力、そして時間が必要だろう。

その状態からして、この場所はかなり大きな国であると予想出来る。

(ふむ、そろそろかのぅ)

ともあれフローネがワントソとガルムに夢中になっている今が好機だ。ミラは、この地がどこの国にあるのかを突き止めるべく作戦を実行に移した。

ミラの指示によって、ガルムがそれとなく進路を調整していく。そしてワントソが、フローネの気を引くため積極的に話しかける。

「ほんと⁉　ほんとに連れて行ってくれるの⁉」

「はいですワン。機会があれば吾輩達の村に、フローネ殿をご招待致しますワン」

クー・シー達が暮らす村。そこに招待するという話で、完璧にフローネを釘付けにしたワントソ。フローネにとって、そこはまさしく夢の村といっても過言ではないだろう。ゆえにガルムが徐々に進路を変更している事に気づいた様子はなかった。

ワントソが話すクー・シーの村の様子や観光名所などにフローネが夢中になっているうちに、ずんずんと目標地点に近づいていった。

そして、いよいよその時がくる。

深い森を抜けて、もっとも情報を得られそうな場所に——もっとも目立っていた城に到着したのだ。

ようやく状況に気づいたフローネは、森に戻ろうと慌てたように言う。

「え？　あれ⁉　あ、ガルムさん、そっちはダメ」

だがそこでワントソが「凄いお城ですワン！」「森の中にお城がありましたワン！」と、ミラの指示とは関係なしに目を輝かせた。

そして「あのお城もご存じですワン⁉」と嬉しそうに尻尾を振るものだから、フローネは今直ぐ森に戻ろうと言い出せなくなったようだ。

その城には何かしらの秘密があるのだろう。フローネは、期待の眼差しを向けるワントソを抱きながら焦燥感をその顔に浮かべ、あわあわと目に見えて動揺する。

するとそうかそこで立ち止まる事となり、だからこそミラ達一行が城門の番人の目に留まるのは当然の流れであった。

「お帰りなさいませ、フローネ様」

その者は、そんな言葉と共にふわりと空から舞い降りてきた。しかも見た目からして、彼が精霊である事は明らかだ。

更にはそんな番人の言動によって、フローネがこの城とも縁があるのは確実だと判明する。

「これはまた賑やかな。ところで、そちらのお方は？」

フローネに一礼した番人は、ワントソとガルムを見るなり微笑み、次にヒッポグリフの背に乗るミラの姿を確認してフローネに問うた。

「……えっと、彼女は――私を脅迫する恐ろしい人間よ！」

僅かに逡巡しながらもフローネは最後の抵抗に、そんな言葉を口にした。

一見するなら、楽しいハイキング帰りともいえるこの状況だ。流石にそのような事を言ったところで冗談と笑い飛ばされるだろう。

などと考えたミラだったが、番人がフローネに寄せる信頼は想像以上に厚いらしい。彼の顔に緊張が走るのが目に見えてわかった。

「やれやれまったく、この期に及んで、まだそのような戯言(たわごと)を抜かすとはのぅ」

城の前で番人とやり合うともなれば、相当に面倒な状況となるのは間違いない。一つの国を敵に回すような事態にもなりかねないからだ。

だがミラはというと、そうなってしまう直前でありながら至って冷静な態度で現状を笑い飛ばした。そして優雅にヒッポグリフの背から降りる。

「わしは、ミラという者じゃ。このフローネの昔馴染みのようなものでのぅ。久方ぶりに会えた事もあって、こうしてお邪魔させてもらっておるのじゃよ」

そのようにフレンドリーな微笑みを浮かべながら、ミラは番人に自己紹介をした。

しかも、それだけでは終わらない。更に友好の証だといった態度で、そっと右手を差し出し握手を求める。

「騙されてはダメ！」

そう言って抵抗を続けるフローネ。

番人は頷き、堂々と差し出されたミラの手をじっと見据えた。実際、警戒する相手の手を無造作にとるような者などいないだろう。

更にフローネの声が聞こえたのか、何事だといった様子で城の者達がぞろぞろと出てきては、ミラに疑いの視線を向ける。

しかもその者達は、精霊と亜人ばかりであった。様々な属性の精霊の他、竜人やエルフ、メオウ族にドワーフなど。多種多様な種族が集まっているが、なぜか人間の姿は無い。

ここは少々、特別な国なのかもしれない。

（これほどのアウェー感は初めてな気がするのぅ）

だからこそミラは、僅かな策を巡らせる。

それは一見すると些細な変化。けれど精霊の目からすれば、それこそ奇跡にも見えるほどの代物であった。

それに気づいた彼は、よもやといった様子で目を見開き、制止するフローネの声も気にせずにミラの右手を握り返した。

そして、その直後――

「なんという事か……!?」

番人は、全身で驚愕を露（あら）わにした。するとそんな彼の様子に何事かと、何をされたのかと他の者達が騒ぎ身構える。

フローネもまた「な、なに？　どうしたの？」と、番人の反応に慌てていた。

警戒度が飛躍的に増して臨戦態勢すら整っていく中、それでも平然と握手を続けるミラと番人。

そうしてそのまま一分ほどが経過しようといったところで、二人の手が離れた。

途端に城の者達が立ち塞がるかのように居並ぶ。

と、次の瞬間だった。

「ようこそミラ様、歓迎させていただきます！」

それまでの警戒した態度はどこへやら。姿勢を正した門番は、それはもう晴れやかな声でそう言ったのだ。

「え？　何？　どうしたの？　もしかして洗脳⁉」

番人の急激な変化に戸惑ったフローネは、もしや何かされたのかと慌てふためく。

だがそんな彼女に対して番人は「フローネ様もお人が悪い」と笑い、「これほど素晴らしいご友人がいらっしゃるのなら、是非とも普通に紹介していただきたかった」と、際限なくテンションを上げていった。

そして完全な歓迎モードとなった番人が心配など微塵も必要ないと宣言した事で、城の者達が警戒を緩める。

その背後にてミラは、精霊の信頼を勝ち取るにはこれが一番だとにんまり笑う。

手を差し出したあの時に、ミラは手にほんのりと精霊王の加護紋を浮かび上がらせていた。そう、ミラは握手をすると同時に精霊王の声を彼に聞かせたわけだ。

精霊達の頂点であり、絶対的な崇敬を集める精霊王の威光は、フローネの抵抗を吹き飛ばしてしまうほどに強く響くものだった。

「まさかこうもあっさり……。流石じっじ……」

最後の抵抗も失敗に終わった。フローネの策略も虚しく、番人から理由を聞いた精霊達はミラを大歓迎するのみならず、是非とも精霊王様のお声をと我先に握手を求めてきた。

並べ並べと輪になるように皆で手を繋がせたミラは、そんな精霊達皆に精霊王と話をする場を作る。感涙する者、歓喜する者。様々な反応を見せる精霊達を目にしたフローネ。加えて、嘘を吐いた罰だとしてミラがワントソとガルムを送還した事が決め手となる。

フローネは、流石ダンブルフだと白旗を振り抵抗を諦めたのだった。

〈11〉


城にいた精霊達だけでなく、精霊王もまた多くの眷属達と再会出来て嬉しそうだ。

皆が見守る中で急遽開催された精霊達と精霊王の語らいは、ミラが圧倒的な信頼を勝ち取る形で終了した。

今ではもはや賓客扱いだ。

と、そうして落ち着いたところで、見守っていた観衆の一人である竜人の男が「あっ」と思い出したようにフローネのもとへ駆けていく。

「フローネ様。先程、雲の発生装置の点検が完了しました。そこで二点ほど確認していただきたい箇所が見つかったのですが、よろしいでしょうか」

精霊王だなんだといった騒ぎに気を取られてしまっていたのだろう。いくつもの書類を抱えた竜人は、改めるようにそんな報告を上げる。

「ちょ……!?」

その瞬間、フローネの顔に焦りの色が浮かんだ。曰く、こんな場所でそんな話をするなといった表情だ。

そして彼女の懸念通り、ミラの耳は、そんな竜人の言葉にあった単語を聞き逃さなかった。

バレていやしないかと窺うような目をしたフローネとミラの視線がばっちりと交差する。

「雲の発生とは……何やら意味ありげじゃのぅ」

はてさて、いったい何の話だろうかといった態度でフローネに歩み寄っていくミラ。

雲の発生装置。そのようなものを使って何をしているのか、どのような意味があるのか。雨でも降らせるのだろうか。

そう迫っていくほどに、フローネの視線が泳ぎ始める。

そればかりか明らかに言い訳とわかるくらいに慌てて、「えっと、うんと……そう、実は天気を操作する研究中！」などと口にしていた。

(間違いなく、別の目的じゃな――)

フローネとの付き合いもそれなりにあるミラは、間違いなく嘘だと察して、別の可能性を考える。

そして、ふと空を見上げ、そこでまさかの可能性に気が付いた。

わざわざ雲を発生させるような理由の中に一つ、極めてロマンに溢れたものがあったと。

そして彼女は、そういったロマンを追い求めるのが大好きだったとも。

「ふむ、これはもしや……」

ミラはフローネに不敵な笑みを向けながら颯爽とヒッポグリフに跨がった。

フローネも、その行動が何を意味しているのかに気づいたようだ。「じっじ、ちょっと待って！」と慌てるが、もう遅い。

ミラは、そのまま上空へと一気に上がっていった。

百メートル、二百メートル……そして五百メートルまで上昇したミラは、そこから周囲を一望した。

見渡す限りの森には端がある。そう、この場所は一つの島であった。

けれども、ただの島ではない。森の先には青い海――ではなく、白い雲が広がっていた。

一見すると、ここは島ではなく山の上にあるだけかもしれないとも思える。雲を抜けた先にあるだけで、雲の海に浮かぶ島のように見えているだけではないかと。

だが、その可能性を否定する要素もまた、そこにはあった。

先程の竜人が報告したように、確認が必要な箇所が原因だろう。その雲に僅かながらの隙間が出来ていたのだ。

その隙間より見えたのは雲の下に広がる海、そして大陸だった。

見える大陸は、ニルヴァーナ皇国のある辺り。更に見え方からして、ここはフローネの言葉通りにニルヴァーナの北側で間違いなさそうである。

「流石はフローネじゃな。よもやここまでするとはのぅ！」

ニルヴァーナの北側。現在の視点から予測出来る場所には海しかない。そんな場所から望むその光景を前にして、ミラは大いに笑った。

そう、ここは空に浮かぶ島だったのだ。

空に浮かぶ島の中央。そこに立つロマンの塊である天空城。

ミラはそんな城の一室にて、フローネより根掘り葉掘り事情を聞き出していた。

「そうです、天空の城です。私が造りました」

まるで事情聴取をされる容疑者の如く質問に答えるフローネ。一つ目の問いである、この空に浮かぶ島についての答えがそれだった。

彼女が言うに、なんとこの島は元よりあった場所を占拠したり、かつての課金アイテムであった飛び島を見つけたりしたのではなく、自身で開発した術式と技術によって既存の島を空に飛ばしたものであるそうだ。

「相変わらず、突飛な事で驚かせてくれるものじゃな」

九賢者の中でも特に研究熱心だったフローネ。しかも可能性は無限大ともされる無形術のスペシャリストな彼女に驚かされたのは、これで何百回目か。

その中でも、今回は五本の指に入るほどの出来事だ。

「して、この島は――」

ミラは、まだ止まぬ驚きを胸に秘めたまま、更にあれやこれやと質問を飛ばしていく。

ここにいる精霊達は全てミラの支持者となったため、フローネは逃走と誤魔化しを諦めて、それらにも素直に答えていった。

一つ。この島の土台は、本当の島として存在していたものである事。

そして島に広がる実り豊かな森はというと、大陸のところどころから大地ごとちょろまかしてきたなどという、とんでもない問題発言が飛び出した。

「大地ごと……とはまた。して、それはどのようにやった？」

フローネの事である。なんとなく予想はついたがあえて聞くと、彼女は得意げに言った。「そんなの地面ごと浮かべて、そのままどーんに決まってるじゃん」と。

話によると、それこそアイスをスプーンで掬うかのように、木々をこの島に移植していき理想の森を作ったとの事だ。

「これまた随分な力業じゃのぅ……」

あまりにも豪快なやり方に呆れるミラだったが、それと同時にふとした記憶が脳裏を過り、そんなまさかとフローネを見やった。

ミラが思い出した事。それは数ヶ月も前にまで遡る。

（あれは確か……天上廃都に向かう途中じゃったな——）

当時、ソウルハウルの手がかりを求めて、大陸鉄道に乗ってアリスファリウス聖国方面へと出向いた時だ。

目的地である天上廃都の近くで、二人組の冒険者と出会った事があった。

（狩人と侍のコンビで、名前は……ギルベルトとハインリヒとか言うたかのぅ）

と、そのようにミラがぽつりぽつりと前の記憶を思い出していたところ、急に黙り込んだ事が気になったのかフローネが「何じっじ、なんかあるの？」と不安げに見つめてくる。

「いや、何。お主がしでかした悪行について、ちょいとばかし心当たりがあってのぅ――」

よもやと思いながらも、ほぼ確信めいた表情で、ミラはその心当たりについて口にした。

「――して、もしや天上廃都の傍にある森の一部もここにあるのではないか？」

瞬間フローネの顔に『じっじ、凄い。大正解！』とでも答えようといった表情が浮かぶ。だがその直前でミラの言葉にあった『しでかした悪行』という部分に気づき言葉を呑み込んだようだ。

彼女は、その代わりにふいっと視線を右斜め下へと逸らしながら「えっと、無いかな」と答えた。

「嘘じゃろう？」

ミラが一も二もなく見破ったところ、フローネはハッとしたように自身の癖に気づきそのまま唇を尖らせた。

「はい、あります」

どこか不貞腐れ気味に答えたフローネは、もう見破られるものかといった様子で、ずっと右下辺りを見続けるという策に出た。

だが、それはつまり、場合によってはまだ嘘を吐くつもりであるという証明に他ならない。

(やはり、か。となれば他のもフローネの仕業と見て間違いなさそうじゃな……)

フローネが策を弄している中、ミラはギルベルトから聞いた話について振り返る。

ギルベルトが天上廃都を目指していた理由。

それは、大地喰い(アースイーター)なる怪現象の謎を解き明かすためだという話だった。

大地喰い。彼が言うにその現象は、一夜にして森の一角などが消滅するというものだ。

そして、その跡地には大きなクレーターのような穴が残されていたらしい。

精霊の暴走や神の悪戯(いたずら)、異世界からの侵略など。原因について様々な憶測が飛び交っているそうだ。

と、ここでフローネの言葉を今一度、思い返してみたならどうか。

彼女は言った。実り豊かな森は、大陸のところどころから大地ごとちょろまかしてきたと。アイスをスプーンで掬うようにして、この天空島へと移植したのだと。

さて、そうした場合、ちょろまかされた方はどうなるのか。想像してみると、それはもうスプーンで掬われたかのような跡が残るように思えるというものだ。

つまり、その規模によっては大きなクレーターのようにも見える事だろう。

(こ奴じゃ！　こ奴があの現象の犯人じゃ！)

ミラは、そう確信した。大地喰いを引き起こしていた元凶は、このフローネで間違いないと。

そして同時に思った。きっと面倒な事になるので、この件は決して表に出さない方がいいと。

「よいか、フローネや。天上廃都と、それ以外の分も含め、今後この件については絶対に秘密じゃからな。他言するでないぞ？」

アルカイト王国の九賢者が、よそ様の国の土地を勝手に持っていったなんて事が知られれば、特大の国際問題に発展するのは確実だ。

よってミラがそう固く口止めしたところ、フローネは右下を見続けたまま「わかりました」と素直に頷き答えたのだった。

「森はね、結構いい感じに出来たと思うの。でもこの島はまだ完璧じゃないんだよね」

森の輸入先については共に口を閉ざすと約束した。その次になぜ逃げたのかと問えば、フローネは理想の天空島を完成させる事が今の目標だからだと豪語する。

だが、その前に見られてしまいがっかりだと落ち込んでもいた。

彼女がミラを追い返そうとした理由、逃げようとした意味は、そこにあったわけだ。

「皆をドッキリさせようと思ったのに……じっじの意地悪……」

長い年月をかけて用意していたドッキリネタが、仕込みの途中で見つかった。

その事で、特に不貞腐れ気味のフローネ。

「仕方がないじゃろう。何も言わぬお主が悪い――」

ミラはそんな彼女にアルカイト王国の現状についてと、ソロモンより九賢者――フローネを捜し出すように頼まれているのだという事を話した。

そして見つけたら追いかけるのは当たり前、逃げようものなら捕まえるのは当たり前、何かを隠しているのなら暴くのが当たり前だと、それはもう胸を張って告げた。

「いつも通り、酷い暴論……」

相変わらずだと眉根を寄せるフローネは、そんな事でこれまでの苦労がとミラを睨みつつも、そこで一つ提案を口にした。

「じっじ、取引しましょ。私は、期限内に戻る。だからそれまでの間、私の事と、この島については秘密。どお？」

フローネは言う。予定通りにこの天空城が完成した暁には、この島を引っ提げてアルカイト王国へと帰還。皆の度肝を抜き九賢者フローネここに在りと、アルカイト王国の名共々に広めてやるのだと。ゆえにそれまでの間、この事については二人だけの秘密にしてほしいというのが彼女の望みだった。ただそんな事を言ってはいるが、ミラは理解していた。フローネは単純に皆を驚かせたいだけであると。

そのためには努力を惜しまない。彼女は、そういう性格なのだ。

「――ふむ、わかった。期限までに戻ると言うのならば、その取引を受けるとしよう。それに、わしもあ奴らがこれを見て驚く様を見てやりたいのでな！」

この天空城の件については、報告せずにおく。ミラは確かにそれも面白そうだと考え、フローネの提案に応じた。この天空城を見せつけたとしたら、ソロモンですら仰天するだろうと。

「流石じっじ、話がわかる！」

きっと理解してくれると信じていた。そう言わんばかりな笑顔を見せたフローネ。

そして取引成立として二人は、固く握手を交わす。

ソロモンと残りの九賢者達を、これでもかと仰天させてやろうと企む二人の共犯同盟がここに成立する。

ただその際に、『ところで我も一枚かませてくれないか』『楽しそうね。私もいいかしら』といった精霊王とマーテルの声が握手を通じて届いた事で、フローネをドッキリさせる事に成功した。

ミラは、誰の声かと混乱するフローネを見つめながら大成功とほくそ笑むのだった。

〈12〉

生来の気質とでもいうのか。それとも肩書に対して気さく過ぎるくらいな精霊王とマーテルの為せる業か。直ぐにフローネ達は仲良くなった。

ついでにフローネの口も軽くなり、労せずして他にも幾つかの情報を得るに至る。

一つ。状況からもわかる通りだが、彼女はこの島の代表という立場にあった。

また、この島にいる精霊や亜人達は、理想の天空島を完成させるために方々を巡り良質な大地を探していた時に出会った者達だという。

何でも、迫害されていたり事件に巻き込まれていたりしたところを助けていった結果、帰るところを失くした彼ら彼女らを保護する形でここに住まわせているとの事だ。

それが何度か続き人数も増えて、気づけば大所帯になったとフローネは笑う。

今では、この天空島の運営に欠かせない者達ばかりだそうだ。

「さて、秘密にするのはよいが、緊急という場合もあるのでな。連絡はとれるようにしておかねばならん」

諸々の事情などについては把握したミラ。

ただ期限以内に戻ってくるならばと、ここでの邂逅と発見を秘密にする約束はしたが、それはそれだ。

進捗状況の確認や緊急時のため、常に連絡が出来た方がいい。

そのように提案したミラは、更にそこで「手が必要になったら、わしも手伝ってやるのでな」との約束も口にする。

「なるほど……流石じっじ！」

幾ら九賢者とて、時と場合によっては一人で足りない事もある。

フローネもこれまでにそんな状況を何度か体験してきたのだろう。そんなミラの申し出を快く受け取ったようだ。

聞けば彼女のところにも、通常規格の通信装置があるとの事。よってミラとフローネは互いの通信装置を登録し合い、番号を交換したのだった。


「さて、これで一先ずは完了じゃな――」

ソロモンから請け負った任務についてのやり取りは、ここまでだと区切りをつけたミラ。

フローネの事については一時的に隠し、ソロモンには報告しないと決めて連絡先の交換もした。

九賢者最後の一人が見つかった。これでもう任務については完了だ。そう判断したミラは、次の瞬間に両の目を爛々と輝かせてフローネに迫った。

「――して、ここに飛ばされたあの転移についてじゃが、詳しく聞かせてもらえるじゃろうか!?」

やる事を終えた今、ミラの興味は転移という人知を超えた領域にある術式に全て向けられていた。

転移。それが自在に実行可能となれば、運搬や移動に限らず、全ての分野においての革命をもたらす超技術となるだろう。

だが以前にミラは、転移の魔法陣について似たような事を精霊王に聞いていた。

古代地下都市の、転移を利用した出口についてだ。

その時の答えは、時空を司る神が関与した特別製であり、本来は禁忌にも触れる事象であるというものだった。

だが今回、それほどの力をフローネは使ってみせた。

もしやフローネは神の助力を得られたのか。それとも、研究の末にその領域にまで至ったというのか。

どちらにせよ偉業である事は間違いないと、ミラは興奮した様子でフローネに懇願する。

どうやるのか、どんな術式なのか、どのような条件があるのか、どのように利用するのか、それは自分でも使えるようになるのか。

もう、怒涛の質問攻めだ。

ミラの頭の中は期待に満ちていた。それが可能となれば、好きなように大陸中を巡り、夜になったらマリアナの許へ帰るなどという事も出来るようになるからだ。

どんなに離れた仕事場でも、単身赴任ではなく通常出勤になるといえば、その価値は窺い知れる事だろう。

だがフローネの答えは、ミラが期待したようなものではなかった。

「うーん、ちゃんとした術式だったなら、じっじの研究成果と交換でもよかったけど――」

曰く、フローネといえど転移を完全に扱えるようになったというわけではないとの事だ。

フローネが言うに、ミラがここまで飛ばされた転移の正体は、古代遺跡にあった転移の罠の一部をそのまま島に移植したものだった。

いざという時のため。今回のように尾行者を捕まえたり、保護対象を緊急的に安全圏へ隔離したりするために用意した代物だそうだ。

「――それでね、じっじがいたあの場所が出口部分。で入り口の方は、罠に使われていたこの珠を適切に配置すると開くっていう仕組みなの」

簡潔にだが要点をまとめて説明してくれたフローネ。

つまりは開発した術ではなく、あくまでも既存のものを流用しているだけのため、それ以上に教えられる事はないというわけだ。

「じゃが、当然研究は進めておるのじゃろぅ？」

転移については、もとからあるものを流用しているだけと言ったフローネ。

とはいえ、それは多くの者が思いつくものだ。けれど、それが実現したなどという話は一切聞き覚えがない。

さらりと口にしたフローネだが、転移の仕組みを流用出来るだけでも、とんでもない技術であるのだ。

そして、それを成した彼女が、それだけで満足するはずなどないという事もミラは確信していた。人の手に余る転移の術式。流用するだけで精一杯と言っているが、その転移を可能とする術式自体はここにあるのだ。フローネが、それを研究対象にしないなどあり得ない事だった。

「もちのろんろん」

予想通りに当然だと答えるフローネ。だが彼女は、研究しているものの、その成果は全然完璧ではない状態だと続けた。

「――だから、今教えられる事は一つもないから諦めて」

フローネは少しだけでもいいからと言いたげなミラの態度を見やりながら、ぴしゃりと言い放った。

未完成の研究については中途半端に開示しない。フローネには、そんな頑固さがあった。そしてそれは九賢者達の間では当たり前の事だ。

ただ、ルミナリアとソウルハウルは例外である。

この二人は、完璧とは程遠い状態でも直ぐに開示していた。そして他者を巻き込み実験台にするのだ。

一つの理論が完成するまでに、どれだけの阿鼻叫喚が生まれたものか。考えるのも馬鹿らしくなるほどだった。

「ふーむ、仕方がないのぅ」

その点を考えると、フローネは至って真っすぐな研究者ともいえる。

ミラは、完璧になった暁には是非とも一番に教えてほしいと頼み込む。

「いつかね。いつか。でもその時は、じっじもだから」

いつか、ミラの研究成果と交換だと答えるフローネ。

ただ彼女もまた、そこらの術研究者とは一線を画すためか、そうは言いつつも思案して一つの可能性を提示した。

「でも、じっじなら、もう少し活用出来るかも。今はこれで帰還したら珠の回収が出来なくなるけど、じっじなら誰かを残しておけば送還する時に珠を回収してもらえる」

自身が転移してしまったら、入り口となる珠をその場に残してしまう事になる。だがミラならば召喚術を併用する事で、別の結果が得られるのではないかとフローネは言う。

「おお、確かにそうじゃな!」

フローネの案にそれは良い手だと答えたミラは、その方法によって出来るようになる可能性を思い浮かべる。

出口の方は、かなり大掛かりな仕組みであるため、持ち運びは不可能という話だが、入り口側の珠は手のひら程度のものが四つだ。

まずミラが真っ先に思いついたのは、出口を銀の連塔に設置しておくというものだった。

これでどれだけ遠くに出かけようともすぐにマリアナが待つ塔に帰還出来るようになる。実に有意義な利用法といえるだろう。

また、ペガサスと団員一号あたりをペアとする事で、珠を持たせて人を迎えに行ってもらうなどという事も可能だ。

「わしならば、他にも色々と――と、そうじゃった！」

召喚術を活用すれば、更に可能性は広がる。そう確信したところで、ミラは同時にこれまですっかり忘れていた事を思い出した。

「団員一号とポポットがそのままじゃったな」

この島に転移させられる前。共にフローネを尾行していた団員一号とポポットワイズ。

元々いた場所から、かなり遠くに転移したため、召喚時に起動する伝達用の術式の範囲外に出てしまったようだ。

きっと急に自分が消えた事で驚いているのではと気づいたミラは、すぐさま両者を緊急送還した後、再度召喚し直した。

「団長、ご無事でしたにゃー！」

「ポポット、びっくりしたのー！」

魔法陣から現れた直後、団員一号とポポットワイズはミラに飛びついた。

「すまんすまん。ちょいとこちらもバタバタしておってな」

そう言いながら両者を受け止めたミラ。

するとと団員一号が、そんなミラの腕の中からひょこりと顔を覗かせて窓の外を見やる。

「にゃにゃら、空の気配が近く感じますにゃ。いったいここは、どこですにゃ？　——にゃにゃにゃ!?」

窓を見て、更に室内へと視線を巡らせたところで、団員一号はそこにいるもう一人の姿を目にして尻尾を逆立てた。

その人物とは——そう、フローネだ。

「にゃにゃ!?　悪の秘密結社、犬犬団の闇団長ですにゃー！」

あろう事かワントソを可愛がり際限なく贔屓（ひいき）するフローネは、団員一号にとって最も警戒するべき人物という認識だった。

「あー、やんちゃ猫のお出ましね。まあ、可愛さはワントソ君の足元にも及ばないけど」

尻尾を逆立てる団員一号を前にしたフローネは、そう言って微笑を浮かべる。

と、そのようにライバルであるワントソと比べられれば黙っていられないのが団員一号だ。

「小生の愛らしさが、あの犬っころに劣るなんて闇団長は見る目がありませんにゃ」

売り言葉に買い言葉というべきか。猫が犬を組み伏せた絵の描かれたプラカードを手に抗議する団員一号。だがミラを盾にして、その背に隠れながらである。

「ふーん、随分と自信があるんだ。それじゃあここで、白黒はっきりさせようか」

そう答えたフローネは、至ってにこやかな笑顔のまま、つかつかとミラの傍にまで歩み寄っていく。

「の……望むところですにゃ！」

団員一号は知っている。犬犬団の闇団長フローネの実力を。だが、こちらの主人も負けてはいないと、その背に完全に身を隠して徹底抗戦の構えだ。

そうしていよいよミラの正面に仁王立ちとなったフローネが言い放つ。

「さあ、じっじ。そのやんちゃ猫と決着をつけるから、ワントソ君を出して！」

「お主、それが目的なだけじゃろう」

両者の抗争。挑発したフローネと、ライバル心を燃やす団員一号。それを冷めた目で傍観していたミラは、ただワントソを召喚させようというフローネの企みを容易に見破っていた。そして実に分かりやすいと、冷ややかに笑う。

「……違うもん。ワントソ君の名誉のためだもん」

やはり図星のようだ。むすりと唇を尖らせながら主張するフローネだったが、右下へと視線を向けているため丸わかりである。

「そのような諍いにワントソ君を巻き込むわけにはいかぬのぅ」

そうミラがもっともらしい事を告げたところ、フローネは「じっじの意地悪」と言い放ち不貞腐れたように座り直した。

対して、いいように使われた団員一号はというと、「我らが団長希望の星」というプラカードを掲げながら勝ち誇る。

幸か不幸か、団員一号は犬犬団の闇団長を退けたという結果のみしか見えていないようだ。

と、そうしてどっちが可愛い抗争が落ち着いたところ――

「ポポットは？　ポポットも可愛いよ？」

触れられない事が寂しかったのか、ポポットワイズがそう主張したのだ。

「うむ、そうじゃのぅ。可愛いぞ、ポポットや」

どこか甘えるように身を寄せてくるポポットワイズを胸に抱き、よしよしと撫でつけるミラ。

またフローネも、ライバル猫以外にならば相応の反応を示す。「うん、ポポットちゃんは可愛い」と、とても緩んだ表情でいい子いい子と撫でまわした。

勝者ポポットワイズ。突如現れた伏兵に愕然としてプラカードを取り落とす団員一号。

そのプラカードには［泥棒猫］と劇画タッチで書かれていた。


思わぬ形でフローネと再会するのみならず、噂の天空城は彼女が造り上げたものだったという事実も明らかとなった。

そして何よりも、まだ皆には内緒という形で、帰国についての約束も取り交わす事に成功したミラ。

連絡先を交換した他、転移の術式の可能性までも垣間見る事が出来た。

唐突な出来事であったが、この上ないほどの大収穫だ。

と、そんな幸運に恵まれたミラは今、フローネの案内で天空城を見学している最中だった。たまたま出会い、中途半端に天空城がバレてしまったのが心残りなのか。ここからでもどうにか驚かせてやるとフローネが張り切っている。

「ここが展望室。凄い眺めでしょ」

城内にある色々な施設を巡った次にやってきたのは、城の一番地下にある部屋。つまりは空飛ぶ島の下部であり、壁一面がガラス張りのそこからは一面に広がる地上を一望出来た。

「これは確かに、絶景じゃのぅ！」

島を隠す雲から、ほんの僅かに飛び出た展望室。まさしく空を飛ぶ島だからこそともいえる景色を目に、ミラは感嘆の声を上げた。

「そうでしょう。私のお気に入り」

素直に驚くミラの反応に、フローネもまた満足げである。そういう反応が見たかったと、それはもう嬉しそうに語り始めた。

展望室のデザインでこだわった点やら、技術的な問題の解決法やら。自信満々に解説する。

「――というわけで、ただのガラスじゃないの。実は透明な金属なの。あのクリアマテライト合金板とは違って、製造も出来ちゃうの。凄いでしょ！」

「ほほー、なんとそうじゃったのか。これまたたまげたのぅ」

フローネに付き合っている、というわけではなく純粋に驚きを露わにするミラ。

事実、自慢するだけあって、それらは確かにフローネだからこそともいえる研究の成果であったりするからだ。

透明な金属といえば、マキナガーディアンから入手出来るクリアマテライト合金板も有名だ。けれどフローネは、それとはまた別に作り出したというのだ。

とんでもない開発力である。ゆえにミラもまた、これはどうやって、あれはどうやってと聞き返す。

そうして二人は久しぶりの再会を経て、また当時のように語り合うのだった。

〈13〉

海上上空よりニルヴァーナ城に帰還したのは、天空城を出てから一時間と少々が経過したくらいの時間だった。

ミラは急いでくれたガルーダに礼を言って送還すると、そのまま駆け足でイリスの部屋に向かう。

夕食にはギリギリで間に合い、アルマに冷たい目で見られる事無く、皆で仲良く食卓を囲む事が出来た。

嬉しそうなイリスの顔、賑やかなヴァルキリー姉妹達の声とアルフィナの叱咤の声、数々の美味しい料理。

アルマが大切にしているだけあって、夕食時には幸せな空気がいっぱいに詰まっていた。

そんな中、いよいよ来週に迫った無差別級の決勝トーナメントについて盛り上がる。

「大陸中から集まっただけあって、そうそうたる顔ぶれね！」

持ち込んだ極秘の決勝トーナメント出場者リストを手に、これは最高の大会になるぞと意気込むアルマ。

過酷な予選を突破した総勢三十二名の猛者達。そこには退役してなお現役にも勝る元軍人や、二つ名持ちの冒険者、更には無名でいながら破竹の勢いで勝ち上がってきた術士など、実に優秀な選手が残っているとエスメラルダも嬉しそうだ。

「とはいえ優勝候補筆頭は、やっぱり……愛の戦士プリピュアかな」

楽しみではあるものの、優勝者はほぼ決まっているようなものだとアルマは言う。

これだけの実力者がひしめく決勝トーナメントだが、そこに名を連ねるプリピュアの正体は、アルカイト王国の最高戦力として数えられる九賢者の一人『掌握のメイリン』本人である。

そして決勝トーナメントの試合形式は、一対一。つまりは個人の実力でもって、これを打倒しなければ優勝には届かないわけだ。

果たしてこの大陸に、それが可能な者はどのくらいいるというのか。

「そうねぇ、他の選手も粒揃いだけど、やっぱり……ね」

エスメラルダも同じ意見のようだ。

勝ち残った者達の実力は、言わずもがな、直ぐにでも国軍の第一線であろうと大いに活躍出来るほどだ。

けれども、やはりメイリンには及ばないというのが二人の感想である。

「まあ、そうじゃろうなぁ」

それこそ、予選の間は爪を隠して温存していたとでもいうようなトップクラスの実力者が交じっていない限りは、プリピュアが優勝で決まりだろうというのがミラの考えだ。

「皆さんも、そう思いますかー。私も、プリピュアさんが一押しですー！」

流石に一対一という状態でメイリンに勝てる者など、そうはいない。正体を知るからこそ確信を持つミラ達だが、イリスもまた予選を観戦した末にそこへと至ったようだ。

更にイリスは「予選でも、まだまだ余裕が感じられましたー」だとか、「自分に制約を課しているようにも見えましたー」など、的確に言い当てる。

「ほぅ、よく見ておるのぅ」

イリスの観察眼に感心するミラ。

武人でもあるメイリンは、己に制約を課しながらも手を抜くといった戦いはしない。制約内にて全力なのだ。

ゆえに傍から見れば、そうとは気づかないものである。だがイリスはそれを見抜いたというのだから驚きだ。

と、そんなイリスの新たな才能などが窺い知れつつも夕食は進み、デザートまで堪能し終えたところで今日はお開きとなった。

片付け終えた後、それぞれがそれぞれに食後を過ごす。

「――と、場合によっては壁を背にするのも選択の一つとなります。どれだけ腕に自信があろうと、囲まれてしまえばその半分も出せなくなりますからね」

「なるほどー」

イリスは、アルフィナの特別講習に参加していた。戦闘技術のみならず、知識などもこうして教わっているのだ。

「聞いてますか、クリスティナ？」

「はい、聞いてます！」

なお、その講習にはクリスティナも同席している。というよりは、どうにも遅れがちなクリスティナのための講習にイリスが参加した形だ。

そして残る姉妹はというと、イリスの頑張りとクリスティナの犠牲に感謝しつつ、のんびりとした時間を堪能中だった。

「ああ！　探偵シュガーレディの短編集！　幻と言われていた一冊が今ここに！」

四女のシャルウィナは当然の如く図書室に入り浸っていた。

そこの存在がアルフィナにバレた事で寝不足の理由もバレてしまい、一時的に立ち入り禁止とされたが、これを憐れに思ったミラが助け舟を出した事で再び利用出来るようになった。

今は徹夜出来ない分、少しでも多く、少しでも早くと、なかば図書室の住人と化している。

「和スイーツの全て、あんこ編……。小豆の確保にも目途が立ったし、遂にこっちへ手を出す時が――！」

三女のフローディナもまた、最近は図書室通いの日々だ。

そこに網羅されている料理本が目的であり、全て習得するのだと随分な意気込みようである。

特に力を入れて勉強しているのはスイーツ類であり、最近のおやつの時間には彼女が作ったスイーツがよく並ぶ。

それらはアルマにも好評で、おやつの時間になるとふらりと現れて、堪能し終えたところでエスメラルダに連れ戻されていくのがもう定番な光景だ。

「もう少し、頭が大きい方がいいかしらね」

次女のエレツィナは室内庭園にて、草や枝を用いて人形を作っていた。イリスのお願いによって、今度から彼女が弓を教える事になったからだ。

イリスは近接、そして遠距離と、どれが一番肌に馴染むのか色々と試したいという。

そんな彼女の熱意とやる気に感化されたようで、エレツィナもまた人形のみならず、色々な魔物を模した的作りに精を出していた。

「――えっと、つまり攻撃だけじゃ勝てないわけね」

「そうですにゃ。ターンというものがあって、必ず攻撃を受ける番が来ますにゃ。そこに備えるための戦略も大切なのですにゃ。戦いは戦う前から始まっているんですにゃ！」

六女のセレスティナはというと、どうやらカードゲームに興味を持った様子である。

その方面では僅かに先輩となる団員一号より、ルールだ何だといった事を教わりつつゲームの流れを確認し、カードデッキを構築していた。

なお、教わりながら作るセレスティナのカード構成を虎視眈々とチェックしている団員一号。

セレスティナの初戦となる相手は、状況的に彼で決まりだ。ゆえに団員一号は必勝を狙い、カードゲーマーの先輩としてマウントを取ろうという魂胆であろう。

「──うむ、それでじゃな、こうカッコいい感じにのぅ──」

「では、このような形でしょうか──」

ミラは、五女のエリヴィナと共にいた。

現時点において、ミラの服は全てがアルカイト城の侍女達による特別製だ。

だがそれらは基本的に、ミラの可愛さを最大限に引き出そうというコンセプトによって設計されている。

そしてその服は、実際にミラの魅力を際限なく引き出し、ミラ本人にもまた悪くないと納得させる出来栄えの代物ばかりだった。

よってミラは、文句も言わず律義にそれらの服を着ていた。

だが、それはあくまでも選択肢がそれだけしかなかった場合の話だ。

これからは違うぞと、ミラの目は燃えていた。その理由こそが、エリヴィナの存在だ。

全開で趣味に走る侍女達とは違い、主様と慕ってくれる彼女ならばミラの意向を十分に考慮してデザインしてくれる。

ゆえにミラは、ここぞとばかりに可愛い路線からカッコいい路線への乗り換えを目論む。

エリヴィナに、カッコいいローブを作ってもらうのだ。

また、そのための素材については、既にアルマより許可が下りていた。『イラ・ムエルテ』戦での活躍の報酬代わりとして、素材は幾らでも用意すると。

だからこそというべきか、エリヴィナのやる気もまた最高潮だった。


次の日もまた、それぞれがそれぞれの時間を過ごす中。夕暮れ時になったところで、ミラは「では、ちょいと組合まで行ってくる！」と言い、意気揚々とした足取りで出かけて行った。

その目的は、ファンからのプレゼントを受け取るためだ。

だからこそというべきか。いつも以上にミラの機嫌は良い。

「あー、そこの者。わしのファンから贈り物が届いていると聞いたのじゃがな」

術士組合ラトナトラヤ支部に到着するなり余裕のある大人ぶったミラは、受付に冒険者証を提示しながらそう告げた。

「はい、確認させていただきますね」

ミラのテンションに比べ、普段通りといった受付の対応。

そうして運ばれてきたのは、少し大きめの箱だった。その差出人のイニシャルは、M・T。以前にも贈り物をくれたファンである。

（うむうむ、わしのファンになるとは、実によくわかっておるな！）

見る目があると心の中で称賛するミラは、慣れていますといった態度で受け取りのサインを認める(したた)と、その箱を手にしたままイリスの部屋へと戻った。

「ミラさん、ミラさん。その箱は何ですかー？」

なんて純粋な娘であろうか。これ見よがしでありながら、それを目にしたイリスは一番欲しい言葉を口にしてくれた。

「おっと、見つかってしもうたか。ならば仕方がないのぅ」

リビングにてミラは「実は、わしのファンからの贈り物でな」と、緩みそうになる顔を保ちつつ、気持ち隠す程度にしていたその箱をテーブルに置いてみせた。

「贈り物ですかー、凄いですー！　流石ですー！」

なんて素直な娘であろうか。明らかに自慢するミラに対しても完璧な反応だ。しかも「中身は何ですかー!?」なんて理想的な言葉を続けるものだから、ますますミラが調子づいていく。

「さて、何じゃろうな。開けてみてよいぞ」

こういう事には慣れていますという態度を貫くミラは、そのように促してみせた。

するとイリスは、「いいんですかー!?」と、それはもう目をキラキラと輝かせる。

有名なAランク冒険者である精霊女王宛ての、ファンからの贈り物。それはいったい、どういったものなのだろうかと興味津々なようだ。イリスは、いざと気合を入れて箱の蓋に手をかけ、それを開封した。

箱の中に入っていたのは、幾つものチョコレートだった。

しかも箱自体に仕掛けがあり、そのまま大きく開いてオシャレな器になるではないか。

明らかに、高級品だという風格に満ちた代物である。

「ふわぁ……美味しそうですー！」

中身を目にして直ぐ、真っ先に思い浮かんだ感想を声にするイリス。

「うむ、そうじゃな。素晴らしいチョイスじゃ」

ミラは、そんな称賛を口にしながら「どれどれ……」と一つをつまんで口に放り入れた。すると途端に広がる風味と甘味に、顔を綻ばせる。

甘いものを贈り物に選ぶなど実によく分かっているものだと、満足げな笑みだ。

また、そんなミラの反応を目にしたともなれば、どんな味なのか気になるのも当然といえるだろう。

イリスは、期待に満ちた眼差しをミラに向ける。

「うむ、まあよいじゃろう。独り占めするのもなんじゃからな。食べてみるとよいぞ」

そのようにミラが許可を出したところ、イリスは喜色満面に微笑み、チョコレートを口にした。そして、そのとろけるような甘さと美味しさに至福の笑みを浮かべる。

ただ、そのように騒いでいれば何だ何だと嗅ぎ付けるものが今のイリスの部屋には多くいた。

クリスティナを筆頭に、団員一号やらなんやらが『何か美味しそうな気配がする』と続きやってくるではないか。

そうなればもう、後はあっという間だ。

「猫にチョコレートは、ダメではなかったか？」

「ケット・シーの小生に、そのような弱点はございませんにゃ！」

瞬く間に始まったチョコレートパーティ。

それはヴァルキリー姉妹達にとって救いの休憩時間となり、ひょっこり顔を覗かせたアルマのサボる口実となり、団員一号が他の猫とは違うところを見せつけた場面となり、夕暮れ時に訪れた安らぎのひと時となるのだった。


そのようにして日々を過ごし、いよいよ決勝トーナメントが数日後にまで迫った時。

決勝トーナメントでの実況役を正式に引き受けたミラは、女王の部屋にてその打ち合わせをしていた。

そんな中、アルマの口より衝撃の事実が告げられる。

「――――という事で約束通りに、ばっちり調整しておいたから！」

アルマは言う。『イラ・ムエルテ』との決戦前に約束した通り、メイリンのために突出して強い猛者達と当たるようにトーナメントを組んだと。

「最初の相手は、ブルースっていう人。なんとじぃじと同じ召喚術士！　イリスが言うには、このブルースって人もまだ全力は出していないそうでね。きっと一戦目から凄く熱い試合になる事間違いなし！」

闘技大会はもう大成功したも同然だと、意気込むアルマ。

そして、他にも沢山の好カードがある中で最も観客の注目を集めるプリピュアと、決勝トーナメントにまで上り詰めた無名の凄腕召喚術士の大一番は特に注目されていると自信満々だ。

だがミラの反応は、そんなアルマとは正反対であった。

「なん……じゃと……」

瞬間ミラは愕然とその場に突っ伏した。

色々と策を弄した結果。よりにもよって遂に決勝トーナメントの始まりだという第一試合にて、ブルースの敗退が確定してしまったからだ。

ミラには、理想としていた展開があった。

それはブルースが順当に勝ち上がっていき、メイリンと決勝戦にて激戦を繰り広げた末に敗退するというものだ。

最も盛り上がる最高の舞台となる決勝戦で大いに活躍すれば、たとえ負けたところで召喚術の株は大きく跳ね上がるのは間違いない。

だがしかし、初戦でメイリンと当たってしまうとなれば状況は変わる。

(なんという事じゃ！　こうなる事も予測しておくべきじゃった一！)

初戦も初戦の第一試合での敗退となれば、観客はどう思うだろうか。

中には実力で決勝トーナメントにまで上り詰めたと思わず、まぐれだとか漁夫の利だとかで勝ち上がったなどと思うような者も出てくるかもしれない。

予選は予選。本戦は本戦。やはり注目度も跳ね上がる本戦でこそ、その真価が問われるというものだ。

「の、のぅ、アルマさんや――」

召喚術士は、卑怯な手で勝利を得るのが得意。だからこそ本物の猛者が集う決勝トーナメントで、そのメッキが剥がれた。このような大舞台でそんな印象を持たれたら堪ったものではない。

そんな危機感を覚えたミラは、ここでトーナメントの変更は出来ないだろうかと、それとなく聞いた。

その結果は……否だった。

このトーナメント表は今日の朝に告知されており、今から変更するのは不可能との事だ。

(す……すまぬブルース……すまぬ！)

メイリンを確実に誘うために交わした約束によって、共に夢見た召喚術の明るい未来に暗雲が立ち込める事となった。

よもや、こんな因果が巡ってくるとは。ミラはその運命に項垂(うなだ)れながらも、まだ諦めてなるものかと対応策を考えるのだった。

# 〈14〉

アルマとの打ち合わせの後、ミラはニルヴァーナ城より飛び出していた。

召喚術の未来のために色々と考えて思いついた秘策。その案を形にするべく向かう先は、アダムス家だ。

「おお、ちょうどよいところに。今メイメイはおるじゃろうか？」

メイドのヴァネッサを見つけたミラは、即座に駆け寄りそう問うた。

「ああ、ミラ様！　いらっしゃいませ！」

庭園の件もあってか、ヴァネッサはミラを植物マスターと勘違いしている節がある。だからこそ、その歓迎ぶりは人一倍だ。

そんな彼女はミラの質問に、「メイメイ様は、出かけております」と答えた。何やら探し物でもしているような様子だったという。

「探し物、とな？」

「はい、どういったものなのかと伺ってみましたら、とても希少で幻なのだと仰っていました」

詳しくは教えてもらえなかったが、随分と熱心に探していたとヴァネッサは言う。

（ふーむ、珍しい事もあるものじゃな）

これまでメイリンは、希少だとかレアなアイテムの類にはさほど興味を示した事がなかった。そんな彼女が探し回っているものとは何なのだろうか。しかもヴァネッサが聞いたところによると、この街のどこかにあるそうだ。

「そうか。邪魔したのぅ。では――」

ならばこの街のどこかにはいるはずだ。

ここで待てば、いずれ帰ってくるだろう。だが事は召喚術の未来にかかわる。だからこそじっとしてはいられなかったミラは、すぐさまアダムス家を後にした。

その後ろでは幾つもの質問を顔に浮かべたヴァネッサが「ああ、ミラ様！」とあまりにも性急な別れに慌てていた。

きっと次に来た時は、植物についてより多く聞かれる事になるのは間違いなさそうだ。

「まずは、ここで捜してみるとしようか」

メイリンの探し物。それが何なのかについては、皆目見当もつかない。

だが彼女が出没しそうな場所には、幾つか心当たりがある。

それは、様々な催し物で賑わう闘技大会の会場内だ。

探し物をしているとはいえ、あのメイリンだ。ここのあちらこちらで行われている腕試し系のイベントに興味を惹かれないわけがないというもの。

だからこそミラは会場内を駆け巡り、時に聞き込みなどもして、そういったイベントを見て回った。

けれど一つ二つ、十、二十と確認したが、どこを調べてもメイリンの姿はなかった。

加えて今日は勢いのまま飛び出してきた事もあり、ミラの変装は眼鏡をかけて帽子を被るという中途半端なもの。そのため、ところどころで精霊女王だと見破られもした。

とはいえ、ちやほやされるのは嫌いではないミラである。バレてしまってはしょうがないと、満更でもなさそうな態度で握手なりサインなりと対応していく。

「――ところで、今話題のプリピュアを捜しておるのじゃが、どこかで見んかったか？」

もう何度目になるか。対応しつつも捜索は忘れない。ミラは、こっそり精霊女王に会いにきたという大会の係員にサインをしつつ、そう問いかけた。

すると彼は「プリピュアちゃんと精霊女王様！」と、何を思ったのか興奮した様子ながらも貴重な情報を提供してくれた。

係員曰く、一週間ほど前までは、ところどころで開催されている小さな格闘試合などに、しょっちゅう現れていたそうだ。

だが、あまりにも頻繁に現れる事に加え、もはや勝敗どうこうで盛り上がれないほどに爆勝ちしてしまうという事もあり、対策がとられたのだという。

その内容は、闘技大会予選勝ち抜き選手は、総じて出場禁止というものだ。

結果、小さな格闘試合には勝敗の行方にハラハラドキドキする熱気が戻った。だがプリピュアの姿は、その日以来見ていないらしい。

(それはまた……仕方がないとしか言いようがないのぅ……)

メイリンは純粋にバトルを求めていただけであるため少し可哀想には思えるが、そこまで暴れ回ったのならば仕方がない。

彼女は既に本戦出場も決めているため、もうこの会場内にて参加出来る試合は存在しないだろう。

では、どこにいるのか。

「ふむ、情報提供感謝するぞ」

ミラは係員に礼を言いつつサインを手渡し、その場を後にした。


「さて、残る手がかりは……」

大会会場を出たミラは、そこでヴァネッサから聞いた言葉を思い返す。

メイリンは何かを探している様子だったという話だ。

もしや小さな格闘試合に出られなくなった代わりに、ストリートファイトでも出来る場所を探しているのだろうか。

だが聞いた内容では、それは希少なものという事。

その正体は不明だが、アダムス家におらず試合巡りも出来ない今、それを探している最中に違いない。

「ふーむ、思った以上に面倒になったのぅ」

もう急がずにアダムス家で待っていようか。そんな事を思いつつも、じっとしているのは落ち着かない性分のミラは次の手を考える。

「ワントソがいれば早いのじゃが……」

ワントソの鼻と魔法があれば、この街のどこにいたって捜し出せるはずだ。

しかし今、ワントソはフローネの許にいる。彼女のご機嫌取りの役目をこなしているところだ。きっと今頃、それはもうこれでもかというくらいに可愛がられているだろう。

そんな状況から、こちらにワントソを喚んでしまったらどうなるか。突如ワントソを奪われたフローネがどのような惨劇を起こすか。

決して触れない方が無難だと考えたミラは、一先ず団員一号とポポットワイズを召喚し、共に捜索を開始した。

(ふーむ、メイリンが興味を持つ希少なものとは、なんじゃろうな)

他の九賢者達とは違い、希少な素材や術具といった類にはほぼ興味を示す事がなかったメイリンである。

そんな彼女が、探し回っているもの。そしてそんな彼女が、探し回ってもなかなか見つけられないものとは。

前に頑丈な鎧を見て、木人に着せれば訓練用に使えるなどと言っていたが、それだろうか。

吹けば周囲の魔物を呼び寄せてしまう危険物指定の笛を見て目を輝かせていたが、それだろうか。

とある場所に凶悪な魔獣が封じられており、その結界の中に入るための護符がどこかにあるという話だが、それだろうか。

ミラは昔の記憶から可能性のあるものを思い出しつつ、あちらこちらを捜していく。

と、そうしていたところ――

『団長、にゃにやらそれっぽい方を見たという証言を得ましたにゃ！』

団員一号より、ミラが口頭で伝えたプリピュアの特徴と一致する人物を目撃したという者がいたとの報告が入った。

メイリンと交わした約束は、闘技大会が終わるまではプリピュアの姿のままでいるようにというもの。

決戦前には一度変装を解いていたが、それも終わったため約束が優先だ。

予選が終わり時間が空いている今でも、プリピュアのままでいるはずだ。

『うむ、よくやった。直ぐに向かおう！』

その目撃証言こそが、メイリンである可能性は極めて高い。

ミラは団員一号より詳細な場所を聞くなり、そこに向けて急行した。


繁華街の一角。オープンカフェの一席にその姿はあった。

目撃情報にあったプリピュアは、友人であろう――魔法少女風衣装に身を包んだ女性と共に、のんびりとコーヒーブレイクを楽しんでいた。

その姿はどこか優雅であり、落ち着いた雰囲気すらある。

そう、目撃情報にあったプリピュアはメイリンではなく、まったくの別人だったのだ。

「にゃんとも紛らわしいですにゃ……」

「そうじゃのぅ。しかしまた、ブームが広がり始めておるとは聞いておったが、もうここまでとは……」

闘技大会においてメイリン扮するプリピュアの活躍は話題となっており、特に魔法少女風愛好家達の間では、その注目度がどえらい事になっていた。

一体だれが評したのか、格闘系魔法少女とカテゴライズされたプリピュアは、小さな女の子から大きなお友達までを夢中にさせるほどの勢いを得ているのだ。

そんなプリピュアの中身がメイリンである事もありフットワークは軽く、格闘試合巡りをしていた事で目撃者も多い。

だからだろう。仕事の早い裁縫師がいれば、その衣装のコピーや類似品を作るのはわけないという事だ。

「にゃにゃ、よく見るとあちらにもいましたにゃ」

向かいの店から出てくるプリピュアの姿。色違いながら、知る人が見ればプリピュアだとわかる衣装の女の子だ。

「これまた厄介じゃのぅ……」

どこかでプリピュアを見なかったかと人に聞いたところで、これでは情報が錯綜するのは確実である。

とはいえ他に捜しようもないため、更に背格好などの条件などで絞りつつ、地道に捜索していく。

そうして更にプリピュアを見つけていくミラ達一同。

「──親御さんからクレームが入りそうじゃな……」

思わず目線が誘導されてしまうくらいにセクシーなプリピュアと出会い、苦笑しつつも見つめてしまうミラ。

露出度もそうだが、何より女性のグラビアモデルの如きプロポーションもあって、朝ではなく深夜のビジュアルとなっている。

「──にゃんという完成度ですにゃ……」

公園にて、決め台詞と決めポーズを完璧に決めるプリピュアファイブを目の当たりにして感心する団員一号。

随分と練習したのだろう、五人の少女はその完成ぶりに喜び、可愛らしく飛び跳ねていた。

なお、五人のうちの二人は、アダムス家の長女シンシアと次女ローズマリーだ。

残りの三人は、彼女らの友達だろうか。順調に感染しているようである。

と、そうして目撃証言などを基に数々のプリピュアを確認していく中で、空からの報告が入った。

『ポポットも見つけたの――』

その目でしっかりと条件を照らし合わせ、厳選したのだろう。ポポットワイズは、ミラから聞いた条件に一致する人物を発見したと言う。

何でもポポットワイズからの報告によると、何かの人だかりがあり、その中にそれらしい人物の姿が確認出来たそうだ。

『おお、でかしたぞ、ポポット！』

これは有力な手掛かりになりそうだ。

今度こそは本人か。ミラはすぐさま団員一号にも伝えると、ポポットワイズの案内に従い《空闊歩》で空を駆け抜けていった。


「あれじゃな……。と、いったい何の集まりじゃ？」

「怪しいですにゃ。陰謀の予感がしますにゃ！」

場所は商業区よりも離れた地点。どちらかというならば住宅区に近い場所だ。

周りには、あれだけの人が集まるような店はなく落ち着いた印象もあるが、今は大賑わいとなっている。

何かのイベントだろうか。それとも騒動か。はたまた、プリピュア人気によって、メイリンにファンが殺到でもしているのか。

ミラは、いったいどういう集団なのかと眉をひそめつつ、注意深く観察する。

団員一号はというと、その謎の賑わいぶりにミステリーを感じたようだ。［人々を魅了し熱狂させる、その正体に挑む――！」とのプラカードを掲げながら、記者の如き衣装に早変わりしていた。

と、そうしながらも賑わう集団に少しずつ近づいて行ったところだ。

「やったな」「今日は間に合った！」「ようやく買えたぞ」

そんな喜びの言葉を口にしながら、揃いの手提げ袋を手にした者達がぞろぞろと出てきた。

「む……何かを売っておるのか？」

はて、あの袋はなんだろうか。その中には何が入っているのか。

ともあれ、ここに集まっている者達の目的は、ここで売っている何かである事が判明した。

だがしかし、このように商業区から離れ商売には向かなそうな場所で何を売っているというのか。

そんな疑問を抱きつつ、ミラは満足顔に去っていく者達が手にする袋に注目する。と、その時に、ふとした記憶が脳裏を過った。

（……いや、何じゃろうか。何かどこかで見たような……）

買えた買えたと喜ぶ者達が手にする袋。それと同じようなものに見覚えがあると首をかしげるミラは、はていつだったかと考え込む。

そして更に集団の数が減っていき、「すみません、残り僅かでーす」という声が聞こえてきたところで、ミラはそれをはっきりと思い出した。

「そうじゃ、あの時の弁当屋じゃ！」

いつぞやに偶然出会った事があった『レストラン　フェリブランシュ』。神出鬼没でゲリラ販売を行っている、闘技大会記念の臨時出張販売店だ。

一番安くても六千リフからというニルヴァーナ一の高級レストラン。そんな店が出す三千リフの高級な弁当は、そのゲリラ具合と販売数もあって入手困難な希少品という話だ。

なるほど、だからこの人だかりだったわけだと納得したミラは同時に、その時購入した弁当はまだアイテムボックスに保管したままだったとも思い出す。

その希少性に釣られて買ったはいいが、その時には既に食事は三食ともイリスと一緒だったため、食べる機会がなかったのだ。

とはいえアイテムボックスに入れておけば、幾らでも保存しておける。

よってミラは、ここで再び希少な弁当と出会えたともなれば、これは無視出来まいと、メイリン捜しを棚上げにして出張店に駆け出した。

だが、その直後だ。

「毎度ありがとうございました。本日分、売り切れでーす！」

まだまだ多くの人だかりが残っているにもかかわらず、無慈悲にもそんな店員の声が響いたではないか。

「なんと……」

どうやら、あの日に弁当を購入出来たのは相当な幸運だったようだ。

本来は人だかりが出来た時点で、僅かに出遅れた程度の事で、もう買えなくなってしまうような人気商品だったのである。

ほんの数歩で立ち止まったミラは、天を仰いだり、愚痴ったり、明日こそはと意気込んだりしながら解散していく客達を見送る。

「また明日、どこかに出店しますので探してみてくださいねー」

そうして人だかりも薄くなり、出張店の方も撤収していったところで、ミラはその姿を確認した。

出張店のあった地点より、ほんの僅か手前。あと少しで買えたであろう位置にプリピュアの姿があったのだ。

「あ、おった」

それを目にしたミラは、そのプリピュアこそがメイリンで間違いないと確信する。

見覚えのあるプリピュアの衣装――ラストラーダがデザインしたそれは、細部の刺繍からベルトの模様まで完璧に再現されている。

見よう見真似で作られた他のプリピュア衣装とは、完成度が違うのだ。

ただ、そのようにしてようやく見つけたプリピュアだが、その様子はまるで地球を守れなかったとヒーローの如き悲壮感を漂わせていた。

（あー、そういう事じゃったか）

その姿を前にして、ミラは全てを理解した。

メイリンが探していたという、とても希少で幻のような代物とは、フェリブランシュの弁当の事だったのかと。

戦う事以外にメイリンが興味を持ちそうなもの。それは美味しいものだ。

そこを理解した時、ミラの顔が実に深くてどす黒い笑みに染まった。

「うう、また間に合わなかったヨ……」

いったい、どれだけ探し回ったのか。そして何度買い損ねたのか。メイリンは、愕然とその場に佇み項垂れていた。

ミラは、そんな彼女の傍に歩み寄り「残念じゃったな」と声をかける。

「爺様……なんでここにいるネ？　あ、もしかして爺様も買えなかったカ？　あのお弁当、直ぐに売り切れになってしまうヨ。でも凄く美味しいって聞くから食べてみたかったネ」

ミラの姿を目にしたメイリンは、買い損ね仲間がいたと微かに微笑み、しょぼくれる。

今の彼女は、随分とフェリブランシュの弁当が気になっているようだ。落ち込んだ矢先に、「あ、いい事思いついたヨ！」と顔を上げて明日の分について協力し合おうと持ち掛けてきた。

二手に分かれて出張店を捜索し、見つけたら知らせ合うといった内容の提案だ。

（メイリンほどの実力者ならば、広域の生体感知で店の者自体を追跡出来そうなものじゃがのぅ……）

仙術士の技能である《生体感知》。彼女のそれはミラのものとは別格ともいえる精度と範囲を誇る。よって、その力をもってすれば出張店を探すまでもなく、店員が本店を出るところから張り込んでしまえるだろう。

と、そんな方法を思いつくミラだったが、それを伝える気はさらさらなさそうだ。

「それよりも、もっといい方法があるのじゃが聞きたいか？」

メイリンがそういう考えに至らないのは、彼女の純粋さと素直さによるものだ。

次にどこで店を開くか探してみてと言われれば、言葉通りに探すのがメイリンという人物である。

そしてミラは、そんなメイリンの純粋な素直さにつけこみ、ちょっとした相談を持ちかけるのだった。

## 〈15〉

秘密の話という事で、ミラとメイリンは二人で内緒話が出来る場所——メイリンが間借りしているアダムス家の部屋に戻ってきていた。

「それで、どんな方法ヨ⁉」

さあ、ここならば問題はないだろう。そう、すぐさまメイリンが迫る。

どうすればあの弁当を確実にゲット出来るのかと、それはもうこれでもかというくらいの前のめりだ。

「それはじゃな……——と、そういえば闘技大会のトーナメント表が発表されたが、もう対戦相手は確認しておるか？」

その方法……について答える直前。ミラは勿体ぶるというよりは、ふと思い出したような演技を挟みつつ、そんな問いを口にした。

「当然ネ。ブルースさんヨ。ヴァルハラでいっぱい修行していたから楽しみヨ！」

実に素直な性格のメイリンだ。一見するとお弁当の事に夢中で、他の事については聞く耳も持たなそうな勢いすらあった。

だが、やはり闘技大会についてならば別のようだ。その顔に闘志を宿し、今からどんな戦いが出来るのかと、それはもう期待に満ちている。

（ふむ、そこまで把握しておるか。ならば話は早い）

メイリンの言葉からおおよそを把握したミラは、そこで更なる情報を口にする。

「ふむ、そうかそうか。お主ほどの者に気に入られるとは、わしも鼻が高い。実はじゃな、何を隠そうブルースは、わしの弟子のようなものなのじゃよ。今回は、腕試しを兼ねて出場させたという次第じゃな」

実際には違うのだがブルースについてそのように説明したミラは、そっとメイリンの反応を窺った。

「なんと、爺様の弟子だったカ！　なるほど納得ネ！　ますます試合が楽しみになってきたヨ！」

大陸最強である召喚術士の弟子。本人の知らぬところでそんな肩書をつけられたブルース。

その効果は覿面であり、メイリンのやる気は、この上ないくらいに漲っていた。

そして、こんなメイリンとブルースが勝負したとなれば、幾ら指導して鍛えたブルースとて十秒も持たないだろうとミラは確信する。

「うむうむ、決勝トーナメントまで上がったほどじゃからな。それなりにはやるはずじゃ」

ミラは、あえてブルースの実力は確かであると断言した。ただ、断言しながらも「しかしじゃな――流石にわしほどではない」と続ける。

自分ほどではないため、試合になれば間違いなくブルースに勝機はないだろう。これこそが事実だとはっきり告げたミラは、そこまできていよいよ次の言葉を口にする。

「そこでじゃな。対戦相手のお主に、ちょいと頼みがあってのぅ」

そのためにこうして会いに来たのだと、弟子であるブルースの事で会いに来たのだと、それはもうわかりやすい態度で表したミラ。

「んー……それはもしかして手加減しろという話カ？　でも爺様なら、わたしの答えわかると思うヨ。闘技場は真剣勝負の場ネ。手加減は出来ないヨ」

メイリンも、ここまでの話の流れとミラの態度から、おおよそを読み取れたようだ。手加減だったり、それに類するような真似だったりは出来ない。本気で戦い倒れるならそれまでだと、きっぱり答えた。

「うむ、わかっておるわかっておる。それは百も承知じゃ」

そのように予想させてから、はっきりと否定してみせたミラ。

するとどうだ。ではいったい頼みとはなんだと、メイリンが興味深げな表情を浮かべたではないか。

あっという間に終わらないように手加減をしてほしい。ブルースが、ちゃんと実力で決勝トーナメントにまで勝ち上がったという事を観客に見せつけるまでは決着を待ってほしい。

そのような頼み方をすれば、メイリンの事だ。試合には関係ないと、あっさり却下されるのは間違いない。

それをよく理解しているミラは、だからこそ悪知恵を働かせる。

メイリンの関心が向いた事を確認したところで、「うむ、実はじゃな――」と実に真剣な態度で頼み事を告げた。

「お主との試合は、あ奴にとって間違いなく良い刺激になる。ゆえに、鍛錬を続けてきたブルースの全てを受け止めてやってほしいのじゃよ。今持てる全てを出し尽くして負けたのなら、きっと理解出来るはずじゃ。そして足りないものと必要なものを、その身で感じ取ってくれると、わしは信じておる」

望むのは手加減ではない。時間稼ぎでもない。大事な弟子の成長を、修行してきた成果を、たとえ負けてしまうとしても悔いの残らぬように出し尽くしてからにしてやりたい。

これまでブルースが培ってきた技を真正面から全力でもって打ち破り、世界の広さを、目指すべき高みを教えてやってほしい。

ミラはそんな言葉をつらつらと並べては、あっけなく試合が終わり召喚術士はその程度かという目で見られないようにするために渾身の説得を行った。

「ムムム……それも確かに大切な事ヨ……」

これまでに築き上げてきた全てを出し尽くす一戦。それは百の訓練にも勝る貴重な経験となる。

その事をよく知るメイリンは、それと同時に、そんな事が出来る相手というのもまた貴重なものであると知っていた。

だからこそ、ミラの頼みを受けて揺れ動く。

勝負として全力で戦うか。それともブルースにとっての高い壁としての役目を請け負うか。

戦闘好きのメイリンは、より高みを目指しているからこそ、その過程にいる者達への共感もまた人一倍であるのだ。

そしてミラは、そんなメイリンの心の揺らぎを決して見逃さなかった。

「これは、単なるわしの我がままだとわかっておる。しかし、しかしじゃな……師匠として弟子の成長を願わずにはいられなくてのぅ」

心の内を白状するかのように、それはもう親身な態度で口にするミラ。

その真意は、少しでも試合を長く続けられるようにという点が一つ。そして召喚術とはどういう事が出来るものなのかと、少しでも世間に理解してもらいたいというものだった。

なお、言葉通りにブルースの成長を願う気持ちもあったりはするが、それは全体の一割程度だったりする。

「お主が相手ならば、きっとそれを教えられる。だからこそそのお願いじゃ」

ブルースの実力ならば、召喚術の可能性については十分に伝えられるはずだ。

だが、それもこれもメイリンの協力が必要不可欠である。

「うーん、爺様の気持ちもわかるヨ……」

真意についてはともかく、ミラの言葉を受けたメイリンは難しい顔で唸り始めた。

ミラの頼みは、確かに手加減とは少し違う。だが激しい攻防の末に決着する熱い試合を望むメイリンにとってみれば、全てを受け切ってからという点が少しもどかしいのだろう。

けれども同時に、弟子の成長をと願うミラの想いにも感化されたようで、メイリンの心は更に揺れ動いていた。

それは、どちらに転がっても不思議ではない様子ともいえる。

つまりは、あと一押し出来る何かがあれば、こちら側に転がすのも可能という事だ。

そして今の状態こそが切り札の切り時だと見極めたミラは、遂に決め手となる一撃を放った。

「おお、そうじゃったそうじゃった。ちょいとばかし話を戻すが、フェリブランシュの弁当についてじゃがな――」

一度話を闘技大会に逸らした後に、再び本来の目的だった件について触れる。

とても美味しいと街中で噂のお弁当。

ぜひ味わってみたいと求めるメイリンだが、希少過ぎるからこそ、彼女のフットワークをもってしても未だに入手出来ずにいる幻の品。

どうすれば、そんな弁当を入手出来るのか。その作戦を立てるという名目で話し始めた事を思い出したようで、メイリンは「そういえばそうだったヨ！」と、またもころりと表情を変えた。

ミラは、再びメイリンの興味が弁当へと向けられたその瞬間を見計らい、いよいよそれをアイテムボックスより取り出した。

「――その弁当……実は既に入手済みと言ったら、どうじゃ？」

現地にて、溢れんばかりの人が集まる中での競争を制した勝者のみが手にする事を許された手提げ袋。

幻ともされる弁当を勝ち取った証であるその袋を、ミラは実に大げさな仕草でメイリンの目の前にそっと置いてみせた。

「こ……この袋見覚えがあるヨ！　あのお弁当を買った人達が皆持っていた袋ネ！」

かの地にて、メイリンが辛酸を嘗めながら見送ってきた勝者達の後ろ姿。そんな者達が揃って手にしていた手提げ袋の事を、彼女ははっきりと覚えていたようだ。

だからこそ、その反応は劇的だった。その目に憧れと羨望を浮かべ、あっという間に心を奪われていった。

この袋は、どうしたのか。何が入っているのか。これをここに置いてどうするつもりなのか。

メイリンの顔は、僅かな疑問と多大な期待で染まっていく。

と、そんな反応をしかと見届けたミラは、見計らうようにして素早く手提げ袋をアイテムボックスに戻した。

「あぅぅ……」

それを目で追ったメイリンは、まるでおもちゃを取り上げられた子供のように物悲しげな表情を見せる。

彼女の心は、完全に弁当へと移ったようだ。

「さて、見てもらった通りにのぅ。実は、あるのじゃよ。あれはいつじゃったか。わしもこの弁当を求めて、何日も挑んだものじゃ。そして途方もない苦労と激しい争奪戦の末、遂に勝ち取った努力の結晶が今見せた袋の中に入っておる。それも、肉弁当と魚弁当の二種類ともな」

どこか縋るような目をしたメイリンを前に、これでもかとその入手の困難さを強調したミラは、それでもどうにかこれほどの希少品を入手する事が出来たのだと語った――否、騙った。

実際は偶然にも目の前にて出張店が開くのに居合わせただけであり、何やら希少そうだという周りの反応に感化され、勢いで買っただけの弁当だ。

しかしミラは、そんな偶然の産物ともいえる弁当を、それはもう苦労と努力の産物であるかのように祭り上げた。

「あの戦いに勝つなんて凄いヨ！　しかも二つもなんて、流石爺様ネ！」

フィジカルにおいて、そこらの市民を軽く凌駕するメイリンが本気で探し求めても入手する事の出来なかった弁当。だからこそ彼女は、同じ条件下にて勝ち取ったミラに真っすぐな尊敬の眼差しを向ける。

そして当然というべきか、それとも計画通りというべきか。あえてミラが口にした『弁当は二つある』という言葉に対して、メイリンは微かな期待の色をその目に宿していた。

「さて、せっかく二つあるわけじゃからな。一人で存分に堪能するというのもよいが――」

ミラはそのように思わせぶりな態度をとりながら、ちらりとメイリンを見やった。

すると、どうだ。彼女の期待は一気に溢れ出し、その顔を笑みに染めていったではないか。

ただそれはメイリンにとって、もう後戻りは出来ない、もう諦められないところまで感情が高ぶってしまったという状態であるとも言えた。

「――と、そういえば話の途中じゃったな。して、わしの弟子であるブルースの特訓を手伝ってはもらえないかのぅ。もしも手伝ってくれるというのなら――」

ここで再びその話を持ち出したミラは、これ見よがしに手提げ袋を取り出した。更に続けてその中の弁当二つをメイリンの前に並べ「――その報酬として、どちらか好きな方を食べてもよいぞ」と告げる。

ここまで引っ張ってからの再交渉。まさかの提案にメイリンはというと――。

「爺様の弟子はわたしに任せてほしいネ！　必ず成長の後押しをしてみせるヨ！」

それはもうすがすがしいまでの即断即決であった。

激しい攻防の末の勝敗を望みながらも、ミラの師心もわかり揺れ動いていたメイリンの心。

ギリギリのバランスだったからこそ、弁当の件が飛び込んだ事で形勢はその瞬間に決した。

今のメイリンが一番に求めているものを報酬として提示してみせたミラの一手は、この場において最善最高の一手だったのだ。

「おお、そうか。引き受けてくれるか。ならば、この弁当を譲るとしよう。さあ、どちらがよい？」

計画通り。ミラは上手い具合に丸め込めたぞと心の中でほくそ笑むも決して顔には出さず、メイリンには感謝の意を示し、報酬となる二つの弁当を差し出した。

ここでどちらもどうぞと言わないのが、ミラのけち臭いところである。

「お肉かお魚か……大切な問題ネ！」

弟子の事は任せろと力強く言い放ってから一転。どちらの弁当を選ぶかで悩むメイリンの顔は、幸せいっぱい夢いっぱいに咲き誇っていた。

そうしてどちらにするかを悩む事数分。肉弁当を選択したメイリンは、その蓋を僅かに開き、鼻から大きく息を吸い込んだ。

「この匂いネ！　ずっとずっと憧れてたヨ！」

フェリブランシュの販売店の傍に漂っていた魅惑の香り。遂にその大本を手に入れたとはしゃぐメイリンは、それでいて素早く、そして大切そうに肉弁当をアイテムボックスに収納した。

「今、食べぬのか？」

匂いだけで我慢する。そんな様子のメイリンに問うたところ、彼女は真摯な態度で答えた。

「食べるのは、爺様との約束を果たしてからネ。それまでは我慢するヨ！」

我慢する。そう口にしたメイリンではあるが、その顔は食欲に満たされていた。

けれども、言葉に揺るぎはないようだ。約束したからこそ、この弁当を食べるのは、それをやり遂げてからでなければいけないのだとメイリンは断言する。

それが彼女なりの流儀というものだった。

「ふむ、そうか。何とも頼もしい限りじゃな」

メイリンならば、きっとやり遂げてくれるだろう。

その他の事についてならともかく、事、戦闘訓練だなんだといった関連ならば、メイリンほど信頼出来るものはいない。

ミラは彼女に付き合うようにして魚弁当の方をアイテムボックスに戻し、「さて、それでは当日の事じゃが――」と、ブルースの特訓についての会議を始めた。

どのようにして彼の成長を促すか、メイリンと共に話し合う。

そうして召喚術の未来のために、ブルースはこれまでの人生において最大級の死闘を繰り広げる事が決定したのだった。

〈16〉

忙しかったり、そうでもなかったりする日々が過ぎ、いよいよ闘技大会の決勝トーナメントが明日に迫った日の事。

『イラ・ムエルテ』についての情報交換や調査、今後のやりとり、そして交流などのために滞在していたグリムダートの士官達が帰国する事となった。

「ああ、決勝トーナメント直前で帰国命令だなんて……」

飛空船の発着場にて、グリムダートから迎えに来た小型飛空船を前にぼやく士官が一人。

「特別トーナメント、楽しみにしていたのに……」

招待選手達による特別トーナメント戦。そこに登場する予定の有名人、ギルド『月光十字』のエレオノーラが見られると息巻いていたもう一人の士官もまた、その顔に嘆きを浮かべて天を仰いでいた。

「あ、あの……お会い出来て光栄でした！」

「これほど素晴らしい知識を学べたのは、一生の宝です。本当に感謝いたします」

士官の術士二人は、ルミナリア達に向けて感謝を表する。

途中から、この二人もまたミラ達が開いていた研究会に参加していたのだ。

今までよりもずっと成長出来たと述べる二人は、九賢者の面々を崇敬するかのように見つめていた。

とはいえ二人が学んだのはミラ達にとっての上澄み程度の知識に過ぎなかったが、そこは九賢者の英知である。十分な価値はあっただろう。

「私達も一緒に研究出来て楽しかったわ」

女性術士の肩をそっと抱き寄せながら囁くルミナリアだったが、「またいずれ、ゆっくりお話ししましょうね」とカグラが素早く引きはがす。

ルミナリアの手癖の悪さと三神国の士官が合わされば、確実に面倒になると察してだろう。

「いやはや、お見送り感謝いたします。よもやこうして英雄の方々に見送られるなど、まるで自分が偉くなったように勘違いしてしまいそうになりますね」

改めるように一礼するのは、五人のリーダー的存在であったリギンズだ。

そんな彼は、どことなく落ち着かない様子であった。

その原因は帰国するにあたって、ノインの他ゴットフリート達とルミナリア達が、ちょうど時間が空いていたからと見送りに出てきたからだ。

生ける伝説とも呼ばれるアトランティスの将軍と十二使徒、加えてこれまた伝説となっている九賢者。

そんな憧れですらある英雄達が、わざわざ見送りに来てくれたともなれば気持ちが高揚しないはずもないというもの。

リギンズは緊張を浮かべつつも、それこそお偉いさんにでもなったような気すらすると笑っていた。

（そもそも本当のお偉いさんじゃからのぅ……）

ミラはというと、現状を冷静に見つめていた。

憧れているだなんだと言うばかりか、それこそ忠実とも言えるくらいにノイン達皆の言葉に従い、時に教えを受けて感動していた士官達。

まるで見習いのようですらあったが、この者達はグリムダートにて、上から数えた方が早い地位にいるエリート達だ。

少し離れた場所でその様子を見つめるミラは、それはもうみるみる上機嫌になっていく士官達を目に、アルマのお願いを思い出す。

『明日、士官の人達が帰るんだけど、皆で見送ってもらってもいい？』

昨日の夜に、そんな事を言われた意味というのが、どうやら目の前のこれだったようである。

客人をいい気分にして帰せば、それだけこちらの印象も好くなるというわけだ。

そうこうしつつ、士官達は名残惜しそうな顔で飛空船に乗り込んでいった。

ミラは飛び去っていく飛空船を見送りながら、九賢者について話していた際の事を思い返す。

ルミナリア以外は行方不明扱いとなっている九賢者が、これだけ集まっていた事については士官達と約束を交わしていた。

（ちょいとミーハー感は拭えぬが、多分きっと大丈夫じゃろう……）

アルカイト王国の建国祭の時に、九賢者の帰還を発表するため、それまでの間その存在は秘密だと約束した士官達。

ただ、十二使徒と会っただの『名も無き四十八将軍（ネームレスラ イン）』に剣の稽古をつけてもらえただの、九賢者と術研究を一緒にしただのと、それはもう自慢し合っていた五人。

はたして彼ら彼女らが建国祭まで他の誰かに話さず我慢出来るかどうか、これまで見てきた様子からすると不安すらあった。

（ともあれ、どんな反応が返ってくるかのぅ……）

ただ例外として、グリムダートの国王にのみ九賢者の事を明かしてもいいと、ルミナリアが伝えていた。

何でも、ソロモンからのお達しらしい。

その理由の一つは、本拠地攻略には士官達の代わりに九賢者が六人参加していたと説明すれば、彼らにも言い訳が立つだろうという事。

そしてもう一つは、相手が相手だけに秘密のままとするわけにもいかない事。

士官達は把握していて王様は知らないなどという状態とわかれば、何ともややこしくなるのは間違いなく、士官達が責められるかもしれない。

だが伝えておけば、建国祭の時にグリムダート側から何かしらの反応があるかもしれず、箔（はく）が付く、という事らしい。

（ふーむ、政治の事はよくわからぬ……）

ともあれ、気にする事でもないかと士官達を見送ったミラ。

だがこの時は、まったく気にしてもいなかった。士官達が伝えるのは九賢者だけではなく、ダンブルフの弟子がいたという内容も含まれる事を。


無差別級の決勝トーナメント開始の朝がやってきた。今日は、朝からお城全体がいつにも増して大賑わいだ。

いつも通りにアルマとエスメラルダがイリスの部屋にやってきて朝食を一緒にしたが、終われば慌ただしく行ってしまった。

アルマにしても珍しく、何かしら理由をつけて居残ろうともしなかったくらいである。

食事中に交わした話によると、開会の挨拶だなんだで色々と用事があるそうだ。また開会は正午過ぎからとなっているが、それまでにも色々とイベントが用意されているらしい。

「今日は忙しくなりそうじゃな」

闘技大会に出場は出来なかったミラだが、それでも試合の時には出番があった。

それは、解説役としての出番だ。

なお、解説についての細かい打ち合わせは、まだしていない。昼食時に食べながら話すとの事である。

直前に、しかも合間の時間を使うくらいに今は国全体が大忙しだった。

変装はせずに出発だ。

ミラはそれが始まる前に出かける事にした。なお今日は午後から精霊女王としての仕事があるため、決勝トーナメントが始まれば、解説役として大いに活躍しなくてはいけない。

そして何よりも、その初戦はミラにとって最も大切な一戦となる。

「さて、わしも忙しくなる前に……」

そこで別れた。

今日も今日とて沢山楽しもうと気合を入れるイリスと共に、闘技大会会場までやってきたミラは、

「はいー、大丈夫ですー！」

「では、人が多いので気を付けるのじゃよ」

イリスには、付き添いとしてシャルウィナと団員一号がいるため心配は無用である。しかも既にイベント巡りの達人の域にあるときたものだ。

三名は今日も行くぞと声を上げて、イベントブースに突撃していく。午前の間は様々なブースを巡り、午後から闘技大会を観戦するというスケジュールのようだ。

「さて、どの辺りじゃろうか……」

イリス達を見送ったミラは、そのまま選手村の入口近くにまでやってきて周囲を見回す。

アルマの話によると、基本的に決勝トーナメント出場者は選手村に滞在してもらっているとの事で

ある。

そう、ミラは試合前のブルースに会いにきたのだ。

ただ選手村と言っても、それこそ村が一つはすっぽり入ってしまうほどに広かった。

加えて決勝トーナメント直前という事もあってか、かなりの賑わいぶりだ。ちょっと見回した程度で目的の人物が見つけられるとは思えないほどの人数が集まっている。

中でも多いのは、取材陣と思しき記者の姿だ。

「ありがとうございます、グランディール選手。本戦、応援しています！」

「ありがとう。頑張ります」

そんな大勢いる中の声の一つが聞こえてきた。

見るとそこには取材兼応援といった様子の女性記者と、一目見てイケメンだとわかる男の姿があった。

そのやり取りからして、彼もまた決勝トーナメントに出場する選手だろうか。取材陣に笑顔を振りまきながら選手村の方へと入っていく。

「はて……何やらどこかで……？」

グランディールと呼ばれていた選手を目にしたところ、その顔に見覚えがあるような気がすると感じたミラ。

果たして偶然か必然か。その男グランディールは、以前にミラがカードショップを訪れた際にカードゲーム大会の予選でレオナという女性と接戦を繰り広げていた者だった。

そしてミラに一目惚れした上級冒険者でもある。

しかしながら男の顔については記憶力が半減する事に加え、女性にモテモテなイケメンなどという要素まで加わってしまえば、積極的に記憶から抹消するように働くのがミラの頭だ。

ダンブルフのカードを使っていたレオナの事は覚えているが、対戦相手のイケメンについては霧の彼方(かなた)である。

それでも若干の既視感を覚えたのは、イケメン全般に対する憎悪の為せる業とでもいうべきだろう。

「そこの青い鎧の者やー、ちょいと聞きたいのじゃが、よいかー？」

ともあれミラは、ずんずんと奥へ行ってしまうグランディールを、まあどうでもいいかという軽い気持ちで呼び止めた。

見覚えがあるといっても、多分きっと深い関わりはないはずだ。そう自分の記憶の薄さを信じたのだ。

それよりも選手村に滞在しているのならば、もしかしたらブルースの滞在場所も知っているかもしれないという気持ちが大きく働いた。

「ん？　私の事かな？」

後ろから声をかけられたグランディールは、随分と大雑把なミラの呼びかけに対しても、にこやかに振り返った。

きっと心までイケメンなのだろう。そう感じられるほどに飾らなく自然な笑顔だ。

だが直後、そんな彼の完璧な笑顔に変化が生じる。

「あ、ああ……君は……！」

思わず見開かれたグランディールの目に驚きが浮かぶ。

そして次に表情は喜びへと変化し、そこから更に神への感謝を経て微笑みに至った。

「精霊女王のミラちゃん……こんなところでまた巡り合えるなんて……！」

そんな言葉を口にしたグランディールは、もう反射的ともいえる速さで駆けてきた。

初めて惚れ込んだ相手に偶然再会したのみならず、声をかけられた。一日たりとてあの日の出逢いを忘れた事のなかった彼にとって、それはもはや奇跡にも近い瞬間だったのだ。

その嬉しさたるや、ひとしおだろう。

（むむ……）

対してミラはというと、『また』と言った彼の反応に戸惑った。

再び会えた事を喜んでいる様子のグランディール。とはいえ、それは彼の一方通行な思いによるものであり、嬉しさのあまり思わず口に出た彼の気持ちそのものだ。

ただ、彼の事をまったく覚えていないミラにとって、その言葉は大いに認識の行き違いが発生する原因となった。

「う、うむ、そうじゃな。久しぶりじゃのぅ――」

この世界にきてから、まだ半年ほどしか経っていないが、出会いの数は記憶が追い付かないほどにある。

出会っているものの思い出せない男がいるのは、もはや仕方がないといえる状態だ。

すると相手は覚えていて、こちらは忘れているなどという状況だって十分にあり得た。

だからこそミラは、そんな予想を前提に答える。

見覚えがあるのは確かだ。相手の態度からして顔見知り程度には交流があったのかもしれない。加えて、あまりにも嬉しそうな男の笑顔。その圧もあってか覚えていないとは言い辛い。

「――ところで一つ聞きたいのじゃが、ブルースという出場者の滞在場所がどこか知っておらぬか？」

ゆえに色々と気づかれぬうちに退散するべく、ミラは挨拶と同時に質問を続けた。

だがそんなミラの言葉が、思わぬ誤解を生む。

どことなくフレンドリーに、それでいて『久しぶり』などという言葉まで出た事が、グランディールに更なる喜びを与えたのだ。

カードゲーム大会にて少し邂逅しただけながら、覚えてくれている。それが、ミラの言葉を受けて感じたグランディールの歓喜だった。

ただ、そうして喜んだのも束の間。

「ブルース……というと、あの本戦トーナメント出場を早くに決めていた召喚術士の事だね？」

天使が気にしている様子の男。いったいどういった関係なのか気になったようで、その笑顔に綻びが生じる。

ただ、それも僅かな瞬間。

「今は最終調整中のはずだから、あまり邪魔しないほうがいいと思うけど……彼とはどんな関係なんだい？」

次には元の笑顔を浮かべるばかりか、そのようにさりげなく探りを入れてきた。

「それは――……」

ブルースとの関係性。それを問われたミラは、そういえばどういった関係になるのだろうかと考えた。

真っ先に思いつくのは、嘘偽りのない関係。賢者と、塔の研究者である。

だが、弟子を名乗っている今、これは使えない。

では、上司と部下というのはどうかと思いつくものの、なんのこっちゃと突っ込まれるのは間違いないだろう。

「ふーむ……なんと言えばよいかのぅ」

ここに来た理由は、ブルースに助言するため。師匠と弟子としても問題はなさそうだ。

しかしながら教えたのは、一週間程度の事。師匠としてはそこまで深く関わってはいない事に加え、見た目の年齢差もある。こちらもどういう事かと余計に突っ込まれそうだ。

そのように色々と考えながら、ミラはどう言ったものかと悩む。

グランディールは、そんなミラを心穏やかではない様子で見つめていた。

彼は、はっきりと答えないミラを前に心の中で困惑する。もしや誰かに話すのもはばかられるような関係なのだろうかと。

（確かブルースという男は、見たところ五十近かったはずだ……）

そう記憶を辿るグランディールは、真っ先に親子という間柄ではないかと思い至る。

しかしそれでは、はっきりそうだと答えない理由が不明だ。

ならば、もしも二人がただならぬ関係だとしたらどうか。この年齢差である。確かに言い辛そうにするのも頷けようものだ。

しかも、本戦トーナメントの初戦という非常に大事な試合の直前に訪ねてきたともなれば、その親密度は明らかといえる。

（いや、まさかそんな……！）

もしや本当に二人は。そんな信じたくない関係性にたどり着いてしまったグランディールは、ありもしない妄想を広げていく。

すると、そうしていた矢先――

「――あっ、おったおった！　呼び止めてすまんかったな。そういえばお主も出場するのじゃろう？

頑張るのじゃよー」

ふと選手村の奥に目を向けたところで、そこに目的の人物の姿を発見したのだ。ミラは早口でそう告げて足早に駆けて行った。

「ああ……天使が……！」

果たして真実は。それを得られなかったグランディールは、あっという間に去っていったミラの後ろ姿を目で追った。

そして居ても立ってもいられないと、そっとその後を追いかけようとしたところで、彼は再び取材陣に捕まる事となる。

笑顔で対応するグランディール。だがインタビューに答え終えたのは天使を完全に見失った後だった。

〈17〉


「まさかミラ様がいらっしゃるとは。言ってくだされば迎えに出ましたのに」

「いやなに、ちょいと思い付きの勢いで来ただけじゃからな」

無事にブルースを見つける事が出来たミラは、そんな言葉を交わしながらブルースの滞在場所へと向かっていた。

聞けば彼は昼食用の勝負飯を買って戻る途中だったそうだ。

見ると、その右手には手提げ袋がある。しかも、見覚えのある袋だ。

「ところで、どんな勝負飯を買ったんじゃ？」

まさかといった面持ちで聞いたところ、その予感は的中した。

そう、ブルースの答えは『フェリブランシュ』の特製弁当であったのだ。

何でも、あの入手困難な希少弁当が選手村用として幾つか卸されているというではないか。

ここでの競争率も相当だが、本戦出場者ならば優先的に購入する権利があるそうだ。

(この件については、秘密にしておくとしよう……)

その弁当を手に入れるため、東奔西走していたメイリン。

もしも彼女の滞在場所がアダムス家でなく選手村であったなら、そんな苦労をするような事にはならなかっただろう。

この事を知る事が出来たのなら、それこそ毎日でも食べられたはずだ。

きっとこの真実は、多くの不幸を生む事になる。そう直感したミラは、今後ともメイリンが選手村に近づかないようにするための対策を立てておこうと考えた。


そうこうして到着した宿泊施設は、かなり立派なものだった。

決勝トーナメント出場者という事もあるのだろう。なんと小屋一つがまるごとブルースの滞在場所になっていた。

「これまた好待遇じゃのぅ」

ミラは小屋に入ると、まるで上京した我が子の部屋をチェックする親の如く見て回り、その待遇の良さに舌を巻く。

「はい、私も驚きました」

簡易なロッジ風ながらも造りはしっかりしており、水回りなどの生活に必要な設備も全て揃っていた。

この環境ならば、ブルースも万全な体調で試合に挑める事だろう。

「さて、会いに来たのは他でもない。お主の健闘を讃えようと思っての事でな」

一通り見終わったところで、ミラは改めるようにそう告げた。

召喚術を広めるため、その威光を知らしめるために、闘技大会での活躍は間違いなく世間に大きな影響を与えるはずだ。

だが、ミラは出られない。その分、頑張ってくれているのが、このブルースだ。

そして彼は、闘技大会の決勝トーナメントにまで残ってみせた。それは、実に素晴らしい成果といえる。

「よくぞここまで勝ち抜いた！　じゃがしかし、この先の戦いは更に厳しいものとなるじゃろう――」

ミラは褒めると共に、ここから先の戦いの厳しさについても口にする。

多くの猛者が決勝トーナメントに残った。そんな中で、まさか初戦の相手はあのプリピュアだ。その実力は知っての通り。それがまさか偶然にも彼女と初戦で当たるなんてと悔やんでみせるミラ。

「まあ正直自分も、そう思いましたね……」

暫く共にいたとあって、プリピュアの力は十分に把握しているブルース。そして何よりも彼はプリピュアの正体についても、ほぼ確信している様子だ。

だからこそブルースは、時折遠くを見て苦笑を浮かべていた。

「うむ……ゆえに、一つ助言をしておこう――」

ここまで実力で勝ち抜いてきた凄腕の召喚術士であるブルースとて、彼女相手では万が一にも勝ち目はないというのが現実だ。

だからこそ――初戦敗退が確定してしまったからこそ、ミラはしかと闘技大会に爪痕を残せるよう、ブルースに心構えを説いた。

「よいか、ブルース。いや、ジュード・シュタイナーよ。薄々はわかっておるじゃろうが、相手はお主もよく知るプリピュアじゃ。まあそれは、つまるところ、どんな事でも試せる最高の実験相手という意味でもある！」

試合はトーナメントだが、ブルースにとっては初戦が決勝戦のようなものだ。ゆえに悔いが残らぬよう全力を出し切るのもいい。

だが、そこはやはり塔の術士である。だからこそミラは、その可能性をはっきりと提示した。危険だったり何だったりと、様々な条件で都合の悪い研究や実験の相手として、彼女ほど都合の良い相手はいないというものだ。

「なるほど、確かに！　あのお方が相手なら、どんな事でも試す事が出来るはずです！」

何かと実験場や相手に困る事の多い銀の連塔の研究者達。ゆえにミラの言葉は、ブルースの心に強く響いた。

先ほどまでは、ただプリピュアを相手にどこまで戦えるのかを考えていたブルース。けれど今は、そこに新たな可能性が加わった。

試合ではなく、これまで問題があって出来なかった研究成果を確かめる実験場にしてしまうという可能性だ。

「前に思い付いたアレや、最近組み上げたアレなんかも……。なんだかどこまで出来るか楽しみになってきました！　出来る限り挑戦してみたいと思います！」

形はどうであれ、ブルースの腹は据わったようだ。試合に臨む選手だった彼は今、塔の研究者特有の空気を纏い不敵に笑う。

試合場ではなく実験場。その思いを胸に、ブルースは奮い立つ。

「うむ、出し切ってこい！」

これでブルースは、全力以上を出し尽くしてくれる事だろう。メイリンとブルースの一戦は、召喚術の可能性を世に示すための一助になるかもしれない。

そう実感したミラは、大いにブルースを激励してからその場を後にする。

(どうなるかと思うたが、これでもう安心じゃな！)

帰り道。ミラは晴れやかな気持ちで屋台を覗き込み、買い食いを楽しんだ。

ブルースが初戦でメイリンとぶつかるなどという事態に陥ってしまったものの、これで召喚術の宣伝だけは予定通りに進みそうだ。

あとはブルースの頑張り次第である。彼の事だ。きっと様々な召喚術の可能性を見せてくれるはずである。

ミラは棒ケーキなるスイーツなどを軽く堪能しつつ、アルマと打ち合わせのある昼食の時間までの間を過ごした。

「本日は闘技場までお越しいただき、ありがとうございます。決勝トーナメントでの司会を務めさせていただきます、ピナシュです。試合観戦時のルールなどについて――」

決勝トーナメント開始まで、あと一時間。イリス達との昼食を済ませ、ついでに解説の事での打ち合わせも終えたミラは今、いよいよかと観客達が注目する闘技場の舞台脇にいた。

現在、舞台上では司会者――ピナシュによって大会観戦における注意事項や各物販に施設の案内、そして試合ルールの確認が行われていた。

（いよいよ、メインの一つとなる無差別級決勝トーナメントじゃが……さて、どうなるかのぅ）

予選の時も、毎日こういった案内や注意事項などの確認がされていた。

しかし、今日は違う。それに加えて各賞品の紹介などもあった。特にレジェンド級武具が出てきた際の観客席の盛り上がりようといったら相当なものだ。

なお、舞台脇のミラもまたレジェンド級武具を前に大興奮だ。あれがあったら、あんな実験が出来るだろう。それがあったら、こんな事が試せそうだ。と、レジェンド級が秘めた可能性に興味津々だった。

そして、ふとっぱらな賞品が一通り提示されたところで、いよいよ決勝トーナメントの主役となる出場者達の発表が始まった。

試合順にブルース、プリピュアに続き、名だたる猛者達が舞台にあがっていく。

それら全員を、逸話やら功績やらも添えて紹介していくピナシュ。

（ほほう……こうして揃ってみれば、なかなかに油断ならぬ者がちらほらとおるではないか）

流石は大陸全土から集まってきたというだけあって、ミラも知る強者などもそこに残っていた。

とある大国にて副将軍の座にあった引退軍人、レヴォルド・ガイザー。

地下闘技場にて絶対覇者として君臨していたザッツバルド・ブラッディクリムゾン・キングスブレイド唯一のライバルであった、エルヒース・ゲイン。

そして何よりも、そこには元プレイヤーと思われる者達の姿も複数存在していたのだ。

（これはちと、ブルースが決勝まで残るのは難しかったかもしれぬな……）

ブルースとて、ここまで勝ち残るほどの実力を持っているのは確かだ。しかしながら改めて他の選手を確認すると、力不足感が否めないというのが現実でもあった。

むしろ融通の利くメイリンと初戦で当たったのが正解だったのではないかとすら思えるほどの錚々たる顔ぶれだ。

「そして最後に試合の解説者として、特別なゲストをお迎えいたしました。今世間を賑わせている新進気鋭の冒険者、精霊女王のミラさんです！」

一通りの紹介が終わったところで打ち合わせ通りに名を呼ばれたミラは、いざ舞台に上がった。

「今回、これほどまでに大きな舞台の解説をさせていただく事になったミラという。まだまだ新参ゆえ、このような立場を頂き恐縮じゃが、引き受けた以上は選手の方々の気迫に負けぬよう、そして皆にこの闘技大会を楽しんでもらえるよう努めさせていただく所存じゃ！」

どこか控えめな態度と献身的な笑顔で、そのような挨拶を口にしたミラ。

するとどうだ。見た目だけならば完璧なミラだからこそか、その殊勝な振る舞いが観客達の心を瞬時に射止めたようだ。それはもう、一気に客席が沸き立った。

そして、観客達の心を掴んだその瞬間をミラは狙っていた。

「しかし、これだけの大舞台。冒険者としての先輩方も出場するこの場にて、わしの力がどこまで通用するのか、その胸を借りてみたかったというのも素直な気持ちじゃ」

そのようにミラは、ここぞとばかりにアピールを始めたのだ。

「巷(ちまた)では、精霊女王などという名で呼ばれるゆえに名前負けしている、などと囁かれたりしておるようじゃが――」

「――機会さえいただければ、きっと納得してもらえるはずじゃ」

「――大会の最後に優勝者と十二使徒による特別試合があるという。折角なのじゃから、それに倣いわしと一戦交えるというのも面白そうではないじゃろうか」

挨拶した勢いのまま、まるで挨拶の続きのような顔をして、ミラはどうにかこの大舞台に集まった観客達に召喚術の素晴らしさを伝えようと画策する。

言っている内容は随分と無茶な事ばかりであり、実現など難しいとすぐにわかりそうな内容である。

しかしながら、ここは今、近年においても最高の試合が目前に迫った闘技場という場所だ。

更に、それを楽しみにしている観客達の興奮度は上がる一方となっている。だからこそ、その場の勢いがミラの後押しをしていく。

「それは面白そうだ」「いいぞいいぞ！」「精霊女王様のいいところが見てみたい！」

そんな期待の声が次々と上がっていくではないか。

今話題の精霊女王という事も相まって、現状を利用したミラが思い描いた通りに観客達は大賑わいだ。

だが、そうそう上手くいくはずもない。

「それはきっと素晴らしい一戦になるでしょう。しかし、決勝トーナメントの次には、更にそれに並ぶほどの熱い戦いが待ち受けています。我らが女王アルマ様の名の下に集った、有名Aランク冒険者揃い踏みの特別試合です！　あのセロ様にジャックグレイブ様、エレオノーラ様など、誰もが知る英雄が激突する究極の戦いを私達は目撃出来るのです！」

それは見事な誘導であった。ピナシュはミラが煽った興奮と熱狂を、そのまま特別試合の方へとシフトさせてしまったのだ。

そして、これから始まる無差別級にも、そんな英雄達に勝るとも劣らない猛者達が集ったと話を戻し、「間もなく第一試合の開始です！」と前説を締め括った。

「ぐぬぬ……」

今話題となっている精霊女王ではあるが、これまで長くトップを張り続け印象も定着してしまっている今の英雄達が相手では、まだまだその影響は及ばないというのが現実であった。

九賢者のダンブルフだと言えれば結果はまた違ったであろうが、今のミラではこのくらいが限界というわけだ。

見事に観客達の意識を逸らされてしまったミラは、共に退場しながらも恨みがましくピナシュを睨む。

なおピナシュは、その場が精霊女王の試合を求める空気に染まりきる前にどうにかしろという上からの指示を全うしただけだ。

上司の命令と横から感じる無言の圧力の板挟みとなった彼女は、それでも明るい表情を保ちつつ役割に徹するのだった。

## 〈18〉

いよいよ運命の闘技大会第一試合、プリピュア対ブルースの時間がやってきた。

そしてミラは、ピナシュと共に場所を実況解説室に移していた。色々な機材が置かれた六畳ほどの部屋だが、実況解説室というだけあって前面が全てガラス張り。それはもう闘技場がよく見える。

そんな場所に並んで座るミラとピナシュ。今の二人の関係性は、先程に比べて非常に良好となっていた。

通路脇の売店にて、ピナシュがおやつやジュースなどを買い込んだからだ。

今それらは、ミラとピナシュの前に並んでいる。おやつを摘まみながら司会や解説をするという、何とも快適な環境が整ったわけだ。

ピナシュのおごりという事もあって、ミラの機嫌は元通りである。

「さぁ、記念すべき決勝トーナメント第一試合は、初めから最高の対戦といっても過言ではありません！　可愛い、強い、しかし正体は不明！　予選にて怒涛の勢いで勝ち進んできた、プリピュア選手の入場です！」

ミラが早速メープルシナモンオレを堪能している間にも、ピナシュが大会を進行していく。

それはもう熱い煽り文句に合わせて第一ゲートが開いたところで、メイリン――プリピュアが姿を現した。

その際の事。なんとプリピュアはぴょんと空高く宙を舞い、仙術によって炎の尾を残しながら舞台に降り立ちポーズを決めるという華麗な登場をしてみせたではないか。

それは正に、愛の戦士プリピュアらしい登場シーンであった。知る人が見れば、それこそ見事な再現度だと絶賛したであろう。

（あれはきっとカグラの仕業じゃろうな……）

より、プリピュアらしく。カグラがメイリンに何かを熱心に教え込んでいるというのは知っていた。その何かの正体が、これだったのだろう。カグラ指導のもと、プリピュアの完成度を追求していたわけだ。

「登場から見せつけてくれます、プリピュア選手！　予選の段階から圧倒的な力を発揮。抜群の注目度を誇る彼女は、今や街中で人気が爆発中だそうです。既にプリピュア選手の衣装を真似るファンも出てきているのだとか」

現代においても、女児向けアニメながら小さな女の子のみならず一部の大人達からの人気も厚かったプリピュア。

カグラの指導と演出によって、その魅力がこちらの世界にも浸透……浸食し始めたようだ。客席を見やると、大きなお友達の集まりが確認出来た。

「さて、解説のミラさんは彼女の実力をどう見ますか？」

「ふーむ、そうじゃな。ここには近接戦で彼女を超えられる者はいないかもしれぬぞ。よって、距離の保ち方が重要じゃ」

普通にメイリンを相手にする場合、近接戦を挑むのは愚策中の愚策といえる所業だ。よほどの自信がない限り、一定の距離を開けた方がいい。

そうミラは、ある意味わかりきっている事を、用意していたコメントを口にした。

ただ、正体がメイリンであると知らぬ者にとって、それは少し過大評価が過ぎるのではないかというくらいに聞こえたらしい。

決勝トーナメントには、大陸でも有名な猛者が何人も残っている。そんな実力者がまだいる状態でのコメントだったからだ。

「超えられる者はいない……ですか。精霊女王さんの口から、とんでもない言葉が飛び出しました。さて、そんなプリピュア選手に相対するのは、決勝トーナメント進出者唯一の召喚術士！　精霊女王のミラさんを筆頭に、この数ヶ月でみるみる勢力を拡大している召喚術の力は本物なのか⁉　秘めた実力は未知数。ブルース選手の入場です！」

プリピュア選手は確かに強いが、流石にそれは言い過ぎだろうというのがピナシュ、そして観客達の考えのようだ。

とはいえ、それも仕方がない。その正体どころか、予選にてメイリンは実力の一端も発揮してはいなかったのだから。

そして、それでもこの一戦はプリピュアが勝ち上がるだろうといった空気感が漂っていく中、ブルースの登場となった。

(勝利は無理じゃろうが、やれる事はある。頼んだぞ、ブルース!)

召喚術の未来のために。どことなく緊張気味ながらも熱意に溢れて入場するブルースを心の底から応援するミラ。

「一歩一歩を踏みしめるように登場したブルース選手! 予選においてもその歩みの如く、堅実にして確実な勝利をあげてきました。さて、同じ召喚術士でもあるミラさんから見て、彼はどのように映りますか?」

やはり召喚術の事となると、そこまで詳しく知らないからか。また、同じ召喚術士のミラがいる事もあって、ピナシュは早々に話を振ってきた。

「ふむ、わしほどではないが、相当な実力者と見て間違いないじゃろうな!」

ミラは、待ってましたと答える。そして、当然ながらそんな簡単な言葉だけで終わるはずもない。

「同時召喚の特性を上手く活かしておる――。人それぞれ、その熟練度で範囲が変わってくる――。誰を召喚するかによって、あらゆる場面に対応が――」

ミラはブルースの健闘を絶賛しながら、ここぞとばかりに召喚術の利点を並べ始めた。こうなればもう、知識量が膨大という事もあってミラの口は止まらない。

だがピナシュもまた、プロである。

「そう、攻撃に補助に防御と、何でもこなせるのが召喚術というもの――――!」

「――これまで、あまり目立たぬ立場であった召喚術士として、精霊女王さんも思うところがあるようです。しかし、それも今日まで! 召喚術士が秘めた真の力を目にする事になる運命の決勝トーナメント第一試合、間もなく開始です!」

ミラが直ぐに次の話を持ち出す前に少々強引ながらもそれを切り上げたピナシュは、そこから一気に試合開始直前にまでもっていった。

闘技場では、司会者の言葉をきっかけにして一気に試合の空気が広がっていく。もはやミラの召喚術話が入り込む余地などないくらいに。

「ぐぬぬ……」

召喚術の素晴らしさを伝えきれていない。けれども決勝トーナメントは、まだまだ始まったばかりだ。

ミラは虎視眈々とした目つきで、次の機会を窺うのだった。


「始め!」

審判の合図が響く。それと同時に、闘技大会決勝トーナメント第一試合、プリピュア対ブルースの戦いが始まった。

お互いに距離のある状態。そこからブルースはミラに諭された通り、初めから全力で挑んでいった。

ホーリーナイトとダークナイトの複数召喚。更に空には高山を狩場とする翼竜——ヴェラキオルを、地には装甲車の如き表皮を誇るサイ——ホーリーアンカーも召喚した。

「おっと、開始早々にブルース選手が動いた！　これは様子を見るつもりでしょうか。何体もの武具精霊が舞台に現れましたが、ミラさんはどう見ますか？」

「あれは召喚術士の常套手段じゃな。上級召喚の時間を稼ぐため、あのように武具精霊や中級召喚で身を守り相手をけん制する。これが最も確実な方法となる。ブルース選手は初めから本気のようじゃのぅ。さあ、召喚術とはどういう事が出来るのか。ここは見所じゃぞ！」

ピナシュの質問に返す形で召喚術士の基本的な戦い方を説明したミラは、続けてここからが真骨頂だと煽っていく。

なお試合中、二人のやりとりは観客にしか聞こえないようになっている。

そして舞台上では、そんなミラの言葉通りの展開が繰り広げられていた。

迫るダークナイトを一体、また一体と確実に叩き伏せていくプリピュア。だが、そんな彼女の接近をホーリーナイトが壁となって阻む。そこへヴェラキオルとホーリーアンカーが猛攻を仕掛けていく。

その状況は、見ただけならば上級召喚を阻止しようとするプリピュアと、その猛攻を凌いで術式を完成させようとしているブルースであった。

プリピュアの手が届くのが先か、ブルースが上級召喚の術式を組み終えるのが先か。試合は始まったばかりでありながら、いきなりクライマックスかという展開に観客席は大盛り上がりだ。

「プリピュア選手、巨体を相手にしながらものともしない！　しかしブルース選手も負けてはいません。次々と出現する剣と盾によって、プリピュア選手を翻弄しています！」

そのように解説するピナシュは、そうした場面を目にしつつ、興味深げに「ところでミラさん、あの不意に現れては消えていくのも召喚術なのでしょうか？」と質問を投げかける。

「ふむ、よい質問じゃな！　その通り、ブルース選手が駆使しているあれもまたれっきとした召喚術じゃ。部分召喚と呼んでおるものでな、武具精霊召喚の一部となっておる。見ての通りに出現時間は僅かじゃが、その分消費するマナも僅か。よってあのように、けん制や不意打ちといった使い方に優れる新たな召喚の技なのじゃよ！」

ミラは召喚術もまた日々進歩しているのだと得意げに話す。そして更に、この新技である部分召喚は下級召喚術であるため、補助として別系統の術を使えるようにする技能《内在センス》によって行使が出来る可能性もあると示唆してみせた。

「今はまだ研究の段階じゃが、僅かなマナで防御やけん制などが出来るようになったら戦い方がどう変わるか。きっと聡い冒険者の方々ならばわかるじゃろう」

現時点で部分召喚を成功させているのは、ミラとクレオス、そしてブルースのみ。下級召喚で可能ながらも、必要な技術は上級のそれだ。

ゆえに必ず出来るとは、まだ言い切れない。しかし可能性は十分にあると宣伝を挟む。

「なるほど、召喚術にはそのような技があったのですか。それもまた、最近過熱し始めている召喚術士事情に関係していそうですね」

一応は試合の説明の延長だった事もあって、ミラの解説はしっかりと届いたようだ。感心したように頷いたピナシュだったが直後に、「そんな新たな技を駆使するブルース選手を相手にしていたプリピュア選手が、なんと消えました！」と変化したその状況を前に白熱の声を上げた。

「これはいったい、何が起こったというのか⁉」

激しい攻防の最中。不意にプリピュアの姿が消えた事で、慌てた様子すら見せるピナシュ。また、観客達も何がどうなっているのかわからないとあって、ざわめき始める。

「ふむ、プリピュア選手も、このままではまずいと思ったのじゃろうな。本腰を入れてきたようじゃ」

実際にはブルースの力を引き出させるためにメイリンが調整しているのだが、ミラは召喚術士のブルースがあまりにも強いため、プリピュアがもっと本気になったという認識へと誘導しつつ、状況を解説した。

これは、仙術技能にある《縮地》というものであると。

「――その出と入りの間を極限まで縮める事で、さながら消えたように見えるわけじゃな。よーく、目を凝らしてみよ。僅かながら残像らしきものが見えぬか？」

ミラがそう口にすると、ピナシュは「残像……ですか？」と答えつつ、じっと目を細めて舞台上を凝視する。

更には観客達も、どれどれと注目した。

するとどうだ。

「……これは、確かに何かがちらりと……！　なんという事でしょう。プリピュア選手はとんでもない速さで走り回っているようです！」

若干の違和感に気付いたピナシュは、そう驚きの声を上げた。また観客席側も、見えただの見えないだので盛り上がり始める。

なお、ミラは本腰がどうとか言っていたが、メイリンのそれはまだ全然本気ではない。だからこそCランク程度の動体視力があれば、どうにか認識出来るものだったりする。

そのように召喚術どうこうを抜かせば、ミラの補足実況は一般的には何が起きているのかがわからない状態を完璧に説明するものだった。

扱いが面倒ながらも、いてよかったとピナシュは感嘆した様子だ。

（よーし、よいぞよいぞ。その調子じゃ！）

そんなピナシュの思いなど気づくはずもなく、ミラは二人の試合展開を見守っていた。

約束通りにメイリンは、それと気づかれる事無くブルースの全力を見事に受け止めてくれていた。

この日のために用意していたのだろうブルースの戦略や術を正面から突破していく。

事情を知っているのなら、それこそ師範と弟子といった状況だ。だが知らぬのなら、一進一退の激戦に見えるだろう。

そして、その事実は観客のみならず相対しているブルースも同じだ。ミラとメイリンの密約を知らぬ彼は、だからこそプリピュアに勝つため——というよりは全ての実験に付き合ってもらうために死力を尽くす。

策を巡らせながら幾つもの実験も挟み込むブルースに出し惜しみはない。ここで遂に上級召喚の術式を完成させて、ヴァルキリー姉妹の召喚に成功してみせたのだ。

「凄まじいマナが渦巻いています……！　なんとブルース選手、ここで上級の術式を完成させた——！」

無差別級、そして一対一という形式において、術士は不利と言わざるを得ない。上級術式の構築と詠唱には、相応の集中力と時間が必要だからだ。

そして一対一において、そんな猶予を与えるような者など普通は存在しない。

だからこそ下級召喚でその時間を捻出したブルースにピナシュは目を見開き、観客達もまた圧倒するような気配と美しさを前に沸き立った。

強大なマナが生み出す門から降り立ったのは、戦乙女の三姉妹。ブルースと共に戦う、ヘルクーネとエルエネ、そしてラグリンネだ。

（ほぅ……あの日見た時より、顔つきも違っておるな。もう幾度も死線を乗り越えた戦士のような目をしておる——）

三人ともヴァルハラで見た時よりも、ずっと腕を上げたようだ。美しさの中に、いかにも歴戦といった雰囲気を纏っている。

あの日からこれまでの間、三姉妹はアルフィナ達と訓練を共にしていた。その結果、色々と失う代わりに以前とは見違えるほどの強さを得たわけだ。

ブルースのみならず、三姉妹も闘技大会を勝ち抜くために、これまで必死に努力してきたのである。

けれども、まさかその一戦目がメイリンになるとは、もはや不幸としか言いようがない。

(何と鬼気迫る勢いじゃろうか。じゃがすまぬ……!)

三姉妹の登場により、舞台は更なる激戦の場へと変わった。またブルースの援護も相まって、僅かずつだがブルース側が押し始める。

気力に気迫、そして何よりもヘルクーネ達の目には覚悟が宿っていた。

この試合の勝敗によって、何かしらあるのだろうか。三姉妹の奮闘ぶりといったら、まるで死に場所を決めた侍の如くである。

しかしながら、相手はメイリンだ。覚悟だなんだといった程度のもので乗り越えられるような壁ではない。

しかも幸か不幸か、実力を伸ばしたヘルクーネ達の猛攻はメイリンのやる気に火をつけてしまったようだ。

メイリンの顔に明らかな喜色が浮かび始めていた。これならば素晴らしい修行相手になりそうだ、と。

「ブルース選手にとって近接戦は厳しいが、そこをヴァルキリー姉妹達が上手くカバーしておる。——と、このように召喚する仲間によって戦力を増強するだけでなく、不得手を補う事も出来るのが召喚術の利点でもあるのじゃよ。そしてそれは個人に限らず、グループにおいても有効となり——」

決着してしまう前にと、ミラは試合の展開に合わせて召喚術の素晴らしさを挟み込んでいく。

そうしている間にもメイリンの勢いが徐々に上がり、次第に形勢は再び互角に見えるような状況へと移っていった。

「召喚術には、そこを的確に選択する判断力も大切なのですね。そしてブルース選手は、それを見事にやってのける！　けれどもプリピュア選手は、そのすべてを凌ぎ切っています！　なんて恐ろしい身体能力なのでしょうか！」

召喚術についてミラに語らせると長くなる。それを把握したのか、ピナシュは簡潔にまとめて話を戻す。

彼女もまた、実に卓越した能力の持ち主のようだ。一試合目から、ミラの扱いを把握し始めていた。

そんな二人の実況解説が繰り広げられる中で試合は続く。

ヘルクーネ、エルエネ、ラグリンネに加え、ブルースは更に次々と召喚術を繰り出してはプリピュアに仕掛けていった。

メイリンの調整は絶妙であり、試合展開は一見するならば五分五分といったところだ。

とはいえ五分の状態から優勢になったと思ったら、再び五分である。この事でブルース側も気づき始めたようだ。プリピュアには、まだ余力がある事に。

それでもブルースは食らいついていった。三姉妹の防護が抜かれて強制送還となっても、彼の目に諦念は一切浮かばなかった。

それどころか僅かな隙を窺うように鋭く細められ、見事な召喚術捌きを見せる。どれだけ召喚体が倒されようともマナを振り絞り時間を稼ぎ、詠唱を紡いだ。その目は、まだ他にも試したい事があると輝いていく。

メイリンは、そんな彼が全てを出し尽くすまで、完全にやりきるまで追い込んでいった。

そうして激しい攻防が繰り返された末の事。遂に最後の瞬間がやってくる。

召喚二度目の三姉妹が敗れ去ったところで、ブルースの眼前にまで迫ったプリピュアの拳がピタリと止まった。

「参り……ました……」

体力もマナも全てを出し尽くしたのだろう。そう宣言したブルースは崩れ落ちるかのように膝をついた。

瞬間、客席から溢れんばかりの歓声が鳴り響く。それはプリピュアの勝利を祝うだけでなく、ブルースの健闘をも称える拍手喝采であった。

「やっぱり思った通り、凄く強かったヨ。それにどの召喚術も素晴らしかったネ。爺様が弟子というだけはあるヨ。とってもイイ戦いだったネ！」

鳴りやまない歓声が降り注ぐ中、ブルースを真っすぐに見据えながら、それはもう満足げに輝くような笑顔で称賛を告げるプリピュア。

するとどうだ。あのプリピュア――もといメイリンに褒められたとあってかブルースは疲労困憊か
ら一転し、その顔を喜色に染める。

だがその直後、ブルースは更に「ん？　弟子⁉」と、彼女が口にした言葉に強い反応を示した。

けれど彼がその詳細を問うよりも先にプリピュアは「お弁当、お弁当ヨー！」と走り去っていってしまった。

その後ブルースは、救護班の肩を借りて退場していく。

舞台上には、二人がいなくなってもまだ両者の奮闘を称える声が鳴り響いていた。

## 〈19〉

メイリンとブルースの試合が終わった。決勝トーナメント第一試合は、その始まりにふさわしい大激戦で大盛り上がりとなった。

そして熱狂する観客達の歓声は、ミラがいる解説席にも届いていた。

（よし、この反応からして大成功といっても過言ではないじゃろう！）

歓声の中には、プリピュアだけでなく奮闘したブルースを称賛する声も多い。

また、イリスと共に会場にて観戦していた団員一号やヴァルキリー姉妹達より観客の様子について報告を受けたミラは、作戦の成功ぶりに喜びににんまり顔だ。

まず間違いなく、今回の試合によって召喚術への認識に変化を与えられた事だろう。それは今後の召喚術士の地位向上の一助となってくれるはずだ。

「いやぁ、初戦から実に素晴らしい試合となりましたね。プリピュア選手の力と速さは圧巻でした」

「ブルース選手の召喚術もまた素晴らしいものじゃった。常に頼れる仲間がいるというのもまた、召喚術の魅力と言ってもよいじゃろうな」

召喚術士の明るい未来を確信しながらも、ミラはピナシュと解説している風を装い、召喚術の利点をちょくちょく挟み込んでいく。この大会で完全に決めるつもりだ。

と、そのようにして激戦が終わったが、試合はまだまだ一戦目。闘技大会の本番はこれからだというほどに、この先も好カードが残っていた。

一試合、また一試合と闘技大会は進む。

そしてミラとピナシュもまた、白熱の実況を繰り広げていった。

激戦に次ぐ激戦。手に汗握る接戦に、息を呑む静寂からの決着と、初戦のみならず続く試合もまた決勝トーナメントにふさわしい戦いばかりであった。

「――優勢と思いきや距離をとったグランディール選手。いったいどうしたというのか！」

「きっと《千変砕花》を警戒したのじゃろう。予兆にも近い僅かなマナの流れがあったからのぅ。あれは、指定した領域に踏み込んだところで発動する罠タイプの術じゃ。何もしていないように見せて他の術を使った時に仕掛けておくなどすれば、なかなか気づかれないものじゃが、よく見ておるわい」

「なんといつの間に！　あのタイミングで決まっていれば確かに形勢は完全に逆転していました。それを素早く見抜くとは、流石はグランディール選手。そして不利な状況にありながらも、静かに逆転を狙うシャリオン選手。一瞬たりとも目が離せません！」

今日の日程は、決勝トーナメント一回戦の全てとなっている。

そして幾らか試合が進んでいく中、ミラは真っ当に解説者としての役割をこなしていた。

特に九賢者ゆえ、召喚術のみならず他系統の術の造詣もそれなりに深いため、舞台上にて繰り広げられている様々な知略戦術のやりとりを的確に捉えて、わかりやすく解説している。

魔物や魔獣ばかりでなく対人戦にも積極的だったかつての経験が、ここにきてふんだんに活きているわけだ。

「なるほどなぁ。だから二人とも動かない……いや動けないのか」

「さっき……いや、あの時に仕掛けたのか？　わからんが、あいつ顔だけじゃないんだな」

一見すると不自然な動きであり、消極的にすら見えてしまうものだったが、ミラの解説によってその理由がわかる。それによって闘技大会の楽しさもまた飛躍的に向上する。

だからこそ観客にとってミラの解説は好評であり、この猛者同士がぶつかり合い交差する闘技大会に必須と言えるものになってきていた。

(後はもう、このままメイリンが優勝すれば完了じゃな。優勝者とあれだけの戦いを繰り広げたという形で、召喚術士のブルースの名は大陸中に轟くじゃろう！)

初戦にて召喚術の株を落とさず、それでいて観客達に好印象を与える事が出来た。その成功を喜ぶミラの機嫌は良く、その解説にも自然と力が入る。けれども、更に召喚術の宣伝を挟み込む事も忘れない。

「ふむ、よい判断じゃな。どこに設置されておるか不確定な今は、その感知に集中するべきじゃろう。――だがしかし、召喚術があれば別じゃ。武具精霊を囮（おとり）に使う事で、大半の罠を無効化出来るからのう！」

そのようにミラは、ちょくちょくと召喚術士がいれば楽勝だなどと語り出す。だからこそピナシュは、油断が出来ないと素早く対応して話を試合に戻す。

そうして舞台上のみならず、実況解説室においても見えない戦いが繰り広げられていた。

「本日は、ありがとうございました。明日の予定は、二回戦、三回戦、そして準々決勝となっております。ではまた、この会場でお会いしましょう！」

夕方を過ぎて、夜になった時間。十六試合と続いた闘技大会決勝トーナメント一回戦の全行程が終了した。

ミラは、ピナシュが閉会のアナウンスを終わらせたところで席を立つ。

「お疲れ様じゃな。また明日もよろしくのぅ」

手早く帰り支度を済ませ、そう笑顔で告げるミラ。

成し遂げたといった顔でマイクのスイッチを切るピナシュは、そんなミラの言葉に「はい、お疲れさまでした。明日もよろしくお願いします！」と答える。

そうしてミラが足取りも軽く帰っていったところで、ピナシュはぽつりと呟いた。「あと、何日もつんだろう……」と。

そんな彼女の姿を前に、機材担当は「共に頑張ろう」とエールを送った。

「ようやったぞ、ブルースよ。素晴らしい健闘であった！」

王城に帰る前の事。ミラは選手村にあるブルースの宿舎を、そっと訪れていた。

理由は一つ。召喚術の未来のために困難へと挑んだブルースを労うためだ。

「ありがとうございます。ミラ様のおかげで、今まで机上の空論でしかなかったあれやこれを全て試す事が出来ました！」

そう答えたブルースの手にはノートがあった。早速、今日の実験結果などを書き込んでいたようだ。その顔は、実に活き活きとしている。調子が良い時の塔の術士の顔だ。

ただ、そういった反応も束の間。不意にブルースは真剣な色をその顔に浮かべ、「ところで、ミラ様にお聞きしたい事が……」などと言い出した。

「……ふむ、なんじゃろうか」

随分と神妙な顔のブルースだ。いったい何事だろうかと、ミラもまた少し背筋を伸ばして返す。

「負けた時なのですが、プリピュア――メイリン様が、『爺様が弟子というだけはある』などと仰っておりまして」

そう口にしたブルースは、何かを期待するかのような眼差しでミラを真っすぐに見つめる。そして更に、それこそ喜びを爆発させるように続けた。

「そうなんです。メイリン様が私に向かって、爺様の弟子と仰ったのです！　メイリン様が爺様と呼ぶお方といったら、当然ダンブルフ様の事。つまり……つまりですよ。メイリン様が、私の事をダンブルフ様の弟子であると公認なさっているというわけですよね⁉　私はダンブルフ様の弟子を名乗ってもよろしいと、そういう事ですよね⁉」

どうやらブルースが気になっていたのは、その点だったようだ。

九賢者ダンブルフの弟子という肩書。また何よりも弟子として認められたという事実に、ブルースは歓喜していたのである。

「ま……まあ、そうじゃな。ヴァルハラで色々と教えたのじゃから、弟子と言っても過言ではないじゃろう」

召喚術の未来のため、メイリンと裏取引をした際にそのような言葉を使ったと思い出したミラは、まあそこまで喜ぶのならと気軽にそれを認めた。ここで否定して、ではなぜメイリンがそんな事を言ったのかなんていう部分に言及されたら面倒だという気持ちも半分はあったが。

「……ああ——ありがとうございます！」

はたして気軽に認めてしまう事は正解だったのか。それはもう感極まった顔をしたブルースは、感無量といった様子で叫んだ。

ブルースの正式な弟子認定。後々に、どのような影響を及ぼすのか。それは、もう暫く先の話である。

「じぃじ、明日は事あるごとに召喚術どうこうって挟み込むの止めてね」

ブルースの健闘を労い帰宅してから、アルマの豪華な方の私室にて皆で夕食会を開いていた際の事。誰もが思っていたであろう一言を、アルマがぴしゃりと告げた。

するとどうだ。それと共にエスメラルダやカグラ、ソウルハウルらも「あれは酷い」と口を揃え、それはもう冷めた目でミラを見やっていた。

「なん……じゃと……!?」

素晴らしい解説だったと称賛される気でいたミラは、まさかの評価に愕然とする。そして、ちょこっとだけ召喚術の良さを伝えただけだと言い訳するも、どこがちょっとだけなのかと、なおさらに叱られた。

ブルースのお陰で召喚術のイメージは良くなったはずが、ミラのせいで仲間内では大ブーイングである。

けれど叱られるばかりではない。まだ味方がいた。それは、イリスだ。

「ミラさんの解説、凄くわかりやすかったですー！」

そのようにイリスが屈託のない笑顔で喜んでいるものだから、他には何も言えなくなったアルマ。加えて実際のところでも召喚術云々を抜かせば、ミラの解説は完璧に近いものであった。だからこそ、ミラを降板させるという選択肢はない。

（むむむ……多少強引過ぎたのかもしれぬな。明日はもっと上手くやらねばのぅ……）

叱られたものの止める気のないミラは、もっと自然な流れで召喚術の話に持っていくため、解説の展開を工夫しようと考える。

と、ミラがそんなしょうもない努力をしている間に、イリスもまた頑張っていた。

それは、男性恐怖症の克服だ。

今、この食事の席にはソウルハウルとラストラーダ、更にはノインも同席しているのだ。

配置は一番離れた対角線ではあるものの、今のところ症状は出ていない。何よりも隣にミラがいるという心強さが、彼女に勇気を与えているようだ。

ただ、ちょくちょくノインと視線が交差するため少し大変そうでもあった。

# 〈20〉

決勝トーナメント二日目。今日の予定は二回戦と三回戦、そして準々決勝となっている。

「いったい何が起きたのか!?　ハレーナ選手、やはり強い！」

「今のは《秘印雪華》という魔術じゃな。先程から舞台上が曇ったように見えていたのは、小さな氷の粒子が広がっていたからじゃ。そして相手の身体に付着した粒子は、氷の蕾(つぼみ)となる。あとは時間が経てばこのように、氷の花に包まれて身動きがとれなくなるという寸法じゃよ」

開始から数試合目。この日もまた、ミラはピナシュと共に試合の解説役としてそこにいた。

昨日に続き、一見しただけではわかり辛いであろう展開について補足する。しかも今日は、無理矢理な召喚術の宣伝は控え気味だ。

だからというべきか、実況解説は昨日よりもスムーズに交わされている。開始前は緊張していたピナシュも、今日はとてもやり易そうだった。

けれどミラの目はギラギラと輝いたままである。そう、無理矢理ではなく、自然な形で召喚術の宣伝を挟み込めるタイミングを探っているのだ。

と、ミラが企んでいる間にも、メイリンは順調に勝ち進んでいた。

二回戦目、三回戦目の彼女は、ミラとの約束がない事もあってか容赦のない試合展開で勝利していく。

その結果、昨日プリピュアと激戦を繰り広げていたブルースの株が相対的に上がり、ミラはほくほく顔だ。

また試合は、他にも数多くの激闘とドラマを生みながら進む。

「なんという事でしょう……これは運命の悪戯か、それとも神の奇跡か。生き別れた親子の再会に、涙が止まりません！」

「こんな事も……あるんじゃのぅ」

戦争によって引き離されて二十年。

強い戦士だった父の背中を追いかけて、この舞台に上がれるまで腕を上げた息子。

そして、大陸中に父は健在だと響かせるため、この闘技大会に出場した父。

そんな二人がこの舞台で出会うとは、いったいどんな偶然か。それとも必然か。二十年の時を取り戻すかのように、まるで語り合うかのように剣を交える親子の試合は制限時間ギリギリまで続き、息子の勝利で幕を閉じた。

二人に惜しみない歓声が降り注ぐ中、ミラとピナシュもまた野暮な言葉などいらぬと拍手を送った。

「さあ、どちらが勝利するのか。そしてどちらが新たな団長になるのか！　今後の運命を左右しかねない、重大な一戦です！」

「もっとも強い者が団長とは、なんともわかりやすいものじゃな」

また別の試合。ギルド、アイアンウォールとヘヴィシェル。その合併と、新たなギルドの長の座を賭けた一大決戦が始まった。

何でも紆余曲折を経た結果、得意分野を同じとする両ギルドは合併する事となったらしい。そして闘技大会にて、最も多く勝ち上がった者が合併後のギルドの団長になるなどという約束が交わされていたそうだ。

そして今日のこの決勝トーナメントにて、最後まで勝ち上がってきたアイアンウォールの団長ジグラッドと、ヘヴィシェルの団長ルドルフの頂上決戦と相成ったわけである。

ただ合併理由に得意分野が同じとある通り、互いの手札は似たり寄ったりで、共に防御重視。その戦いはどうにも地味なものとなった。

「共ににらみ合ったまま動かない。いや、動けない！　張り詰めた緊張が続きます！」

「これは膠着状態じゃな。切り札は両者ともカウンター。共にわかっているからこそ何も出来ないのじゃろう。これを打開するのは難儀じゃ。そしてこれは、魔獣との戦いなどでも発生しやすい状態でもあるのぅ。奴らの知恵は侮れぬ。こちらの手の内を読んで、あのようにカウンターを狙ってきおる――」

睨み合いが続く中、試合が動かなくなってから少ししたところで、ミラは無数に経験した魔獣との戦いを引き合いに出して語った。

このように膠着状態となった時は、相手にとって予想もつかない行動を先に起こす事が突破口になり得るものだと。

そして多彩な効果を誇る召喚術こそが、そのような場面にて最も適した術である。そう慎重に、だがここがチャンスと宣伝を挟み込んでいった。

場面が場面である事に加え、試合が停滞している事もあってか、ピナシュにそれを止めるような指示は出なかった。

あれこれとミラが語り続けた試合は、二十分以上にも及んだ。

僅かに剣を交差させつつ、探り合う二人。その動きは極めて地味であり、盾役という重要なポジションにありながら、いらぬ風評被害が出てしまいそうなほどだった。

しかも決着は、観客達のブーイングに耐えかねて先に動いたルドルフが見事にカウンターを決められて敗退するというもの。

試合内容としては、いまいち盛り上がりに欠ける一戦だ。

（実に素晴らしい試合じゃったな！）

けれど、それを埋めるように語り続けたミラは、むしろ召喚術を宣伝するきっかけをくれた二人に感謝していた。

「両者、互角。どちらも譲らない！　けれどわたしは、ルト選手を応援したい！　頑張れルト選手！

届けその想い！」

「これこれ、わしらは公平な立場で話さなければいかんじゃろうに……じゃがまあ、こういう場合じゃとその気持ちもわかる！」

とても真っすぐで、どこかやんちゃそうな青年のルト。相対するは、彼の幼馴染であり国一番の実力者と言われている女剣士のフィオ。

今回の試合は、そんな二人の関係の進展を決めるための一戦でもあった。

自分よりも強い男でなければ結婚相手に相応しくなく、また家族も認めてはくれないという生粋の剣士の家系に生まれたフィオ。

対してルトはというと、一般的な家庭の生まれだ。

そんな二人は、街近くの森で出会う。小遣い稼ぎのために素材採取をしていたルトが野生の獣に襲われた際、腕試しに来ていたフィオが助けたのだ。

その日から知り合いとなった二人は、学校での生活で友人となった。

そして共に剣士としての道を歩みだして十数年。ルトは、今ここで次のステージに進もうとフィオに挑んでいく。

この大舞台でフィオに勝ち、結婚相手に相応しいと皆に認めてもらおうというわけだ。

「ここにある資料では現時点で二百五十三戦、二百五十三敗。ルト選手にとっては圧倒的不利な状況と言えます」

「うむ、勝ち目は薄いじゃろうな。しかし、ルト選手もまたここまで勝ち上がってきた強者よ。可能性がないとは言い切れぬ！」

共に一歩も引かず、打ち合うルトとフィオ。その剣戟(けんげき)は嵐の如く舞台を揺らし、絶え間なく鳴り響く。

一般家庭生まれのルトは、いったいどれだけの研鑽(けんさん)を積んだのだろうか。どれだけの努力を重ねて、こうしてフィオと互角に切り結んでいるというのか。

剣が振るわれるたびに彼の剣に宿る一途な想いもまた閃く。更には、どれだけの傷を負っても立ち上がり、ただ真っすぐフィオに向かっていく。

その想いに感化されたのか、その姿に心を震わされたのか、観客達にもまたルトの勝利を願う空気が広がり始めていった。

そして遂に決着の時。観客達の想いまでも受け取ったルトが、ほんの些細な隙を見逃さずに打ち込んだ一撃が決定打になった。

ルトは、この大一番で本当にそれを成し遂げたのである。

拍手喝采に溢れる闘技場。その中心でフィオに手を差し伸べたルト。フィオは、どこかむすりとしながらもその手を取って立ち上がる。

するとどうだ。ルトは、その手を離さぬまま指輪を取り出したではないか。

暫しの問答の後、拍手喝采はここに誕生した一組の夫婦を祝福する歓声へと変わっていったのだった。

試合はなおも続いていく。ミラも知るレヴォルド・ガイザーやエルヒース・ゲインらも順調に勝ち上がっていた。

また、元プレイヤーと思しき数人もトーナメントを突破していく。

（はて……あの動き、やはりどこかで……）

と、そんな元プレイヤーと思われるうちの一人。トムドッグなる選手の試合を見ている最中、ミラは彼をどこかで見た覚えがあるような気がしてならないと記憶を探っていた。

一見するだけならば、平凡な冒険者といった印象しか受けない男、トムドッグ。

だが元プレイヤーであろう事もあってか、そんな印象とは裏腹に実力は折り紙付きだ。

一、二回戦の時は、あまりにもあっけなく勝負がついてしまったため、彼の力量は推し量れなかった。

しかし三回戦目の最終試合、トムドッグ対グランディール戦において、彼はその実力の片鱗を示した。

忍者のサイゾーのように素早く静かに相手へ迫ったのも束の間、そこから繰り出された技の数々は多彩にして苛烈、そして圧倒的だった。

（あのグランディールという男、余程強い思いでもあったのか並外れた強さを見せていたが、それで

もあの結果じゃからのぅ。トムドッグ……何者じゃろうか）

見た限り、対戦相手のグランディールの実力は本物だ。たとえ元プレイヤーといえど生半可な強さでは、その技に押し切られていた事だろう。

だが、そうはならず、それどころか圧倒さえしていた。

もしかしたら、トムドッグなる人物はトップクラスのプレイヤーであったのかもしれない。

それならば、まだゲームだった頃にどこかで出会っていてもおかしくはなく、見覚えがあるようなという印象にも説明がつくというものだ。

はてさて彼はどこの誰だったか。当時の事を思い返してみるものの、情報はほんの僅かに確認出来た彼の動きのみだ。またマスクのようなもので顔を隠しているため、人相による判断も難しい。

手がかりは、その強さと戦闘スタイルだけ。

（もしかしたら、決勝にてメイリンといい勝負をするのではないじゃろうか……）

特に強さはトップクラスの中でも、更に一握りの実力者——九賢者にも匹敵するほどである可能性が高いと、ミラは睨んでいた。

なお、そのように分析したミラは、彼がメイリンの対抗馬になるのではないかとして警戒を浮かべた。

優勝はメイリンで決まりだろうと高を括っていたところに、思わぬ伏兵の登場だ。

もしも決勝でメイリンが負けてしまったら、または決勝にふさわしい最大級の激戦が繰り広げられる事になってしまったらどうだ。

初戦で善戦したブルースの影が薄くなってしまうというものである。

(これは、由々しき事態じゃな……)

召喚術の未来に僅かな影が差す。ミラは解説役としての特権である選手資料を手に取り、さてどうしたものかと考えた。

〈21〉


つつがなく終了した決勝トーナメント二日目。本日の解説も好評のうちに終えたミラは今、王城の一室に来ていた。

その部屋は研究室として九賢者用に貸し出されている場所であり、ミラ以外にも現在ニルヴァーナ城に滞在している九賢者達の姿もあった。緊急招集と称して、ミラが集めた結果だ。

なお決勝トーナメント中のメイリンは、公正を保つために欠席だ。

それというのも、集めた理由に関係する。

「――と、どうにも、どこかしらで戦ったような覚えがあるのじゃが、思い出せなくてのぅ。どうじゃろう、心当たりはあるか？」

招集した理由はトムドッグの正体について追及するためだった。ミラは皆が揃うなり早速、試合中に感じた事も含めて話す。

「あー、確かに凄く強そうだったけど、ちょっとわからないかなぁ」

トムドッグという選手はおそらくトッププレイヤーの一人であるが、はて誰だっただろうか。

更には幾つかの資料も加えられた問いに対して、一番に答えたのはカグラだった。

とはいえ、その内容は見当もつかないというもの。幾らか考えてみたがトムドッグの戦闘スタイルに見覚えはないそうだ。

「うーん、ごめんなさいね。記憶にないわ」

「見たところ、まあまあ特徴的だったからなぁ。出会っていれば多少は思い出せそうだがさっぱりだ」

アルテシアとルミナリアもまた、そう答えた。これといって戦った覚えはないそうだ。

となれば、何かしらで共闘した事のある者だろうか。

または、戦争の際に相対したプレイヤー達に紛れていたか——と、ミラが次の可能性を探ろうとしたところである。

「俺も、どこかで見覚えがあると思ってた。だが、同じくどこでだったか微妙に思い出せない」

ここまで考え込んでいたソウルハウルが、そんな事を口にしたではないか。

しかも、それだけでは終わらない。

「私も、あの戦い方をどこかで見たような気が」

ヴァレンティンも、覚えがあると続けたのだ。

「そう言われてみると、だ。確かにあの戦い方といい、どこかで見た……いや、やり合った事がある気が……」

更にラストラーダが、記憶のどこかに引っかかると言い始めた。それこそ戦闘スタイルが昔出会った誰かに近かったと。

「そうじゃろう!? やはり、どこかしらで会っておるのじゃよ！」

気のせいではなかった。共感を得られたミラは、やはりどこかで会った事があると確信をもって、ゲーム当時の出来事をあれやこれやと思い返していく。

まず一つ、戦争の際にという線は薄そうだ。

敵にしろ味方にしろ、戦争時に出会っていたなら多少なりとも記憶に残るはずだが、ルミナリアとカグラ、アルテシアは、出会った事すらない様子である。

対して、ミラとソウルハウルにヴァレンティン、ラストラーダは覚えがあった。

四人で何かをしていた時だろうか。それとも他に接点などがあるのだろうか。

「どこじゃったかのぅ……」

「誰だったろうな」

「何となく、いい感じじゃなかった気が」

「なんかこう……思い出そうとすると熱い感情がこみ上げてくるな」

四人であーだこーだと考えていたところだ。ラストラーダがどことなく正義が震えると言い始めた。

それはもしや、出会った時の感情も記憶に残っているのではないか。何か思い出すきっかけになるかもしれないと、ミラ達はその可能性について追及していった。

当時も今も正義に燃えるラストラーダは、この世界においても似たような行動をとっていた。

つまりは正義の味方として、パトロール染みた事をしていたのだ。

彼の正義を震わせる事。それは、悪と対峙した時。

「悪というと、悪魔か魔獣か盗賊か……」

悪と言っても、そのあり様は様々だ。ただそれがプレイヤーだった場合、状況は幾らか絞り込める。

そして、ようやく考える方向性が定まって来たところで、四人は遂にその答えに辿り着いた。

「そうか、レヴィアードじゃ！」

「レヴィアードだな」

「レヴィアードさんですね」

「ああ、レヴィアードだった！」

そう四人が揃って口にした名前。それは、プレイヤー達の間でも特に有名な人物であった。

レヴィアード。何と言っても彼は、最強のプレイヤーキラーとして大陸中に名を馳せていた実力者だ。

その強さは本物であり、数多くのトッププレイヤーを中心に標的としていた事でも有名だった。かの十二使徒や『名も無き四十八将軍（ネームレスライン）』の中にも、彼に負けた事がある者がいるほどだ。

道理で覚えがあるはずだ。そう四人は納得する。なぜならば、他のトッププレイヤーと同様に襲われた事があったからだ。

「出会った時は、ギザギザした鎌を持って、もっと禍々（まがまが）しい恰好をしておったからのぅ」

ミラもといダンブルフの頃に出会った結果は、勝利に近い引き分けだ。《軍勢》による長期戦に持ち込んだ末、音を上げたレヴィアードが逃走するという結末である。

「遭遇時のインパクトが強過ぎた。直ぐに気づけというのが無理な話だ」

ソウルハウルもまた引き分けと言っていいだろう。巨壁による守りで攻め込む隙を与えなかったが、同時に出られなくもなったためだ。

「確かに、記憶にある印象とはまったく違いましたからね」

ヴァレンティンは彼に負けた過去がある。とはいえ、退魔術で対人特化を相手にするというのは相性が悪過ぎである。

「あの時と比べれば、イメージがまったく重ならないな！」

ラストラーダは、この中で唯一勝利していた。自国、そして同盟国のプレイヤーの被害を止めるために立ち上がった彼は、その通りに正義を執行したわけだ。

とはいえ、激戦に次ぐ激戦の末での勝利である。

そんな、九賢者ともまともにやり合えるレヴィアードは、それこそ死神とでもいった呼び方が相応しいと思えるほどの服装をしていた。

その時のイメージしかない四人は、直ぐに気づけないのも無理はないと声を揃える。それほどまでに、大会での見た目の印象が違っていたのだ。

「レヴィアードといえば、ヴァレンティンさんの時は特に酷かったな」

ミラ達が、そうだったそうだったと確認しあっていたところで、不意にソウルハウルがそんな事を口にした。

「……その件については、やめておきましょうよ」

直後、それこそ間髪を容れず話題を変えるよう提案するヴァレンティン。

けれど一つ話に花が咲けば、止まらなくなるのが思い出というものだ。

「あー、そうじゃったのぅ。大魔獣ラーヴァリグスとのレイド戦前じゃったか」

そういえばと当時の出来事を思い返したミラは、今となってはちょっとした笑い話だなとほくそ笑む。

「あ、確かその人に負けてデスペナ喰らって、一週間前からの予定が流れたんだっけ」

カグラも思い出したのか苦笑気味に、だがそれでいて懐かしむように笑いながら、ちらりとヴァレンティンを見やった。

「そんな事もあったなぁ。で、後から来たレイヴン達に全部かっさらわれたんだったな」

あの時は傑作だったと大いに笑うルミナリアは、「結局、次の予定を立てる前に終わっちまったんだよな」と、ぽつり呟いた。

そのように当時の出来事について、今となっては笑い話だと語らうミラ達。

ただ一人、アルテシアだけはヴァレンティンの肩を持ち「あらあら、笑っては可哀想よ」と、彼にそっとほほ笑む。

魔物や魔獣の類において、滅法強い退魔術。ただその反面、対人戦は得意ではない術種でもあり、それを専門とするプレイヤーキラーとの相性はすこぶる悪かった。

しかもレヴィアードともなれば、プレイヤーキラーの中でも最強と称されていた人物だ。尚更、ヴァレンティンが勝てる要素は薄いというものだろう。

「よもや、対人の専門家も来ておったとはのぅ」

「こりゃあ、結果がわからなくなってきたな」

どうにも無差別級の結果が予想出来なくなったとミラが苦悶を浮かべるのに対して、ルミナリアはどこか楽しむような笑みを浮かべた。

最強のプレイヤーキラーのレヴィアードが登場した事で、このままメイリンが順当に優勝で終わりというわけにはいかなくなった。順調に勝ち上がれば、両者が出会うのは決勝戦だ。

人や魔物を問わず強い相手を求めて各地を巡るメイリンと、対人戦に特化したプレイヤーキラーのレヴィアード。

そんな二人の戦いは、どれほどのものとなるのだろうか。

決勝は非常に荒れそうだと確信したミラは、ブルースの影が薄くなりませんようにと、ただ祈るばかりだ。

なお、過去の失態を話のタネにされたヴァレンティンは、部屋の隅の方で不貞腐れている。九賢者唯一の敗北者という歴史が、特に古傷を深く抉ったようであった。

決勝トーナメント三日目。今日の日程は無差別級の準決勝に加え、各部門の決勝。

そしてもう一つ。招待選手として特別に組まれた、ゴットフリートとサイゾー、エリュミーゼによる模擬戦も予定されている。『イラ・ムエルテ』との決戦において『名も無き四十八将軍』の戦力を借りるための方便として組んだ模擬戦だ。

そんな理由とはいえ、今日の闘技大会において盛り上がる事間違いなしのスケジュールとなっている。

まず始まったのは無差別級の準決勝。

メイリンは、かの地下闘技場元王者、ザッツバルド・ブラッディクリムゾン・キングスブレイド唯一のライバル、エルヒース・ゲインとの闘いを制し決勝へと駒を進めた。

(……あ、そういえば、メイリンに負けたのがきっかけで司祭になったという話じゃったのぅ)

エルヒースのライバルとして、ザッツバルドの話を解説に挟んでいたミラは、そこでふと、その本人に出会ったいつぞやの事を思い出す。

ソウルハウルと共に古代地下都市より地上に戻ってきた際、その出口となっていた教会の司祭が、そのザッツバルド・ブラッディクリムゾン・キングスブレイドであったと。

そして、メイリンに感謝している事を伝える約束をしていたなとも思い出したミラ。

(まあ、試合後でも構わぬか)

これが終われば時間は幾らでもある。そう考えたミラは解説に気を戻し、舞台上の無邪気なメイリンを見つめ、あれの何がどう影響したのだろうかと眉根を寄せた。

続く準決勝もまた、予想した通りだ。

最強のプレイヤーキラーと名高い、レヴィアード。彼もまた優勝候補とされていたレヴォルド・ガイザーを破り、決勝へと進んだ。

結果、決勝はメイリン対レヴィアードで決まる。

人だろうと魔獣だろうと、強い相手と戦い続けてきたメイリン。対するは、対人戦の専門家といっても過言ではないレヴィアード。

（しかしまた、どのような決着になるかのぅ）

これはなかなか予想のつかない一戦になりそうだ。

だが、召喚術の未来のため、初戦で敗北したブルースのためにもメイリンに勝ってほしいと願うミラだった。

無差別級決勝は明日。今日の続きは各部門の決勝戦であり、こちらもまた無差別級に負けず劣らず素晴らしい試合が展開されていた。

「おっと、どうしたのか。ローガイン選手の速さが突然失われてしまった！」

「あれは酸欠状態じゃな。それとわからぬように展開された術式によって、周囲の酸素濃度が下げられておる。言わば二人は、高い山の上で戦っているような状態じゃ。そこであれだけ動き回っておれば、こうなるのも無理はないのぅ。対してギュルド選手は最小限の動きしかしておらぬ。完全にこの状況を狙っておったというわけじゃな」

術士部門の決勝にて、選手のギュルドが舞台上に張り巡らせた結界。それを見破るのみならず刻まれている術式をも読み取り効果まで把握していたミラは、ここでもまた絶好調に解説役をこなしていた。

特に術士の手の内ともなればミラに見抜けぬものは、ほぼないといっても過言ではない。本来ならば知られるはずのない術式の秘密までも分析して容易に解き明かしていく。

試合後、色々と解明されてしまったそれらに選手達は愕然とするのだが、それはまた別の話だ。

そのようにして、試合は順調に進んでいった。

十五歳以下、戦士、術士、ペア、チーム他色々。各部門の決勝では、無差別級とはまた違う試合展開なども多く繰り広げられて、こちらもまた大盛り上がりとなった。

部門ごとの優勝者が一人、また一人と決定する。

十二歳という若さで、トーナメントを制した剣の天才。様々な流派の猛者達を制した、我流剣士。緻密な戦略と戦術を駆使した傭兵チームなど。

有名無名問わず、真の実力者が脚光を浴びる闘技場。

そんな彼らを、そこで巻き起こるドラマを見ながら、その舞台に飛び込みたいという衝動を抑えて解説役を全うしたミラ。

だからこそというべきか。ミラの解説も既に大会にはなくてはならないものとなっていた。

## 〈22〉

大歓声の中、無差別級を除く各部門別の勝者が全て出揃った。

時刻は夕暮れの半ば。太陽が沈み始める頃だが、闘技場にはまだまだここからだといわんばかりに照明が灯っていく。

遂にこの時がやってきた。

急遽、特別に編成されたイベント。大国の将軍が国を越えてやってくる理由として用意した舞台。そんな急ごしらえながらも、観客達の目の色が変わった一大決戦。

そう、これから始まるのは『名も無き四十八将軍（ネームレスライン）』とニルヴァーナ皇国の将校、そして新兵部隊による模擬戦であった。

「ゴットフリート様ー！」

「サイゾー様、ステキー！」

「エ・リュ・ミーゼ・様！　エ・リュ・ミーゼ・様！」

司会によって進行する舞台上に三人が出てくると、無数の歓声に交じって一部から何やら特徴的な声援が響いてきた。

どうやら観客席に、三人の相当なファンがいるようだ。

（二人はともかく、あの暑苦しいゴットフリートにもファンがおるのじゃな……。わしも……わしもこのような事になっておらんかったら、きっとあの渋カッコよさで世の女性達を虜にしおったはずなのにのぅ。今は、変な男しか寄ってこぬ……）

またはリリィやフリッカのような女性だ、などと考えて落ち込むミラ。

と、そんな間にも舞台上は次の場面に移っていた。

「さあ、お待ちかねの一試合目は、アトランティス王国が誇る最高戦力『名も無き四十八将軍』のお一人、ゴットフリート様です！」

普段ならば滅多にお目に掛かれる人物ではなく、しかも他国の大将軍だ。ピナシュの司会には、これまで以上の熱がこもっていた。

模擬戦の初戦は、ゴットフリートの出番となった。特大剣を得意とする彼は、身の丈をも超える剣を担いで舞台に立つ。

一見するとサイズ比が狂いそうになる立ち姿だが、それでいて堂にいった佇まいは確かな猛者の風格に満ちていた。誰が見ても尋常ではないと認識出来る、そんな威圧感がある。

そして何といっても、ファンがどうこうという以前に、その名は大陸全土に響き渡るほどに有名であった。

大国アトランティスが誇る『名も無き四十八将軍』は、輝かしい功績と共に学校の教科書にまで載っているほどなのだから。

ゴットフリートが剣を振るう、それだけで来た甲斐があると感涙する観客までいるほどだ。

「対するは、ニルヴァーナ皇国のためにその身を捧げると誓った勇敢なる兵士達。将軍の胸を借りるべく、この困難な一戦に名乗りを上げた未来の将校候補生です！」

続いて、そんなゴットフリートの相手となる者──いや、者達もまた舞台に上がっていく。

今はまだ新兵だが、いずれはニルヴァーナ軍を背負おうという気概と才能に恵まれた者達だ。

アトランティスの将軍との模擬戦など、特別に特別が重なるような事にでもならない限り実現しないだろう。

ゆえに、これを貴重な経験を積むための好機として集まったのが、ここにいる総勢三十人の新兵である。

アルマが言うに、選抜に選抜を重ねた結果の有望な若者達らしい。

「さあ、この一戦。ミラさんは、どう見ますか」

「ふむ。まず一つだけ言えるのは、勝負は二の次という点じゃな。誰もが思う通り、新兵がどれだけ束になろうと、あの大将軍を相手に勝利なぞ到底叶わぬ。そして、それは兵士達も重々承知じゃろう。となれば後は、これまでの訓練の成果をどれだけ出せるかといったところじゃな。きっと、様々な戦術や戦法を試してくると思うぞ。巨大な強敵を相手に、どのような策を用いるのか、どのような戦いを組み立てるのか。どれだけ学べるか。これは、ニルヴァーナ軍の練度が垣間見られるよい機会とも言えそうじゃな」

ピナシュの振りに対して、そのように返したミラ。

新兵の練度によって、ニルヴァーナ軍のレベルがどれほどのものかがわかる。

つまり新兵達の戦績によっては、ニルヴァーナ軍への不満と不安が生じてしまう事になるわけだ。

しかもミラがそのような発言をしたために、よりそのような目で見るようになった観客が増えた。

「それはまた、とんでもない事態ですね……。新兵達の健闘を願いましょう！」

新兵の双肩に軍部の未来がかかっている。ミラの言葉を受けたピナシュは、その全身に緊張感を漂わせながら、それこそ本当に祈るように答える。

今は司会役の彼女だが、その所属は軍部であるからだ。

お祭りのように思えた模擬戦に、よもやそのような要素がと気づかされたピナシュは、どんな状況でも好い方向に実況するべきかと悩み始める。

（さて、こんな感じでよかったじゃろうか。まあ、後はあの者達次第じゃな）

ミラはというと、一仕事終えたような顔でフローズンオレを口にしていた。

そして、とろけるような果実の甘味と溶けだしたソフトクリームのような口当たりを堪能しながら、新兵達を見やる。

ピナシュに対するミラの返答。ピナシュは知らない事だが、実はもともと用意されていたものだった。

この日のために、しっかりと訓練を重ねてきた新兵達。その成果を、ここで存分に出し切るのが目標だ。

そして相手となるゴットフリートもまた、アルマよりその説明を受けていた。

いわく、ニルヴァーナ軍の更なる成長と結束のため、その訓練の成果を出し切らせてやってくれと。

それは、いつぞやにミラがブルースのためにメイリンと交わした約束のようである。

だからこそというべきか。ミラもまた、そこに協力したのだ。

まず初めに、そもそも勝てはしないと告げる事で、負けた新兵達への不満と不信感を軽減させる。

そして勝負よりも新兵達の練度に注目させて、軍部の質の方に意識を向けさせたわけだ。

早い話がアルマ演出による、ニルヴァーナ軍のデモンストレーションだ。

しかも本来のゴットフリートならば難色を示しただろうが、アルマの頼みとあってか彼は笑顔で快諾したものだ。


ゴットフリート対ニルヴァーナ軍将校候補の新兵達。

その模擬戦は、思った以上にエンターテイメント性に溢れていた。

ミラが予め勝敗云々を告げていた事もあってか、観客達の視点が幾らか新兵寄りとなっていたためだ。

何となく不利な方に肩入れしたくなるという不思議な心理が働いた結果である。

それこそ、ラスボスの如き強さで新兵達の攻撃をものともしないゴットフリート。

それどころかひとたび剣を振るえば、たちどころに新兵の意識が刈り取られていくという圧倒ぶりだ。

だが、そんな途方もない相手を前にしても怖気づかず、臨機応変に陣形や戦術を組み替えて挑んでいく新兵達。

その姿は、物語に登場するような世界を救う英雄には程遠い。けれども家族や人を、ほんの些細な幸せを守ってくれるのは、こういった者達なのだろうと強く感じさせる何かがそこにはあった。

「勝者、ゴットフリート様！　その強さ、まさに伝説通り。しかし、そんな伝説の一人を相手に、ここまで戦い抜いたニルヴァーナ軍の若き獅子達もまた見事と言ってもいいでしょう！」

「うむ、そうじゃな。しかも、まだまだ新兵じゃ。これからの成長が実に楽しみというものじゃよ」

様々な作戦を駆使してゴットフリートを相手に善戦した新兵達。それでも実力差は歴然であり、予想通りの決着となった。

しかしながら新兵達の奮闘ぶりと困難に挑む姿は、観客達の心を震わせたようだ。思いのほか、ゴットフリートよりも新兵達の頑張りに対する歓声が多く聞こえていた。

（見事に敵役となったわけじゃが……まあ本人が満足そうじゃし、問題はないかのぅ）

この模擬戦によって、ニルヴァーナ軍への信頼度は確実に上がっただろう。

対してゴットフリートはというと、ただ伝説通りにすこぶる強かったという事実が確認されただけともいえる。

彼にとっては、きっと大して得るものなどなかったに違いない。

ただゴットフリートは、実に満足そうだ。笑顔で礼を言うアルマに、それこそ子供のように照れている。

（しかしまた、惚れた弱みというのは、なかなかに効果的なのじゃな）

アルマの笑顔の裏に隠された、したたかさ。それを垣間見たミラは、ゴットフリートを不憫そうに見つめる。

そんなミラとは対照的に、盛り上がる者が一人。

そう、マーテルだ。

『翻弄されるのもまた、一つの愛よね』

ゴットフリートの反応と、どことなく確信めいた行動をとるアルマ。最近のマーテルは、そんな二人のやり取りに夢中であった。

「さあ、この特別な時間は、まだまだ始まったばかり！　続きまして、こちらもまたアトランティス王国が誇る最高戦力『名も無き四十八将軍』のお一人、サイゾー様の登場です！」

ゴットフリートと入れ替わるようにして舞台に立つサイゾー。

その動きは至って普通だ。それこそヒーローの如く「とうっ！」と宙を舞って舞台外へとはけていったゴットフリートに対して、サイゾーは徒歩で淡々と舞台に上がった。

（余計なところでは、目立たず騒がず。折角の舞台であってもサイゾーはいつも通りじゃのぅ……）

自分ならばきっと召喚術の宣伝も兼ねて盛大に登場しただろうと考えるミラは、羨ましそうにサイゾーを見やった。

「対するは、ニルヴァーナ軍において数々の功績を重ね、若くして第三師団長にまで上り詰めたガイウス中佐の出陣だー！」

ゴットフリートの時とは変わって、今度の対戦相手は単独での登場となった。

サイゾーが担当するのは、相応に経験を積んできたニルヴァーナ軍の若き将校五人。いわゆる天才という類の者達だ。

そんな天才達の鼻っ柱をへし折る——と言うべきか、現実を知らしめるべくと言うべきか。ぶち当たった事のない壁という経験をさせようと言うべきか。

今回のアルマの人選は、圧倒的才能で将校にまで上り詰めた五人だ。

その一人目であるガイウス中佐が、颯爽と舞台に上がる。天才ながらの自信の表れか、それともニルヴァーナ軍を背負っているという矜持(きょうじ)か。その表情は険しく、全身からは漲る闘志が溢れていた。

そんな彼の活躍ぶりは相当に有名らしい。まさかここで見られるなんてと、観客席が賑わい始めている。

「ゴットフリート様の時とは違い、今回は一対一となっております。さてミラさんは、今度の模擬戦をどう見ますか？」

「ふむ、基本的な部分は先程と同じじゃな。けれど今回は一対一。一人でかの大将軍と真っ向からぶつかり合う事になるわけじゃからのぅ。その負担は尋常ではないじゃろう。けれども最後までついていければ、一皮剥けるほどの経験となるのは間違いないはずじゃよ」

今回もまた、ミラはそのように予防線を張ると同時に、ちょっとした見所を提示した。

勝てないのは当たり前。むしろこの模擬戦は、難敵を相手にどれだけ奮闘出来るのか、そしてそこからどれだけ成長の種を得られるかがガイウスの課題である。

「なるほど……もしかしたらこれをきっかけにして、ガイウス中佐は更なる高みへと到達出来るかもしれないわけですね！」

成長の瞬間が垣間見えるかもしれない。そんな期待を胸に舞台上に注目するピナシュ。

（しかしまた、流石は大国ニルヴァーナじゃな。よい人材が揃っておるのぅ）

ミラは、手元の資料にあるガイウスの経歴を眺めながら羨ましげに思う。アルカイトにも、こういった人材が流れてきてくれれば、もっと楽が出来るのに、と。

そのようにミラが羨むニルヴァーナ軍の特徴はといえば、開けた運営である。軍に関係する色々な情報が国民に開示されているのだ。

優秀でいて更に人気を集められそうな将校というのは、特に注目される要素だったりする。

その中でも、上位の人気を誇るのがガイウスだ。顔良し、実力良し、家柄良し。更にはその歳に比べて階級も高いときた。

そんな人気者のガイウスは、険しい顔のままサイゾーと相対する。

それ程までに自信があるのか。はたまた、自身を奮い立たせてでもいるのか。

サイゾーを前にしながらも、堂々としたガイウス。

だが、その直後だ――。

「ああ、アルマ様。このような舞台を用意してくださり感謝いたします！　改めまして。お会い出来て光栄です、サイゾー様。ガイウスと申します。この度は、我々若輩達に気合を入れてくださると聞き、感謝に堪えません！」

緊張の糸が解けた、というよりは感極まったというべきだろう。強張った顔から一転、ガイウスはそれこそ声援を送る観客達と同じような顔になっていた。

そう、彼が堂々としていたように見えたのは、緊張を隠す彼なりの努力。天才と持てはやされているが、ガイウスもまた一般と変わらず、サイゾー達が残してきた伝説に憧れる男だったのだ。

「いや、拙者もニルヴァーナの未来を背負って立つ有望な君達の経験となれる事を光栄に思うでござるよ」

ガイウスの言葉を受けたサイゾーは、それでいて静かに、だが期待を込めてそう返した。

「ありがとうございます！」

はしゃぎたくなるのを抑えた様子のガイウスは、努めるようにして表情を引き締め直し構えた。

サイゾーもまた、そんな彼の気持ちに応えるようにして右足を半歩ほど下げるなり、いつでも来いと手招きする。

突如として準備の整った二人の様子に慌てたのは審判だ。すぐさまその場から飛び出すなり「始めてください！」と開始を宣言した。


サイゾーとガイウス。二人が繰り広げた模擬戦は、その実、試合というよりは修行のそれであった。

まずは好きなように攻めていくガイウスと、それをいなし続けるサイゾー。

あるタイミングを起点に攻守が変わったかと思えば、サイゾーはガイウスの至らぬ部分を的確に突いて、どのように対応すればいいのかを指摘する。

再び攻守が変われば、ガイウスは指摘された点を踏まえて動く。

それを何度と繰り返していったところ、素人目に見ても始まった時よりずっとガイウスの動きが洗練されている事に気付くほどの変化が表れていた。

そうして残す時間もあと少しといったところで、数度目の隙に打ち込まれたガイウスが、もう限界といった様子で地に伏せた。

「勝者、サイゾー様！　その実力もさることながら、教導者としても素晴らしい才覚に満ち溢れていらっしゃいました。そして、そんなサイゾー様の厳しい教えを一身に受け切ったガイウス中佐。ミラさんの言葉通り、戦いの中で何かを掴んだ様子でしたね。あれほどの戦いを繰り広げるのみならず、その動きがより鋭くなっていくのを私は感じました！」

注目していたからこそ見えた、ガイウスの変化。それに気付けて嬉しかったのだろう、ピナシュの声が弾んでいる。

「いやはや、恐るべき才能じゃな。きっかけ程度の動きに対して、完璧に対応しておった。将来は、今よりも更に立派に成長しておるじゃろう。羨ましい限りじゃ」

そのような言葉で締めくくったミラ。

少し聞いただけでは、その才能を羨んでいるかのようだ。けれど、その言葉を聞いた一部の者にとってみると、まったく別の意味に聞こえるものだった。だが、それはまた別の話である。

## 〈23〉

　サイゾーの模擬戦は、更に四戦続いた。

　その全てはアトランティスが有する戦力を大いに知らしめる結果となり、それでいてニルヴァーナ皇国軍への貢献にも繋がる有意義な模擬戦となった。

「さあ、超特別ゲストもこれで最後。ゴットフリート様、サイゾー様に続くのは、アトランティス最高戦力の一人、エリュミーゼ様です！」

　いよいよ、最後の一人。サイゾーと入れ替わるようにして、今度はエリュミーゼの登場だ。

　普段通りとでも言うべきか。エリュミーゼは、どことなく気だるげな表情だ。

　ただ、そんなところが男達の何かしらを刺激するのだろう。前二人とは異なった色味のある声が沸き立つ歓声の中に交じっている。

「対するは、魔導工学を取り入れた新設部隊であり、また開発された数多くの新装備を試すための実験部隊でもありました。それが今日、遂に解禁！　チーム・エクスマキナの登場です！」

　ピナシュの言葉と共に舞台へと出てきたのは、如何にも実験中といった姿をした兵士達であった。

　全身を巡る骨組みと、そこに取り付けられた金属製の装甲板。前が見えていなそうなゴーグルと、複数の配線が繋がるヘルメット。

背中にはアンテナのようなものが突き出た装置。そして両手には、ごてごてとした内部機構が丸見えの棒。

その者達は一見すると、銀の連塔の研究員すら超えるほどにマッドな雰囲気を放っていた。つまりは、相当である。

「これまた奇怪な者共が出てきたものじゃな。しかし、魔導工学というのは日夜進歩し続けておる分野じゃからのぅ。どれ程のものか、楽しみになってきおったわい」

現在、大陸鉄道や飛空船を筆頭に、様々な分野に広まっている魔導工学の技術。

当然その軍事転用というのも各国にて進められている。そしてそれらは条約による規定に従い、主に対魔物用として開発されている。

とはいえ、そういった事は建前に過ぎない。だが、それでも今回はそれに倣った形での模擬戦となる。

「さあ、模擬戦最終試合の開始です！」

エリュミーゼ対エクスマキナ。その戦いは、これまでとは大きく違っていた。

次々と現れるゴーレムをエクスマキナの隊員達が撃退していくという、タワーディフェンスを思わせる形式だったのだ。

迫りくるゴーレムに、手にした棒を様々な形に変化させて対応していく隊員達。

剣になったり槍になったり斧になったり。変形速度は、まだまだ心許(こころもと)ない感じではあるが、その性能はそこらの鍛冶品程度では足元にも及ばないだろうほどに優れていた。

しかもそれだけではない。速度重視のゴーレム相手に見せたのは、銃形態だ。

しかもゴーグルと背中の装置に接続する事で発射された雷撃が敵を追尾するという、とんでも性能である。

ただ威力のほどは大きな静電気といった程度のものだが、牽制や陽動、支援、制圧といった用途で使うには十分といえるだろう。

更に武器以外もまた、すこぶる高性能だ。

身に着けたアーマーは、筋力増強に堅牢化、速度の強化と大盤振る舞いである。

「これは凄い！　大型ゴーレムの進行も抑えきりました！」

「これで終わりと思うたが、よもやあのゴーレムを砕いてしまうとは、やはりパイルバンカーはロマンがあるのぅ！」

エクスマキナの隊員達の奮戦ぶりは、それこそ魔導工学の可能性というものを大いに見せつけるものだった。

けれどそれ以上に、これまで相当な厳しい訓練を積んできたのだろうという苦労が、そこには垣間見えた。

通常の武具や術具などとは比べ物にならないほどに複雑な魔導工学式の兵装。変形一つとっても複数の工程が必要な事に加え、まさかの合体まであるではないか。

これを使いこなすために覚える事、そして必要になる技術といったら、もう想像も出来ないほどと言えた。

けれども隊員達は、見事なチームワークでそれらを操っている。

中でも合体兵装のパイルバンカーは効果抜群だ。その威力はエリュミーゼの巨大ゴーレムをまとめて打ち砕けるほどの威力があった。

しかし複雑すぎる工程が仇となり、それを用意するためにエクスマキナ側の陣地が一つ陥落していた。

しかもそれを機に、いわゆるハードモードへと突入していく。

これまでは単純編制だったが、次にエリュミーゼが繰り出したのは複数の種類で編制されたゴーレム隊だ。

対するエクスマキナは防御専用の隊員を決め、その者が時間を稼いでいるうちに効果的となる兵装を組み上げるという戦い方へとシフトした。

「これは厳しい展開です。構築された防衛線が、徐々に押され始めました」

「しかし、よく持ち堪えておるほうじゃな。あの装備の性能と、それを引き出す技術がなければ、アトランティスの将軍相手にここまでの手を出させる事は出来んかったじゃろう」

新設部隊エクスマキナ達は、期待以上の活躍を果たした。

そのようにミラが称賛すると、ピナシュもまた「あの伝説のゴーレム隊を相手にですからね」と感慨深げに答える。

その後、大いに奮闘したエクスマキナであったが、ボス戦の如く現れた二体の大型ゴーレムを前にして敗走する事となった。

「勝者、エリュミーゼ様！　多種多様な特徴を持つゴーレムを創り出すだけでなく、それらを巧みに操る技術は圧倒的としか言えませんでした。しかし、それに負けず劣らずなチームワークを見せたエクスマキナの皆様。勝負は負けてしまいましたが、あのエリュミーゼ様を相手に十分奮闘したと言っても過言ではないでしょう！」

「うむ、そうじゃな。熟練した冒険者よりも絶妙なゴーレムの連係は、一人で全てを操作しているからこそ。そんなゴーレムを相手に、チームワークでは負けておらんかった。そして今回の装備は、まだまだ試作段階の代物というではないか。これが正規に完成したとしたら、どれほどになるのか。その可能性がしっかりと示された一戦じゃったといえるのぅ。特に最後に出たゴーレム隊は、サイガード高地殲滅戦の際に、リーガルファングの群れを撃滅した編制と同じじゃった。それを相手に、よくぞここまで耐えきったものと讃えるべきじゃろうな」

負けるのは、当たり前。だがその中でエクスマキナもまた新兵や将校達のように、可能性という結果を残す事が出来た。

ミラが少し補足して称賛すれば、そりゃあ凄いと観客席が沸き立つ。

負けてもなお、軍の株が下がらないようには出来た。それを確信したミラは、この仕事ぶりに何かしらのボーナスでも出ないだろうかと期待した。

無差別級の準決勝。そして各部門の決勝に加え、『名も無き四十八将軍（ネームレスライン）』による模擬戦も終わったところで、この日の日程は全て完了した。

いよいよ、明日が無差別級の決勝となる。

結果が楽しみだとピナシュと話して別れたミラは、そのままイリスの部屋に帰る。

するとそこには興奮冷めやらぬイリスだけでなく、実に興味深い試合の数々だったと、こちらもまた楽しんだ様子のヴァルキリー姉妹達が待っていた。

更にそこからアルマやエスメラルダとも合流したら、一緒に夕食を摂りながら闘技大会の話題で盛り上がる。

どうやら今日のミラの実況は、特に好評だったようだ。また今回は召喚術の宣伝の割合を抑えたためか、そこまで気にならなかったらしい。「あのくらいなら、まあいいでしょ！」と、アルマの承諾も得られた。

そのようにして一日が過ぎていくと、次の日の朝がやってくる。

無差別級決勝の日だ。

闘技場の実況解説室にて。いよいよこの日が来たといつも以上に気合が入り、それでいて緊張した様子のピナシュ。

ミラはというと、こちらもまた緊張の面持ちだ。メイリンが優勝するかしないかでブルースの立場が変わり、召喚術への印象にも影響が出そうだからである。

「さあ、遂に無差別級も決勝戦となりました。勝ち上がってきたプリピュア選手とトムドッグ選手は、どちらも納得の実力者。どのような試合になるのか、今から楽しみでなりません！」

決勝戦の準備が進む中で前説を始めるピナシュ。なんだかんだあって彼女もまた、心は据わっているようだ。話し始めた途端に緊張の色は吹き飛び、元気な声が紡がれていった。

「――さて、解説のミラさん。ずばり今回の試合をどう予想しますか？」

「ふーむ……両選手共に近接寄りの戦闘スタイルである事に加え、共に手の内を全ては明かしておらぬようじゃからな。どうなるかはさっぱり読めぬ。……じゃが、これが最大最高の試合になるのは間違いないじゃろう」

九賢者のメイリンと、最強のプレイヤーキラーであるレヴィアードによる一戦。

ゲーム時代において、この二人が戦ったという話はなかった。また現実となった後もメイリンが勝負をふっかけていない限りは、今日のこの日が初めての対決となるわけだ。

よく知るメイリンは当然、レヴィアードもまたミラ達と同格と言うべき実力者である。この二人の試合がどうなるのかは、ミラでもまた予想がつかなかった。

そんな試合の準備が整い、両者が入場する。

二人を熱く紹介していくピナシュ。その隣でミラは、メイリンが勝ちますようにと全力で祈っていた。

（頼む……頼むぞメイリンや。わしらの立場はお主の双肩にかかっておるぞ！）

やれる事はやった。後はもうメイリン次第だ。と、召喚術の未来について願う一方、同じ九賢者仲間という理由もあってか、ミラは心の中でメイリンを応援する。

そんなメイリンを見やったところ、舞台に立つ彼女は、もうこれまで以上に輝いた笑顔であった。

レヴィアードの事を知っているのかどうかは不明だが、メイリンの事である。彼がミラ達のようなトッププレイヤーに匹敵すると気付いているのだろう。それこそ、この試合がどうしようもなく楽しみだったと、その顔にありありと書かれているかのような笑顔だ。

「――さぁ、泣いても笑ってもこれが無差別級最後の試合です！　勝利の栄冠はどちらに輝くのか⁉」

メイリンとレヴィアードが準備を終えて向かい合うと共に、ピナシュの前説も終わり、闘技場は一気に緊張感で包まれていく。

そして審判の合図が響くと、遂に決勝戦が始まった。

「なんと、これは……⁉」

「おおぅ、とんでもないのぅ……」

メイリンとレヴィアードは、互いに相手を最上位クラスの実力者だと認識していたのだろう。

開始直後、二人は誰も彼も置き去りにした。その姿が掻き消えたかと思えば激突音が響き舞台中央にて交差すると、そこから目にも留まらぬ速度での攻防を繰り広げたのだ。

ぶつかり合う技と技、力と力。

術には技を、技には術を。疾風の如き速さで舞台上を縦横無尽に駆け回り、ぶつかるたびに閃光と衝撃、轟音を響かせるメイリンとレヴィアード。

秒ごとに繰り出される術と技の応酬。共に引かず守らず攻め続ける様は、優勝よりも相手に勝利する事のみを見据えているかのように真っすぐだ。

炎が奔り、小規模な爆発が断続的に続く。

試合が始まってから数十秒ほどしか経過していないにもかかわらず、舞台は割れ、壁は砕け、二人の周囲から形あるものが次々に失われていった。

いつだって舞台脇で試合を見守っていた審判も、これは堪らないとその場を離れるほど、二人が激突する余波は尋常なものではなかった。

「――――始まったと思ったら……何が起きているのかわかりません！　ミラさんお願いします！」

数秒のうちに数十もの技が飛び交う舞台上。もはや常人が把握出来る域は初めから存在せず、ただただとんでもない戦いが起こっているとしかわからない状況だ。

それでも理解しようと、その迫力を伝えようと努力してきたピナシュだったが、今回ばかりはお手上げらしい。ミラに解説をふる早さは、ここにきて最短を記録した。

「ふむ、よいじゃろう！」

それはもう自信満々に答えたミラは、舞台上で何が起き、どのような戦いが、どのようなやり取りが行われているのかを的確に解説していった。

「さて、プリピュア選手は《縮地》と《空闊歩》を合わせ三次元的に飛び回り、僅かな隙を的確に狙い打っておる。しかし、少々素直過ぎるのぅ。ところどころでトムドッグ選手が、あえて隙を見せて誘い込んでおるな。今のところは反射神経……というよりは野生の勘のようなもので罠を躱しておるが、プリピュア選手が動きを読まれるのも時間の問題といったところじゃろう――」

それは何より、どちらとも戦った事があるからこそ読み取れた情報であった。

基本真っ向勝負が好きなメイリンと、知略策略を巡らせた対戦が好きなレヴィアード。基盤が大きく違うからこそ、両者の戦いは、より鮮烈で激しいものとなっていく。

様々な戦略を駆使するレヴィアードと、それを正面から打ち破るメイリン。

仕掛けられた罠にかかってなお、それを瞬時に、そして的確に打ち破る。それこそがメイリンの強さの秘訣といっても過言ではなく、その臨機応変さこそが彼女の武器なのだ。

かといって、相手はあのレヴィアードである。そのまま全てを打ち破って終わりになど、なるはずもない。

ミラは仕掛けられていた戦略と突破した方法を、その場で分析しつつ解説していく。

すると、それがどれだけ高度な攻防なのかが、しっかりと観客達に伝わったようだ。

だからこそというべきか、その解説を頭に入れて試合を見れば、多少なりとも展開がわかってくる。

そして観客達は、ミラの解説を頼りに目の前で展開する最上級の試合に熱狂していった。

「おっと、どうしたのか。トムドッグ選手、大きく距離をとりました！　何かを警戒しているようですが……」

「――ほぅ！　今のは少し遅い拳打程度にしか見えなかったが、上級仙術の起点となる一撃じゃった。防いだり躱したりする程度で対応していたなら、今頃トムドッグ選手は爆炎に包まれていたじゃろう。あそこまで距離をとったのは、見事な判断じゃったな！」

ところどころに虚偽を混ぜる事でメイリンを躱し、少しずつだが確実に翻弄していたレヴィアード。更に彼は、その動きまでも掴みかけていた。

一進一退といった戦況からレヴィアード側に天秤が傾き始めてきた、そんな時である。

メイリンの動きに、その戦闘スタイルに変化が現れたのだ。

真っすぐ過ぎるからこそ、虚偽やだまし討ちといった類に反応が遅れるという弱点のあったメイリン。だがここにきて、それらへの反応速度の向上が見受けられたのみならず、それを攻撃にも応用し始めたのだ。

まだ不完全ではあるものの、フェイントの類が得意ではなかったメイリンが見せた成長。彼女が更に強くなる兆候を目の当たりにして、ミラもまた驚きを浮かべた。

だが、驚いたままでは終わらない。

「とはいえマナの消費が多い術でもある。今のが発動しておったらプリピュア選手のマナ残量も大きく削れたじゃろう。もしもトムドッグ選手がホーリーナイトなどを召喚出来たのなら、囮として術を誘発させ、相手のマナ浪費を狙えた場面でもあったのぅ」

そのようにして今日もまた、サブリミナル的に召喚術の活用法を挟み込んでいく。少ないマナで、相手に大きな消耗を与える。それもまた召喚術ならではの戦略である。

「なるほど、そのような使い方も……召喚術は奥が深いものなのですね」

しっかりと試合内容にもからめて情報を差し込んだ事もあってか、ピナシュが肯定的に返してくれるようにもなってきた。

だが、ここで『そうじゃろう、そうじゃろう！』と調子にのってしまっては、今までと変わらない。

「うむ、召喚術に限らず、術というのは無限の可能性を秘めておるものなのじゃよ」

成長したのはメイリンだけではないと自負するミラは、そう謙虚に答えた。

召喚術こそが最強であるというこれまでのスタイルから、どの術も素晴らしいが中でも召喚術は特に素晴らしい、という方針に変えたのだ。

そのおかげか、今はもうマイクの音量を絞られる事もなくなった。

と、方針がどうであれ、結局は相も変わらず召喚術復興を狙っているわけだが、その間にもメイリンとレヴィアードの試合は更に過熱していった。

両者とも一歩も譲らず、手の内を読み合っては次の手また次の手と繰り出し、ぶつかり合う。

舞台上にて交差するたびに衝撃が大気を震わせ、その一般常識を超えていくような動きで観客席をも沸かせる。

（ふーむ……しかしまた、これほどまでに予想出来ぬとはのぅ）

二人の実力は拮抗していると見てもよさそうだ。互いに小技と大技を織り交ぜながら、同時にそれらを見切っていく。

次は決まるのか、また次こそは決まるのかと、もはや見ている方がハラハラと緊張する展開の連続である。

更にはそこにミラの解説までも加わるものだから、その盛り上がりといったら誰もが決勝戦に相応しいと納得するほどのものだった。

## 〈24〉

開始から三十分以上にも及んだ無差別級決勝も、いよいよ終盤へと差し掛かった。

共に相手の動きを概ね読み切ったからというのもあるのだろう。嵐のように展開する攻防の中に突如として凪の如き静寂が訪れる。

「これはどうしたのか、突然両選手の動きが止まりました！　何かを狙っているのか、何かを待っているのか。張り詰めた緊張感が舞台上を包み込んでいきます」

急激な動からの静に何事かとどよめく観客達。ピナシュは、息もつかせぬ展開の末に生まれた無音を振り払うように実況を挟みミラを見やる。

「ふむ、どうやら両者共に準備が整ったようじゃな。これは次で試合が大きく動く事になるじゃろう」

互いに読み合い、それぞれの手を潰し合った結果、試合は消耗戦へ突入する手前にまで来ていた。

このまま続ければ、先に体力が尽きるか集中力が途切れた者の負けとなるのは確実だ。

だが対戦大好きなメイリンとレヴィアードは、そんな決着で納得するような人物ではなかった。

はっきりとした勝敗、はっきりとした一撃でもって勝利とする。それこそが二人の持つ共通の矜持というものである。

（二人とも面倒な性格じゃからのぅ）

どちらの事も知っているミラは、そんな二人を面倒なものだと笑う。だが、そこに馬鹿にした様子は一切ない。代わりにあるのは多少の呆れだ。

最後に勝てば、過程は気にしない。それが《軍勢》の二つ名を持つダンブルフの――ミラのスタイルであり、消耗戦に持ち込めば常勝してきたからこその違いだった。

対して明確な勝敗を望む二人は、一定の距離を保ったまま睨み合っている。

共に狙うのは一撃必殺。しかも、この大会の間に一度も使わなかった技を繰り出すだろう。

ミラの解説によってそれを把握する観客達は、それはもう今日一番というほどの集中力で舞台上を見つめて固唾を呑む。

純粋な気持ちでプリピュアを応援する子供達と、大きなお友達。その他にも、中にはこの勝敗に賭けている者もいた。

（頼むぞ、メイリン……！）

ミラもまた召喚術の未来のために祈る。

様々な感情や思惑までもが入り交じり、ただならぬ気配に包まれていく闘技場。

その中心で対峙する二人の目には、燃え滾（たぎ）るような闘志と、好敵手に出会えた喜びの色が爛々と宿っていた。

そして、だからこそ負けられないという意地が二人の間で激しくせめぎ合う。

存分に全力を出せる相手。二人ほどの実力にもなれば、そう簡単には見つけられないだろう。ゆえに両者は、この時間が終わってしまうのが惜しいとその顔に浮かべながら、同時に勝利への渇望を爆発させた。

それはまさに一瞬の出来事――。

二人の姿が掻き消えたかと思えば、空をも裂くほどの破裂音が響き渡ったのだ。

しかもその刹那の後、強烈な振動と重なるようにして二つの衝撃音が舞台上を揺らしていた。

「これはいったい、何が起きたというのか……!?」

もはや何度目になるかわからない言葉を口にしたピナシュは、それでいて今回は今まで以上に意味がわからないと舞台上を見つめている。

ピナシュ、そして観客達が気付いた時、メイリンとレヴィアードは舞台を囲む石壁を砕きめり込んでいる状態であったからだ。

どのような攻防をすれば、このような結果になるのか。誰もがそんな疑問を浮かべると同時に期待する。それらを明確にしてくれるミラの解説を。

けれどミラは、ここにきてそんな期待に応える事が出来なかった。

「ふーむ、まったく大したものじゃ。今のは、わしでも最後まで追いきれんかった。残留する術式の痕跡から見て、プリピュア選手は一点突破で強力な仙術、《宵満月(よいみつき)》を放ったと推測出来る。対してトムドッグ選手も相応の技で対抗したようじゃが……どのようにぶつかり合えばこのようになるのか……」

現場の状況と直前までの様子。そこから幾らかは読み取れた。だが両者が交差した瞬間、全力をぶつけ合ったその時に二人がどのような攻防を繰り広げたのかまでは、ミラでも把握しきれなかった。

メイリンが放った術は、ここ一番で繰り出すにふさわしい奥義。それを前にしたレヴィアードが何をどうしたら両者仲良く壁に激突などという結果になるのか。

「まさかミラさんまでもが、わからないほどとは……。これはとんでもない事になりました！　果たして二人は無事なのでしょうか!?」

この決勝までの間、どのような試合でも、どのような展開だろうとも、そこで起きた全てを的確に解説してきたミラが唯一わからないと告げた一瞬の攻防。

ピナシュは試合のみならず、そんなミラの言葉にも驚きを示した。

しかもその驚きはピナシュだけに限ったものではないようだ。同時に客席側にもどよめきが広がっていく。

「おいおい……精霊女王が把握出来なかったって、どんだけだよ……」

「ミラ様をもってしてもわからないとは……あの二人何者なんだ？」

「凄いな。この俺も今のは見えなかった。こりゃあとんでもないぞ」

舞台上で起きた一瞬の攻防。常人の目どころか、会場にいる一流冒険者の誰もが捉えられなかった展開。これまで当然のように解説していた精霊女王すらも把握出来ないほどの何か。

そんな状況を前にした観客達は、だからこそ大いに沸き立った。

プリピュアとトムドッグ。二人はいったい何者なのかと。正体を隠す超一流の冒険者か、はたまたどこかの国の将軍か、それとも伝説に名を遺す激動の時代の強者か。

想像以上に壮絶となった試合に憶測が飛び交い、会場全体が更なる熱気に包まれていく。

そして様々な期待に満ちた多くの目が見守る中、両選手を確認するために審判が舞台に上がろうとした直後の事だ。

二人に動きがあった。めり込んだ壁から、ふらりと抜け出したメイリンとレヴィアード。

どうやら先程までの状態は相打った結果だったようだ。しかも共に放ったのは決着にふさわしい必殺技という事もあり、舞台に立ったとはいえ二人は満身創痍の様相であった。

だがそれでいて、どちらの目もギラギラと輝いている。お互いに実力を認め合い、それでいて互いに勝利は譲らないという意志で燃え盛っていた。

「立っているのもやっとといった姿です。けれどどちらも、その足を止めません！」

「あれはもう、意地じゃろうな。それだけで動いておる」

一歩二歩と身体を引きずるようにして歩み寄っていくメイリンとレヴィアード。

そして再び舞台の中央にて、どちらとも一足で飛び込める圏内にまで迫った。

共に構えをとると、途端に闘技場全体から音が消えた。

きっと次で決着だ。誰もがそれを直感し、息も忘れるほどに集中して舞台上を見つめる。

更に実況解説室でもピナシュだけでなく、ミラもまた二人がどう動くのか次こそは見逃すまいと全神経をそこだけに向けた。

恐ろしいほどの緊張感に包まれた闘技場。

まるで時が止まったかのように誰も微動だにせず、凍り付くような鋭い気配だけがその中央で渦巻いている。

もしや永遠にこのままではないか。そんな錯覚すらしそうになるほど張り詰めた静寂は、数瞬後に荒々しく破られた。

静からの激動。瞬間にレヴィアードが先に動く。傷だらけの身体をものともせずに重心を低く構え、その両足に力を集束させていく。

それは、彼が最も得意とするもの。超高速移動から必殺の一撃を放つ構え。先の先をとる極みともされる奥の手だ。

だからこそ、メイリンはいち早く反応した。後手に回っては不利になる。反射的に判断したのだろう、右手にマナを集束させながら、そこに活路を切り開かんと飛び出した。

直後――。

疾駆するメイリンを前にして、レヴィアードはそれを待っていたかのように体勢を変え、手にした得物をその場で振り抜いたではないか。

遠当てである。それは《闘術》の基礎ともされる、飛ぶ一撃。

だが基礎だからこそ、その威力は使い手の技量に大きく左右される。ゆえに彼ほどの実力ともなれば巨大な岩すらも切り裂いてしまえるほどだった。

ここにきてレヴィアードは虚偽を混ぜてきたのだ。切り札の奥義と見せかけて、応じた相手を撃ち落とすための不意打ちである。

彼は、わかっていた。ボロボロになった身体では、もう奥義の速さに耐えられないと。だからこそ誘う事に賭けたのだ。

その賭けは見事に的中する。互いに技を出し尽くしてきたからこそ、その誘いは、より効果を発揮したわけだ。

まさかの遠当て。それは、見ている誰もが虚を衝かれた一撃であり、観客席がどよめく。

ミラとピナシュもまた、このギリギリの場面にて放たれた不意打ちに、まさかと声を上げた。

その刹那――。

【仙術・天：錬衝】

それは、何よりもミラが目を見開く光景だった。

レヴィアードが放ったカウンターの一撃。もはや完璧過ぎて避ける事など不可能なタイミングでそれが放たれた数瞬後、メイリンもまた仙術を撃ち出したのだ。

舞台上を突き抜けていく衝撃波。いったいどこまでを見越していたのか。メイリンもまた動き出した時から、既に遠距離用であるその仙術の準備を完了させていた。

素直にぶつかり合うつもりかと思いきや、メイリンもまたここにきて搦め手を用意していた。

遠当てに対して迎え撃つように放たれた錬衝。見事にメイリンがレヴィアードの不意打ちを相殺した──かと思った矢先にそれは起きた。

「なんと……！」

遠当てと錬衝は、互いに掠めるようにしてすれ違っていったのだ。

メイリンは、この場面においても守らず攻めていた。

次の瞬間、共に必中のタイミングで放たれたそれらが二人に直撃する。

幾重にも練り込まれた衝撃波を、咄嗟に構えた両腕で受け止めるレヴィアード。けれども全身を巡る衝撃は尋常ではなく、苦悶の声が漏れ出る。

メイリンはというと──遠当てを左腕で受け止めていた。

途端に血飛沫が舞い、舞台が鮮血に染まる。だがそれでいてメイリンの動きには躊躇いも淀みも浮かばなかった。

勢いはそのままレヴィアードに肉薄していく。

ほんの僅かな判断の差。次に繋ぐための一手。急激な動の後、再び静に戻った時。メイリンの拳は、レヴィアードの腹部にそっと添えられていた。

レヴィアードが衝撃に怯んだ僅かな隙に、メイリンが拳を差し込んだのだ。

そしてメイリンはその姿勢のままレヴィアードを見上げ、それはもう楽しげに、にんまりと笑った。

「……降参だ」

ただ添えられただけの拳で何が出来るのか。レヴィアードは戦いの中で、そこから派生する様々な可能性を感じ取ったのだろう。

だからこそ、この状況になった時点で敗北を察し、その言葉を口にしていた。

その時、闘技場全体が沈黙に包まれた。何が起きたのか、何が起きているのか把握が追い付いていないからだ。

生まれた僅かな間。そこからレヴィアードの言葉の意味を呑み込んで審判が叫ぶ。

「勝者、プリピュア選手！」

そのコールが響くと共に観客席が一気に沸き立ち、これまでにないほどの喝采が降り注いだ。無差別級の決勝に相応しい試合であったと。

「ふぅ……いやはや、次から次に巻き起こる怒涛の展開に、実況を忘れて見入ってしまいました。さて、ミラさん。決着のポイントはなんだったと思いますか？」

息をするのも忘れていたと実況を再開するピナシュ。とはいえ何が起きたのかは把握しきれていないため、やるのはミラに話を振る事だけだ。

それに対してミラはというと、集中していた甲斐もあってか決着時の攻防については、ばっちりと把握出来ていた。

だからこそ、それはもう饒舌(じょうぜつ)に語り始める。

「ふむ、そこはやはり仙術の一つ《剛体剛気》じゃな。これは全身を岩のように硬くして守りを強めるためのものじゃが、その効果を左腕一点に集中させる事で、トムドッグ選手が放った遠当てを防ぎきったわけじゃ。それでも腕一本を犠牲にするほどの深手じゃが、トムドッグ選手の腕前からして本来ならば腕など軽く斬り飛ばされてしまっておったじゃろうからのぅ。あの程度で済んだのは、プリピュア選手の卓越した腕前があってこそじゃ。これによって腕一本が使い物にならなくなったが、あの場面において最小のダメージで済んだといえよう。その結果、身を守る事を重視したトムドッグ選手に対し、プリピュア選手が最後の一手を先に打てたという次第じゃな」

そのように解説したミラは、遠当てによる傷がもう少し深ければ今頃はプリピュア選手の方が倒れていただろうと締めくくった。

と、そのようにしてミラが生き生きと解説している間にも舞台上では色々と慌ただしく動いていく。

左腕から夥しく出血しながらも、どこか慣れているといった様子のメイリン。そんな彼女に大慌てで駆け寄って治療を始めているのはエスメラルダだ。

その傍らでは、レヴィアードが用意された担架に首を横に振って応え、その足で退場していった。

最後の鍔衝によって全身ボロボロのはずだが、その歩みは軽く、しかも彼の顔には満足そうな笑みすら浮かんでいた。

(あ奴もまた、相変わらずのようじゃな……)

面白い対戦相手を見つけた、とでもいうような顔のレヴィアードを見やり、やれやれと肩を竦めるミラ。

かつて多くのプレイヤーを震え上がらせた最強のプレイヤーキラー、レヴィアード。

プレイヤーキラー。そこには、どことなく負のイメージがつきまとうものだ。

強盗や嫌がらせ、新人狩りに弱い者いじめと、実際そういった欲を満たすためにプレイヤーを狙っているような者も多い。

ゆえにその大半は、それこそ犯罪者の如く扱われていたりする。

アーク・アース　オンラインにおいても、これらのプレイヤーキラーは指名手配だったり賞金首だったりといった扱いがほとんどだ。

そんな数多いるプレイヤーキラーの中で最も有名なレヴィアードだが……実は彼は、そういった一般的なイメージとはどこか違うところにいた。

その理由は、きっと彼のプレイスタイルによるものが大きいだろう。

（初めて出会った時は、それはもうびっくりさせられたものじゃのぅ）

彼がターゲットにするのは、強いと評判の者ばかり。しかも負かした相手の所持品の強奪などを一切行わないときたものだ。

そんな彼の目的。それは、対戦だった。

レヴィアードは、極度の対戦好きなのだ。そして、そこにもう一つのちょっとした拘り（こだわ）が加わった事で、神出鬼没の殺人鬼という像が作られた。

その拘りとは、ロールプレイだ。

そして熱く燃えるような対戦を求めるレヴィアードが辿り着いたのが、プレイヤーキラーというプレイスタイルだった。

存分に対戦を挑めるのみならず、リベンジのために対戦相手が徒党を組んでやってくる事もある。目立てば目立つほど、より強い者が現れ、更なる緊張感に満ちた対戦が楽しめた。

ゆえにレヴィアードは神出鬼没にして出会ったら最後という殺人鬼を好んで演じていたわけだ。

強い相手との闘いを求めているという点ではメイリンにも通じるところがあるだろう。

（ふーむ、そういえば確か、多くの国で指名手配されておったはずじゃが……今はどうなのじゃろうな）

レヴィアードの手にかかったプレイヤーは大勢いる。しかも彼は国や立場などお構いなく、強い者を優先的に襲撃していた。

強いプレイヤーは、自然と役職も上になる。ゲーム時代では当たり前の事だ。

理由はどうであれ、プレイヤーキラーにキルされたとなれば、恨まれるのもまた必然。結果レヴィアードは、多くのプレイヤーの国で極悪殺人鬼として指名手配されていたものだ。

（ふむ、時間が出来たら、ちょいと様子を見に行くのもありじゃな！）

だがそれもゲーム時代の話。現実となった今はどうなのか。

それなりの交友があった彼である。ミラは、今度挨拶でもしてみようかと考えるのだった。

## 〈25〉

闘技大会の目玉の一つである無差別級は、ミラの望み通りにプリピュア――メイリンの優勝で幕を閉じた。

そして次に始まるのは、もう一つの目玉である特別トーナメント戦。高名な冒険者や歴戦の傭兵、逸話を残す英傑など世の誰もが知っているような、いわばヒーローばかりを揃えたトーナメントだ。

そこに名を連ねる者達の人気といったら格別であり、客達の半数がこれを目的にしていたと言っても過言ではないだろう。

だが無差別級決勝での戦いがあまりにも激しかったため舞台の破損が著しく、少し開始が遅れる事となった。

それに伴い休憩時間となったミラは、丁度いいと救護室を訪れていた。色々な配慮もあって個室となっている部屋だ。

「ふむ、流石はエメ子じゃな。傷痕すら残っておらんのぅ」

血飛沫が上がるほどにざっくりいったメイリンの腕だったが、エスメラルダが治療したとあって、それはもう綺麗さっぱりに治っていた。

今は既に、どこが斬られていたのかすらわからない状態だ。

「もうばっちりヨ！　また直ぐに戦えるネ！」

ベッドで安静にさせられていたメイリンは、そう答えて飛び起き、まったく問題ないとアピールする。

だがそこで、すぐ隣に控えていたエスメラルダが静かに、だが力強くベッドに引き戻した。

「だーめ、暫くは大人しくしていてね、メイちゃん。傷は治っても流れた血はそのままなんだから。いつもみたいに動こうとすれば貧血で直ぐに倒れちゃうわよ。今はこれ飲んで安静にしていて。そうすればエキシビションマッチまでには、ちゃんと治るから」

「うう……わかったネ……」

メイリンは渡されたコップから漂ってくる臭いに顔を顰めるも、エスメラルダが放つ無言の圧力を前に意を決し、その中身――特製の増血剤を一気に呷った。

するとどうだ。メイリンは、不自然なくらいの挙動で倒れ伏したではないか。

エスメラルダの事だ。効果は確かなのだろう。だが、その反応からして味は筆舌に尽くしがたいほど酷いようだ。

「さて、ところでレヴィ……トムドッグの方はどこにおるじゃろうか？」

折角ここまできたのだからと思い立ったミラは、エスメラルダを振り返りながらそう口にする。

見たところ彼も相当な重傷であった。よってエスメラルダ率いる救護班の世話になっているはずだ。

「あ、彼もプレイヤーっぽかったけど、もしかして知り合いだったのかしら？」

エスメラルダはミラの様子からして、なんとなく察したようだ。

「うむ、多分じゃがな」

そのようにミラが答えたところ、エスメラルダは「そうなのねぇ」と頷きながらミラをじっと見つめた。

「な……なんじゃ？」

どことなく窺うようなエスメラルダの視線に、ミラは何かおかしな事でも言っただろうかと反射的に問う。

「ううん、ただゲームだった頃から会っていないとかだったら、今の姿をどう説明するのかなと思っただけ」

「あ……」

エスメラルダの言葉は、今の状況からしてもっともな指摘であった。

エスメラルダ達を含め、ミラの正体がダンブルフであると知る者は増えてきた。

だが、その事実は本来、国家機密だ。同郷でそれなりに交友があったとはいえ、おいそれと話すわけにもいかないだろう。

ただ何よりも、今の姿を見てどう思われるのかわかったものではない。かつての威厳が砕ける恐れすらある。

「確かにそうじゃな……」

改めてその事を思い出したミラは、「ふむ、挨拶はまた今度にしようか」と保身を第一に考える。

（今度、アルマかソロモンあたりにでも聞いてみるとしようかのぅ）

国の長である二人ならば、他国の情報もある程度は得られるだろう。レヴィアードの指名手配についても、それでわかるはずだ。

何はともあれ、友人の彼は闘技大会で準優勝するくらいに今も頑張っているようである。

それだけでも知れてよかったと思いながら、まだ見ぬ他の友人達はどうしているかと思いを馳せるミラだった。

舞台の修理が完了し、いよいよ大勢が待ち焦がれていた特別トーナメントの開始となった。

そのトーナメントにエントリーしているのは、誰もが知るような有名人ばかりだ。

かつてミラも出会った、今一番勢いのある冒険者ジャックグレイブ。

男達からの人気ナンバーワンであるエレオノーラ。

大陸中に名を馳せるギルド、エカルラートカリヨンの団長セロ。

魔獣狩りとして知らぬ者はいない、リガードハーケン。

百を超える凶悪指名手配犯を捕まえた賞金稼ぎ、リグラーグ・ジェンキンス。

更にそこには、国の代表として出場する軍人の姿も複数見られた。

（お、あの者がうちの代表か。って、確か……ソロモンが趣味で育て始めたとかいう特殊部隊の一人ではなかったじゃろうか……）

魔導工学を応用する部隊は、ニルヴァーナのエクスマキナだけではない。アルカイト王国でも、その研究は進められていた。

軍の中でも魔導工学を駆使した兵器や術具の運用を得意とした者達で編制され、秘密裏に製造された銃火器に似た術具を主兵装とする部隊。

フル装備した時の姿はファンタジーな世界に非ず、それこそ自衛隊の如きである。

ミラがお土産として持ち帰った迷彩マントや暗視ゴーグルなどに触発され、いよいよソロモンの趣味が爆発してしまった結果に生まれた罪深き部隊といえよう。

だがそれでいて、その運用実績は目を見張るものがあった。

装甲車両で素早く駆け付け、迅速に魔物を撃破。更には凶悪な犯罪にも対応。多くの国民達を救っていた。

アルカイト王国にてのんびりしていた際、その訓練を見学し、更には付き合わされた事があったミラ。だからこそ今舞台上にいる彼こそが、その隊長だと気づく。

（あー……経験を積ませるために送り込まれたのじゃろうなぁ……）

ソロモンが用意した特殊な装備を使う事を前提とした部隊だが、場合によってはその身一つで切り抜けなければならない時もあるだろう。

そのための実戦経験として、この闘技大会は実に都合がいいわけだ。

それを承知してか、静かに、だが熱き闘志を覗かせる隊長。

確か名前は『ディアス』だったはず――と、ミラはそんな彼の事を思い返しながら様子を窺った後、手元に用意されていた資料に目を通した。他の国から送り込まれてきた精鋭達についての簡潔な情報だ。

そこに記載されていた人材は多種多様。年若い者もいれば、熟練の将校までと盛り沢山だ。

このトーナメントは、ただのトーナメントではない。学べる事も多いはずだ。だからこそ各国とも様々な思惑をもって、彼ら彼女らを送り込んだのだろう。

（さて、どんな結果になるかのぅ……）

この中では、やはりセロが筆頭だろうか。ミラはそんな予想を立てながらピナシュと共に、この特別トーナメントの実況を盛り上げていった。


特別トーナメント戦。そこにエントリーしているのは、女王アルマが選び抜いた強者十六名と友好関係にある国より代表として参戦する十六名だ。

女王選出の人選はなかなかに容赦がなく、人気実力ともに大陸規模の者ばかりである。

（しかしまた、ミーハーな選び方じゃのぅ）

一目見てそんな印象を受けたミラだったが、大会的には大当たりだ。招待選手の人気の高さも相まって、その試合は無差別級とはまた違った盛り上がりを見せていた。

また、何よりも試合が盛り上がる理由は特別トーナメントが特別である理由にあった。

「遂に出ましたエレオノーラ様の愛剣、ホワイト・プリム！　その輝きは、夜空に輝く満月の如し！」

なんと無差別級とは違い、特別トーナメントでは武具の制限が一切ないのだ。

つまりは噂に聞く英雄達が、それこそ逸話通りの戦いを繰り広げるわけである。

空をも切り裂く聖剣、どんな術をも撥ね返す盾、風のように駆ける靴、炎そのものを集束し武器とする柄など。本気装備といっても過言ではないそれらを用いた戦闘ともなればもう大迫力であり、観客達は話でしか聞いた事のないそれらを前にして大いに熱狂していた。

だが、そんな客席側の防御を担当する術士達の苦労は、その心中を察するレベルでもある。

（これまた、目が離せぬな……！）

とはいえ、それはニルヴァーナの術士の仕事だ。知った事ではないミラは、戦うエレオノーラの姿に感心していた。

彼女については、その妖艶な美しさについて耳にする事が多いが、腕前もまた確かなものだ。

特に受け流す動作は、もはや達人の域といっても過言ではなく、ホーリーナイトあたりに覚えさせられないだろうかと本気で考えさせられる魅力があった。

（ほぅほぅ、時折噂を耳にするだけあって、やりおるものよ）

続いて今一番勢いがあるといっても過言ではない、ジャックグレイブの試合。彼の戦いぶりをとくと目にしたミラは、出鱈目に見えて洗練された剣技に感嘆した。

解説用に用意された資料によると、彼の技は全てが我流であるそうだ。事実、型破りという言葉がしっくりくるほどの戦いぶりを目の当たりにしたミラは、それでいて技の一つ一つに注目する。

基本は豪剣だが、ところどころに柔軟性があり、それを起点として幾つもの技に派生していく。

(ふむ、これもまた教えてほしいところじゃのぅ!)

ダークナイトも豪剣使いだ。彼の技を習得出来れば、更なるパワーアップが期待出来るかもしれない。

そんな考えを思い浮かべながら、ミラはジャックグレイブの名を心にしかと書き留めた。

(ほぅ、あの頃よりも更に腕を上げたようじゃな!)

エカルラートカリヨンの団長セロ。彼の技は、キメラクローゼンとの決戦にて共闘した時に見た時よりも更に鋭く冴えわたっていた。

もはや灰騎士ですら相手にならないだろう。

ただ先程までとは違い、その技を教えてほしいという気にはならなかったミラ。

その理由は、彼の剣技は彼だからこそ扱えるもの、極めた先にあるものだと理解出来るからだ。

これを習得するのは、灰騎士のみならずアルフィナですら不可能だろう。

と、そのようにして他にも数々の名だたる招待選手の試合が繰り広げられていった。

特別トーナメントの第一戦十六試合が終わったところで、この日の日程は終了となる。

そして次の日となり、朝から特別トーナメントの第二戦目が始まった。ミラもまた、若干眠たげな様相ながらも実況席にて今日も励む。

強者達が集う初戦を勝ち抜いただけあって、二戦目からの試合は更に白熱する。

そんな中で意外にも観客達から思わぬ反響があったのは、アルカイトの特殊部隊隊長ディアスだった。

装備は自由となっているものの、試合という事もあって彼が使うものは非殺傷系が主となる。

だがそれでもディアスが使うのは、『とりあえず直ぐに死ぬほどじゃなければ大丈夫だよね』などといったソロモンの笑顔が透けて見えそうな武装の数々だ。

そして、それらを駆使して戦うディアスの姿は、それこそ作戦遂行に殉じる特殊部隊員そのものといえた。

舞台上を飛び交う銃弾は、貫通せずとも小さな爆発を起こすため、与えるダメージ範囲でいえば酷いものである。

フラググレネードの代わりに炸裂するスタングレネードには電撃の術式が施されているようで、目と耳を利かなくさせるだけでなく全身まで破壊する気満々に見えた。

更に凶悪だったのは、スモークグレネードだ。

ただの煙幕ではなく、催涙ガス仕様というオマケ付きときた。そしてディアスは装備の一つであるガスマスクを装着した後、サーマルスコープを併用し煙に紛れて銃撃するという鬼畜ぶりだ。

（血も涙もないのぅ……）

そんなディアス相手に、どこぞの国の騎士団長が正々堂々と立ち向かい敗れ去る。

正面からまともにやりあっていたなら、ディアスに勝ち目はなかっただろう。それほどまでの実力を秘めた騎士団長だ。

実況しようにも、無慈悲な制圧は催涙ガスの煙の中で行われるため何を言う事も出来ず、ミラは軍人としての任務遂行力は抜群だと解説するだけで精一杯だった。

（まったく、こんな部隊を育ててどうするつもりなのじゃろうな）

ほとほと呆れたように笑うミラだが、なんとなくソロモンの思惑はわかっている。

これは、完全に彼の趣味であると。

ただ、そんな趣味の部隊でありながら隊長ディアスの活躍ぶりはなかなかだった。それこそ、Aランク冒険者もいるトーナメントの中で二回戦目も突破したほどだ。

しかしながら三回戦目にてセロと当たってしまったため、彼の進撃はそこで終わってしまった。

ともあれ、これから彼が担当していくであろう任務、凶悪犯罪者の対応などといった正規の案件について十分に対応出来る部隊になるのは間違いなさそうだ。

経験も積めたという事で、ある意味ソロモンの一人勝ちといっても過言ではないだろう。

無差別級とは違った試合展開で盛り上がる特別トーナメント。その中には気になる選手がもう一人いた。

「おお、今のはわしも見切れる自信がないのぅ。流石は、かのウォーレンヴェルグ殿のお孫さんじゃな！」

ウォーレンヴェルグ・ヴィルターネン。三神国の一つ、オズシュタインが誇る三神将の名である。

そんな大英雄の孫ヘムドールが、何とこの闘技大会の特別トーナメントに出場しているのだ。

しかも手元の資料によると、ヘムドールは今年に入ってオズシュタイン軍が誇る巨獣騎兵団の軍団長に就任したとあった。

その後ろ盾に加え、役職と家柄もすべてが揃っているといっても過言ではない男。それこそ究極の孫と言える彼が有する権力となれば、そこらの王族も震え上がるほどだ。

そんな彼が、何をどうしたら闘技大会に出場する事になるのか。

アルマが送った招待状には、当然、大物を出してこいなどとは書いていない。軍部の力を試せる場を用意しましたので如何ですか、といった程度だ。

それがよもや、これほどの大物が出場するとはと、アルマも大層驚いていたものだ。

（しかしまた、この三十年で何があったのじゃろうな。あの孫が、よくぞこのような戦士に成長したものよ……）

三神将といえば、アトランティスの『名も無き四十八将軍（ネームレスライン）』が全員で戦い敗れたというほどの強さを誇る、正しく神にも近いとされる実力者だ。

そしてミラはそんな三神将の一人、ウォーレンヴェルグと関わりのある騒動に巻き込まれた事があった。

それは、オズシュタインで発生した悪魔関連の騒ぎに端を発した一連の騒動だ。

特に悪魔の活動も活発だった当時、その立場や威光などもあって三神将の周りでは様々な陰謀が渦巻いていた。

その一つが、彼ウォーレンヴェルグの孫であるヘムドールがまだ十代の中頃だった時に起きた事件であり、ダンブルフら九賢者が解決へと導いたと知られる大きな功績でもあった。

（あの時に震えていたヘムドール少年が、今や名誉ある巨獣騎兵団の軍団長とはのぅ。立派になったものじゃなぁ）

ミラが知るかつてのヘムドール。それは三神将の孫という立場ゆえか、甘やかされに甘やかされたボンボンの極みともいえるような少年だった。

そんな彼が今や、当時の傷跡すらも似合うような立派な騎士に成長していた。

時の流れによる変化は何とも不思議なもので、思わぬ奇跡や驚きをもたらしてくれる。

実に分かりやすい変化を目にしたミラは、それでいて感慨深げに微笑みながら、どこまで強くなったのかと彼の試合にも注目した。

特別トーナメントも進み、日も暮れた頃。いよいよ、決勝の時がやってきた。

（ふむ、こうなったか）

照明によって照らされた舞台に立つ二人の選手。

その一人はミラの予想通りに、セロだ。

やはり大陸規模にもなるギルド、エカルラートカリヨンの団長だけあって実力もまた折り紙付き。ジャックグレイブやエレオノーラといった新進気鋭で勢いのある冒険者をものともせずに、その強さを見せつけて勝ち上がった。

そんな彼の対戦相手としてそこに相対する者。それは、ヘムドールだった。

かつての彼は、どうしようもないお坊ちゃまであったが、やはり内に秘めた才能は計り知れず、また相応の努力もしてきたのだろう。立派に成長した彼は、真の実力のみでその場に立っていた。

（リグラーグ・ジェンキンスという賞金稼ぎも相当な手練れじゃったが、よもや、ああもあっさり下してしまうとはのぅ。いったい当時から、どこまで実力をつけたのじゃろうな）

あの少年が、よくぞここまで逞しくなったものだと感心するミラ。

だが、そうして感慨深く舞台を眺めていたところ、暫くして、どうにも会場から伝わってくる雰囲気が少しおかしいと気づいた。

場面は、特別トーナメントの決勝。一番盛り上がる試合が始まろうとしているタイミングであるはずだ。

けれども聞こえてくる声援や歓声の中に、どうもその場にそぐわない色が含まれていたのだ。

これはいったい、どういった様子なのだろうか。

『アルフィナよ。何やら闘技場がざわついているように思えるのじゃが、何があったかわかるか？』

解説席からは詳しく探れないミラは、観客席にいるアルフィナに様子を確認する。

『はい、主様。こちらから聞こえる範囲で判断するならば、どうもセロ様の対戦相手であるヘムドールという者がここまで勝ち上がってきた事を、多くの者達が不審に感じている様子でございます』

初めに返ってきたのは、そのような報告だった。

更にミラは、そのように不審がられている原因について何かわかるかと続けたところ、『暫しお待ちください』との返事があった。

最初に問うた直後より、姉妹達が原因究明のために動き出したようだ。

そして一分も経たぬうちに、その原因が報告された。

姉妹達が集めた情報によると、どうやら昔の彼の素行が大本の理由であるとの事だ。

（ふーむ……じゃがまあ、仕方がないのかもしれぬな……）

ミラが思っていた以上に、ヘムドールが三神将の孫として傍若無人だった時代は深くその影を落としていた。

だがそれも、大陸全土に影響を及ぼす三神教の名を冠する将軍の孫だったからこそでもあるだろう。究極の親の七光りによって重要な職の位に就いている、お坊ちゃま。それが、アルフィナ達の聞き及んだ世間一般での印象だった。

そんなお坊ちゃまが、名だたる冒険者達を抑えて決勝に残ったという今の状況が観客達の動揺と驚きに繋がり、この何ともいえない決勝の雰囲気を生み出しているというわけだ。

（さて、三十年でどこまで変わったのか）

当時の彼は、確かに褒められたものではなかった。しかし、あの頃から三十年。かつてを省みて、やり直すには十分な時間である。

また何よりも、この特別トーナメントを勝ち上がるのは生半可な事ではない。きっとこの決勝で、彼がどれだけの努力をして力をつけてきたのかはっきりとわかるはずだ。

ミラは、どことなく孫を見守るかのような面持ちで、その試合を見守った。


特別トーナメントの決勝が始まる。

一人は、セロ。大陸中にその名を轟かせるエカルラートカリヨンの団長として、名実ともに多大な結果を残してきた誰もが知る英雄だ。

対するは、ヘムドール。かの三神将を祖父に持ち、子供の頃には相当な問題児として悪名を馳せていた男だ。更に親の七光りで名誉ある巨獣騎兵団の軍団長になったと噂されてもいた。

そんな二人の試合である。大半の観客達はセロの圧勝だと予想しており、ヘムドールの鼻っ柱をへし折ってやれといった顔をしていた。

「おーっと、セロ選手距離をとったー！」

「ふむ。ヘムドール選手の、あの構え。得体の知れない雰囲気があるからのぅ。迂闊に近づくのは危険じゃろうな」

観客達の期待、そして予想に反して決勝戦では熾烈極まる激闘が繰り広げられていた。

祖父が三神将だからこそ実力に見合わぬ地位に就いたと認識されているヘムドールが、セロを相手に互角に渡り合っているのだ。

そんな事実を目の当たりにした観客達に、どよめきが広がっていく。

（一度ついた印象や噂というのは、厄介なものじゃのぅ）

ミラはセロだけでなくヘムドールの事も応援しながら、徐々に観客達の雰囲気が変わっていくのを感じていた。

そもそもヘムドールは祖父の威光が及ばぬこの舞台にて、決勝まで勝ち上がってきたのだ。加えて彼が撃破してきた者達は皆、イカサマが通じるような相手ではなかった。

つまり今の彼には、それだけの実力があるという事だ。

（しかしまた、想像以上の伸びしろじゃな……）

総じて上位のプレイヤー勢というのは、この世界においても屈指の実力者となっている。

だが、それが全てというほど易しい世界でもないというのも事実だ。

かの三神将を筆頭に、九賢者のようなプレイヤー勢のトップすら脅かす傑物が存在する。かの地下闘技場元王者のように、上位陣のプレイヤーにも並ぶほどの存在も確かにいるのだ。

ミラはこの時、ヘムドールからその片鱗を感じ取っていた。

「また凌いだー！　鮮やかに冴えわたるセロ様……──セロ選手の剣技！　しかしヘムドール選手、またもやそれを受け切りました！　なんという反応、なんという身のこなしでしょうか！」

「あれを全て躱すなど、わしでも無理じゃな。しかも徐々に順応してきておる。ヘムドール選手は、この試合の中で更に強くなりおったわ！」

一進一退の戦い。セロの実力は超一流だが、ヘムドールも負けてはいない。その才能の為せる業か、戦いの中で進化の兆しを見せ始めていた。

初めは、数分もてばいい方だと思われていたヘムドールだが、気づけば既に試合時間は二十分を超えている。

(きっと、あ奴は目が良いのじゃろうな。あの僅かな動きを見抜き反応するなど、常人では不可能というものじゃ)

第三者視点だからこそ見える挙動というものがある。だからこそ予測出来るという場面もある。

ヘムドールは舞台に立ちながらも、そんな視点を持てているようだ。何度かに一度程度ではあるものの見事にセロの剣を躱し、反撃までも繰り出していた。

そんなセロとヘムドールの試合は、観客達にとって相当に予想外だったようだ。闘技場内には、そんな馬鹿なといった気配が広がっていく。

「なんと素晴らしい一撃でしょうか！　ヘムドール選手、これには堪らず距離を置きました」

「試合中に進化していったヘムドール選手も相当じゃが、やはりセロ選手も差を詰められたままでは終わらぬようじゃのぅ」

ヘムドールがセロの剣を覚えて対応してきたように、セロもまたヘムドールの動きを把握したようだ。

そのふり幅すらも計算に入れた彼の剣技は、それこそ経験と実績によって培われてきた重さを秘めており、それはヘムドールの才能と努力では、まだ到達出来ない領域にあった。

そこから試合の流れは徐々にセロ側へと傾いていき、更に十合、数十合と打ち合ったところで、遂にセロの代名詞でもある追刃が炸裂した。

描いた剣閃に沿って今一度閃く、斬撃。それがヘムドールの鎧を大きく穿ったのだ。

これに体勢を崩したヘムドール。その首元に剣先を宛てがったセロ。

そうして特別トーナメントの勝者が決定した。

セロの勝利は観客達が望んだ結果でもあるためか、それはもう会場は大盛り上がりだ。割れるほどの歓声が闘技場に響き渡る。

「――全てを見切ったといっても過言ではありません。これこそが達人が見せる一瞬の冴えというものでしょう。セロ選手、実に見事な一撃でした」

ピナシュもまたセロファン寄りなのだろうか。観客に負けず劣らず興奮した様子である。だがそれでも己の仕事は忘れていないようだ。「そんなセロ選手と、これほどの激闘を繰り広げたヘムドール選手。共に素晴らしい決勝戦でした！」と締めくくる。

「うむ、そうじゃな。昔は色々とあったようじゃが、これが今の彼の実力という事。いったいどれだけの努力と研鑽を積んできたのじゃろうか、想像も出来ぬわい」

奮戦しながらも敗北したヘムドールを見据えながら、かつての問題児がよくぞここまでと称賛するミラ。

するとだ――そんなミラの言葉を聞いてか、その言葉が影響したのか、ざまあみろといった声が客席より掻き消えていったではないか。

そんな中でセロが、舞台上にてヘムドールに素晴らしい試合でしたと敬意を示す。

これに対してヘムドールは、少しばつの悪そうな様子で「ありがとう」と答えた。

そうしたらどうだ。今度は、あのセロと互角の戦いを繰り広げた事を、それだけの努力を重ねてきた事を観客達の一部も認めたようだ。

今一度、二人の健闘を讃える拍手が巻き起こるのだった。

〈27〉

「さあ、特別トーナメントの決着をもちまして、エキシビションを除く試合の全日程が終了しました。素晴らしい選手達による熱い戦いは、幕を閉じたのです。この闘技大会に出場した全ての選手に感謝を捧げたいと思います！　素晴らしい試合をありがとうございました！」

闘技大会にて開催されていた各トーナメントの勝者が決まった。

無差別級覇者のプリピュア。特別トーナメント覇者のセロ。そして他にも様々な部門別による勝者が出揃い、舞台上に並ぶ。

これより始まるのは、トロフィーの授与などだ。大陸最大の闘技大会である事に加えアルマ達が相当に奮発した事もあり、その賞品は豪華なものばかり。

「――そして、優勝賞金五十億リフの贈呈で――――――っす!!」と、ピナシュの声にも力が入っていた。

無差別級の賞品は、その中でも特に破格といってもいいほどの豪華さだった。

賞金五十億リフに加え、ニルヴァーナ皇国が秘蔵する伝説級の武具までもが贈呈されるという大盤振る舞いである。

（五十億……ああ、それだけあれば家具精霊探しも捗るじゃろうなぁ。わしも出場出来ておれば……。

加えて伝説級までも！　確かニルヴァーナには、暁の神冠があったはずじゃな。それと天帝の朱鎖と偽王の血扇、仙柱の指杖もここにあったのぅ。これらはメイリンとの相性も抜群じゃからな。はてさてどれを選ぶのじゃろうか。どちらにせよ今度、貸してくれるように頼むとしよう。美味しい弁当でもどこかで調達すれば、今度もいけるじゃろう！）

賞品の贈呈にあたり、ミラもまた力が入っていた。

メイリンが手に入れたのなら、それはもうアルカイトのもの。そして九賢者のもの。存分に研究実験に活用出来ると、ミラはご機嫌だ。

後は数ある伝説級の中から、メイリンがどれを選ぶかだ。

思えばメイリンが優勝するのは、ほぼ確定であった。ならばどれを選ぶのか話し合っておくのもありだった、などと今更ながらに考えるミラ。

だが幾ら仲間だからといっても、戦いを勝ち抜いたのはメイリンだ。ミラは自分勝手な考えを振り払い、彼女の自主性に委ねる事にした。

どれを選ぶにしても所有者がニルヴァーナ側から、こちら側に移るのは変わらない。つまり、どれだろうとアルカイトのためになるのは間違いないからだ。

帰国後、伝説級を弄り倒すのが楽しみだとほくそ笑みながら、ミラはメイリンの選択を見守る。

すると、まさか――

「んー……別にどっちも要らないネ。それよりも早く、強い者と戦いたいヨ。エキシビションマッチを始めてほしいネ！」

と、優勝目録を突き返すなり、そんな事を言い出したではないか。

そう、メイリンにとってみれば賞金や賞品などは試合のオマケ程度の認識なのだ。それよりも今は優勝者だけが得られる十二使徒との試合の権利の方が大事であり、それ以外はどうでもいい様子だった。

（あのバカ娘は、何を言っておる！　くれるというのじゃから貰っておけばいいじゃろうが！）

よもや、賞金と賞品のどちらも要らないというメイリンの宣言。まさかの言葉に静まり返る闘技場に反して、ミラは頭を抱えて心で叫ぶ。

五十億リフと伝説級武具。これは、このような闘技大会だったからこそ手に入る権利が得られたものだ。

本来ならば、それらは今のご時世、ただ強いだけで易々と手に入れる事の出来ないものでもある。その権利を放棄するなどメイリンらしいともいえるが、どうやらミラは黙っていられないようだった。

「流石はプリピュア選手。もう次の戦いで頭がいっぱいのようじゃ。このような大会で優勝するには、強さに対してこのくらいの貪欲さが必要なのかもしれぬ。しかし、それを追い求めるのも、色々と大変じゃろう。特に人は、食べなければ動けなくなってしまう。しかしそんな時、五十億リフがあったらどうか。美味しい料理が食べ放題じゃぞ――」

放送が届く範囲を客席のみから舞台上に変更したミラは、メイリンに考えを改めさせるべく甘言を並べていった。

お金がどれだけ重要かをメイリンに教えるため、特に大切なのは食を絡める事だ。

自給自足で十分に足りている彼女だが、やはりプロが作る料理に比べれば単調になりがちだ。けれどお金があれば、美味しいものを沢山買って食べられる。アイテムボックスを活用すれば、保存に持ち運びも楽々ときたものだ。

ミラは、どこか言い聞かせるように、しっかりと優勝賞金を受け取るように促す。

またミラの意図に気付いたのか、舞台上のプレゼンターも受け取ってくださいと説得を始めた。賞金も賞品も要らない。それは展開としてならば劇的であるものの、それらを堂々と看板に掲げていた主催者側にとっては複雑なところだ。

更に、奮発した賞品を拒否されたとなったら国の矜持に関わってくるかもしれない。

すると、そんな二人の言葉が効いたのか、「そうヨ、凄いネ。美味しいものいっぱい食べられるヨ！」と、聞き届けてくれたようだ。メイリンが受け取りを承諾したではないか。

これにはミラ達だけでなく、観客達もまた安堵した様子である。プレゼンターよりプリピュアに目録が受け渡されると、優勝が決まった時よりも盛大な拍手喝采が鳴り響いた。

なお伝説級の武具については、ミラの説得……という名の誘導によって、この場で決定はせず後日に一覧から一つ選ぶという形に決まった。

アルカイト王国のため、ひいては自分のために勝ち取った勝利である。

闘技大会全てのトーナメント賞品の授与が完了した。

だが闘技場の熱は、まだまだ消えない。誰一人として立ち上がらない観客席。残る者達は皆、一様にその舞台上を見つめていた。

そう、この闘技大会の最終日を彩る最後の戦い――エキシビションマッチが残っているからだ。

「さあさあ、闘技大会の全日程は終わりましたが、戦いはまだ続きます！　ここから先は特別枠、希望によって実現する夢の対決の時間です！」

優勝者が望むか望まないかで有無の決まるエキシビションマッチ。その開始を告げるピナシュの声に、観客席が盛大に沸き立った。

一度静まり返った闘技場に再び火が灯っていく。

「無差別級と特別トーナメントの勝者は二人とも希望したそうじゃ。いったい誰が相手になるのか、楽しみじゃのぅ！」

「はい、本当に楽しみです！」

無差別級と特別トーナメントの勝者には、ニルヴァーナが誇る十二使徒と試合する権利が与えられる。

メイリンは当然だろうが、セロもまたこれを希望したようだ。大陸最大級のギルドの団長という矜持か、それともメイリンと似た動機か。

（ふむふむ。セロの奴も、ああ見えてなかなか好戦的なところがあったからのぅ）

ともあれ決して見逃せない二戦になるのは間違いないだろう。

そして何よりも、観察のし甲斐がある二戦となるのも間違いないと睨むミラは、アルフィナ達にもしっかりと見届けるようにと伝えてエキシビションマッチに集中した。


エキシビションマッチ一戦目。

無差別級王者のメイリン……もといプリピュアが指名したのは、聖騎士ノインだった。

「プリピュア選手の相手は、十二使徒のノイン様だぁぁぁ！　素敵です、ノイン様ぁぁぁ！」

ニルヴァーナの英雄だけあって実況にも力が入るのか、それとも個人的な理由でもあるのか。ピナシュは声が割れんばかりに叫んでいた。

「ふむ。トーナメントにて圧倒的な攻撃力を見せつけてきたプリピュア選手と、防御では絶対的な信頼感を持つ十二使徒のノイン……様。どのような試合になるのか楽しみじゃな」

どことなくこれまでと様子が違うピナシュを鑑みてか、しっかりとノインに敬称をつけたミラは、面白い試合になりそうだと舞台上に注目した。

（うむ、やはりノインが鉄板じゃろうな。なんといっても、一番わかりやすいからのぅ！）

メイリンは、強者達が十二人も揃う十二使徒の中からノインを選択した。

十二使徒にはメイリンとも互角以上に渡り合える武道の達人である鳳翁（ほうおう）や、同じ仙術士のルヴォラがいる。

純粋に戦いを求めるのなら、そういった選択もあった。

だが今回選んだのは、ノインだ。そしてミラはその理由について我が事のように納得していた。

ミラとメイリンのみならず、他の九賢者達もまた思っている事。それは、新しい術などの実験相手としてノイン以上に最適な者はいない、という認識だった。

公爵級黒悪魔との闘いと今回の闘技大会の決勝までを経て、彼女なりに新しい何かが見えてきたようだ。ここぞとばかりに試すつもりなのだろう。

（ああ、わしもあれやこれやを試したいのぅ！）

ノインに通じれば、ほぼ何にでも通じる。ノインの防御段階をどこまで上げさせられるかで、新技、新術の程度を測る事が出来るわけだ。

はたしてメイリンは、どのような技や術を試そうとしているのか。そこに自分でも扱えそうな要素はないかと、ミラもまた試合をじっくりと観察するつもりのようだ。

観客のみならず、そういった視線も集まる舞台上にて、ノインはぶるりと背筋を震わせる。

「あれ……？　公爵級とやり合っていた時よりもプレッシャーを感じるんだけど」

それは、歴戦の騎士の勘とでもいうのか。やる気満々なメイリンを前にしたノインは、そこに渦巻く異様な圧力を感じて苦笑する。

「よろしくお願いするネ！」

ともあれ合図の声が響くと同時に、メイリン対ノインの試合が始まった。

メイリンは開始直後から全力であった。強烈な一撃を放ったかと思えば、速度を上げて多角的に攻めていき、また再び鋭い一撃を繰り出す。

威力と速度。これらを一手ごとに大きく調整しながらの乱撃だ。

そこらの戦士どころか相当な使い手であろうとも、これを凌ぐのは困難であっただろう。

だがノインは違う。その守るための技術と力は、他を圧倒する域にある。メイリンの猛攻を前にしながらも、少し強い風に吹かれただけといった様子で盾を巧みに操り、その全てを防ぎきっていた。

けれども当然、メイリンもそのままで終わるはずもない。次から次へと技や術を繰り出していく。

しかもそればかりか、そういった合間合間に見た事もないような技と術を織り込んでいるではないか。

どのように派生するのか、どういった効果を持つのかわからないそれらを、その場の判断のみで対処するノイン。

その反応に合わせて、次の手を打っていくメイリン。試合開始から僅か数秒にして、もはや常人の誰もが追い付けない戦いに突入していった。

そして、そのような展開を前にしてもっとも忙しくなったのは何と言ってもミラである。

「――今のは、あえて途中まで術を完成させる事で守備方向を誘導しようとしたのじゃろう。――ほんの些細な隙じゃな。一瞬で踏み込めるような者でなければ付け込めぬ。じゃが相手がそれを出来るからこそ、あえて見せたのじゃろう。——今のは初めから当てる気はなかったようじゃ。しかし、あれほどの術があると知れば警戒しないわけにもいかぬというものよ」

観客のみならず、ピナシュもまた完全に置いてけぼり状態になってしまったため、解説実況説明が、ほとんどミラ任せになってしまっていたのだ。

なまじそれなりに二人について知っており、動きや考え、そして手札がわかるからこそ解説もまた的確に可能であり、だからこそ求められるままに戦況を語っていった。

そのようにして続くメイリンとノインの特別試合。

激しい攻防と目まぐるしく変わっていく状況、そして徐々に興がのっていくミラの実況。

それは、十数分と続いた。そして十五分が過ぎたところで、会場全体に笛の音が響き渡った。

試合終了である。結果は引き分け。今回は制限時間が設けられており、その時間が過ぎた時に決着がついていなければ全て引き分けというのがエキシビションマッチのルールなのだ。

「むぅ……仕方がないネ。また今度、勝負ヨ！」

「ああ、機会があったらね」

勝敗は決しなかったもののメイリンは色々と試せて、それなりに満足はしたようだ。

そしてノインもまた、何かしら得られたものがあったのだろう。疲れた様子ではあるが機嫌が良さそうだった。

## 〈28〉

メイリンとノインのエキシビションマッチが終了した。

制限時間いっぱいで引き分けという結果になったが、その時間で繰り広げられたのは大陸でも最高峰であろう激闘だ。

会場に鳴り響く拍手喝采は、両者が退場してから次の試合のアナウンスがされるまで続いた。

「エキシビションマッチ一戦目は、実に白熱しましたね。私はきっと今日一日興奮が冷めないと自覚しております」

準備が進んでいく中、ピナシュが一戦目を振り返るようにして時間を繋いでいく。

そしてその間、ミラはメイリンとノインとの戦闘から得られた情報を、ここぞとばかりにメモにまとめていた。

だからだろう。次のエキシビション開始まで、ほぼピナシュが話し続けた。

とはいえメイリンとノインが戦っている間は、ずっとミラが解説していたのだ。むしろ丁度いい割合といえるだろう。

それから暫くして、エキシビションマッチ二戦目の準備が整った。

司会者のコールが響き渡ると、舞台上には特別トーナメントの勝者セロが颯爽と現れる。

するとどうだ――。

「セロ様ー！　セロ様ー！」

と、先程のノインに負けず劣らずなほどの黄色い声援でその場が一気にあふれ返ったではないか。

「誰もが知る、あの大ギルド、エカルラートカリヨンの団長セロ様、再びのお目見えです！」

また例にもれずというべきか、それはもうピナシュのテンションも上がりっぱなしだった。

実況という事で多少はわきまえているのだろうが、ミラから見えるその顔と様子は、もはや恋する乙女どころか恋に堕ちた亡者の如くである。

ピナシュも含め、そんな観客達の声援に笑顔で返すセロ。すると更に観客席が沸きあがる。

そんな中、いよいよもう一人が舞台にあがった。セロが指名した対戦相手の登場だ。

十二使徒の一人である彼は、盾を持たず鎧さえも捨てた剣士であった。それでいて簡素ながらも派手めな服を纏う姿は、おおよそ剣士などには見えず、まるで休暇を満喫する社長とでもいった様である。

それはノインと違い一見した限り威厳的なものは感じられず、むしろ来る場所を間違えたのではとでも思える光景だ。

「すげぇ、アルトヴィード様だ！」

「おいおい、これってどんな戦いになっちまうんだ⁉」

けれども、そのような印象は何も知らない者が見た時の場合。十二使徒の知名度というのは大陸レベルであり、瞬く間に歓声が広がっていった。

「いやぁ、まさか俺が指名されるとはなぁ。まったく準備してなかったんだよ。こんな格好ですまんね。ハハハ」

舞台上に立った男アルトヴィードは、その服装どころか裸足のままであり、手に剣を一本持っているだけだった。

相手によっては、それこそ馬鹿にされているのではとすら受け取れるような姿といえよう。けれどセロは、そんなアルトヴィードに憤った様子は一切ない。それどころか「いえ、貴方ならば、その剣一本あれば十分でしょう？」と微笑んでみせた。

「うん、まあ、その通りだ」

セロの目の奥に潜む、挑戦的な眼差し。それを受け取ったアルトヴィードは、どこか満足げに笑い返しながら鞘(さや)より剣を抜いた。

十二使徒『剣嵐のアルトヴィード』。彼は動きづらくなるという理由から防具の類を一切身につけず、それでいて数多の戦場を剣一本で戦い抜いてきた生粋の剣客である。

そして二つ名の通り、剣を振るう彼は、それこそ戦場を駆け抜ける嵐そのものでもあった。

（さて、どこまで通じるのか――）

そんなアルトヴィードと相対するセロは、剣を構えながら楽しげに笑っていた。

彼はアルトヴィードに勝てるとは思っていなかった。それどころか、このエキシビションマッチに勝つ気もなかったのだ。

勝利を狙うのなら、相性の良い相手を指名すればいい。だがセロが指名したのは、同じ土俵の相手。そして、その中でも格上な最上位クラスである。

けれど勝負を捨てたわけではない。

（――どこまで見極められるのか！）

セロは、自身の成長のためにアルトヴィードを指名した。今でも十分な実力を持つ彼だが、多くの出会い多くの経験を経て、今よりも更に強くなろうと決心したのだ。

だからこそセロは、自分と近く、それでいてずっと高みにいるアルトヴィードとの対戦を選んだ。その高みに至るためのきっかけを掴むために。


「なんて壮絶なのでしょうか。息つく間もないとは、まさにこの事です！」

「追刃という二つ名の通り、セロ選手の技は一度見切っても終わらないというのが強みじゃな。剣を振れば振るほどに領域を支配していく。しかし、その支配した領域を斬撃で塗り潰してしまうのじゃから、剣嵐というのはえげつないのぅ」

セロとアルトヴィードのエキシビションマッチ。それは、最初からクライマックスとでもいうべき程に怒涛の展開となった。

「にしてもこれまた、なんと解説泣かせな試合じゃろうか。説明しようにも次から次に状況が変わってしまい、それどころではない。もはや、見て感じろとしか言いようがなくなってきたのぅ」

冴えわたる剣技と剣技の応酬で始まった一戦は、開始より十分が経過した今も、ほんの一瞬すら途切れる事無く続いていた。

もはや、口を挟む間すらないのだ。

（しかしまた……あのアルトヴィードを相手に、ここまでとは。やはりとんでもない凄腕じゃな）

舞台の上。一瞬も絶える事なく斬り結び続ける二人は、それこそ死闘の如き戦いを繰り広げながら共に楽しげな様子で剣を交わしていた。

剣を手にした者同士、何かしら二人の間に通じ合うものがあったのだろうか。

そんな事を思いながら、そして適当な理由をつけて解説の手を緩めたミラは、それでいて見逃せないといった様子で注目した。

最高峰の剣士同士の激闘。そこに閃く技の数々は、それこそ達人の領域にまで達するものばかりだ。

その一部でもいいから武具精霊の技に組み込む事は出来ないだろうかと、ミラは探っているのだ。

またピナシュもピナシュで、それはもう真剣な眼差しで注目していたが、明らかにミラとは違う視線である。

と、そうして試合自体に盛り上がる観客と、他色々な感情が交じり合うセロとアルトヴィードのエキシビションマッチは、剣技と剣技が激しくぶつかり合うままに推移していく。

結果、こちらもまた制限時間一杯まで続き、勝負は引き分けとなるのだった。

「――と、以上で皆様への感謝の言葉と代えさせていただきます。また次の大会で会いしましょう！」

エキシビションマッチの終わりを以て、闘技大会の全日程が終了した。

最後、アルマより閉会の言葉が届けられると、これまでで一番の拍手喝采が鳴り響いた。

刺激たっぷりの時間。夢のようなひと時。心躍る楽しい瞬間。その全てを提供したニルヴァーナ皇国と、それを成し遂げたアルマ女王。そして盛り上げた全ての者達への感謝を込めて、長く遠く響き続ける。

この時をもって、数ヶ月にも亘り続いた闘技大会が遂に終了したのだ。

「ありがとうございました。ミラさんがいなかったらどうなっていたか……想像するだけで恐ろしいです」

「なに、大した事はしておらん。お主が上手く話をふってくれたからこそ、わしも要点をおさえて解説出来たのじゃからな」

闘技大会が終わったという事は、解説役のミラの仕事もまた完了となるわけだ。

ミラは試合の間、ずっと一緒だったピナシュと労い合った。そして互いの健闘を讃えながら、お疲れ様と実況解説室を後にする。

（ふぅ、これで遂に闘技大会も終い（しまい）か。しかしまあ、途中で色々とあったものじゃのぅ）

ニルヴァーナにやってきてからの出来事をあれやこれやと思い出しつつ、王城に帰ろうかと廊下を行くミラ。

と、その途中だった。実況解説室に面する廊下の片隅、進行方向先の突き当たりに何やら二人の人影があったのだ。

（……む？　あの者は――？　と、おお？　なんとヘムドールではないか！）

一人は見覚えのある者だった。試合の時とは違い、ほんのり貴族然とした雰囲気の普段着姿であったため僅かに気づくのが遅れたミラ。だが試合で見たその顔は、覚えている。

オズシュタインの三神将、ウォーレンヴェルグ・ヴィルターネンの孫、ヘムドール。

かつては、やんちゃ過ぎる少年であったが、今は随分と渋みの増したダンディズムに溢れているではないか。

ともあれ相当な立場である彼が、そんなところに突っ立って、いったい何をしているのか。

そして隣にいるのは女性。ただ、その服装などからしてメイドのようだ。彼の世話係として同行しているのだろう。

一瞬、『久しぶり』と声をかけようとしたミラであったが、彼と出会ったのはダンブルフだった頃だ。今の状態で話しかけては、不自然以外の何物でもない。

そして何より、下手に話して万が一にも正体がバレるのだけは絶対に避けねばならない。ダンブルフの威厳を守るためにもだ。

よってミラは何をするでもなく、ただその前を通り過ぎた。あの時の生意気で世間知らずな少年が立派に育ったようで良かったと、心の中で思いつつ。

その直後だ。

「君、ちょっといいかな。ミラ殿、だね？　あのダンブルフ様の弟子だという。その事について、少し話をする時間をもらえないか？」

なんとヘムドールの方から声をかけてきたではないか。

これに驚いたのは、ミラだ。

ダンブルフの弟子。その事で話があるそうなヘムドール。それはいったい、どういう内容なのだろうか。単純に、弟子であるミラから師の話を聞きたいというだけか。

それとも、よもやアルマ達と同じくミラの正体がダンブルフだと気づいたとでもいうのか。

ミラの脳裏には、最悪からまだましなものまで様々な展開が浮かんでは消えていく。

「ふむ、如何にも。わしが弟子のミラじゃが……どのような話が望みじゃろうか？」

ともあれ、じっと黙ったままでは不審がられてしまうと、ミラは何でもない風を装って振り返った。

するとヘムドールは僅かな驚きを顔に浮かべるなり、どこか安心したような、それでいて嬉しそうな笑みを浮かべた。

「えーっと、ここではなんだから私の控室とかでもいいかい？」

そう言って廊下の先の方を指し示すヘムドール。

するとだ――。

「お坊ちゃま。初対面の女性をいきなり部屋に誘い込もうとするなんて、貴方は野獣か何かですか？」

おつきのメイドが、それはもう冷たい眼差しでそんな言葉を言い放った。

「うっ……！　いや、これはそういう事ではないぞ。ただ、このような場所で立って話すような内容ではないと思ったからであって――」

「――それならば最低でも、弟子であるミラ様だからこそ師匠のダンブルフ様の件についてお伺いしたい事があると、要点だけは伝えるべきでございましょう。前にも同じ事を忠告させていただいた気もしますが、お坊ちゃまの頭は鳥ですか？」

「ぐふぅっ……！」

ヘムドールの言い訳に対して、それはもう次々と出てくる辛辣な言葉達。

もはや回避も防御も許さぬ言葉によって、ヘムドールは瞬く間に打ちのめされていく。

雰囲気から何から変わろうと、彼が三神将の孫であるのは変わらない。つまりは相応の権威を持っているはずだが、メイドの言葉によってズタボロにされている今の姿は、それらとは無縁に見えた。

（む？　このメイド……何やらどことなく……）

と、ミラはそんな二人のやり取りを前にして、かつての出来事を思い出す。

本当に最低最悪でどうしようもなかった少年期のヘムドール。同級生に貴族仲間、はては親族にまで疎まれていた彼だったが、唯一そんな彼を決して見捨てる事のなかった毒舌メイドが一人いた事を。

だが見た限り年の頃を考えると、その時の彼女本人ではないと思われる。ここにいるメイドは、二十そこそこくらいに見えたからだ。

だが、その口ぶりやヘムドールの扱い方からして、かの毒舌メイドの面影があった。

「――というわけでございまして、大変お手数かとも存じますが、少々お付き合い願えませんでしょうか。私も同席いたしますので間違いは起きない、いえ、いざという時は刺し違えてでもお止めいたしますので」

「いや、だからそういうつもりはまったくないからね!?」

それはもう丁寧に用件を伝えるメイドと、うろたえるヘムドール。もはやそこに、セロと戦っていた時の渋さは微塵も残ってはいなかった。

いったい、この三十年の間に何があったのか。詳しい事はわからないが、一つだけわかる事はある。

今、彼の手綱は彼女が握っているようだ。

「――つまり、ダンブルフ様は健在という事でよいのだな!?」

ヘムドールの控室にて真っ先にミラが聞かれた事は、ダンブルフの生死についてだった。

三十年前に姿を消したきり、表に現れなくなったダンブルフ。他の九賢者達とは違い、その見た目もあってか既に……という噂も多々あるのだ。

だがそのような噂など、しょせん噂でしかない。そもそもダンブルフは、ここにこうして元気にピンピンしているのだから。

「うむ、それはもう昔以上に元気でやっておるぞ。じゃがまあ、色々とややこしい研究やら仕事やらがあるようでな。と、これ以上は国家機密にも関係してくる。話せるのはここまでじゃ。すまぬな」

とはいえ保身に走るダンブルフ……もといミラは、前に使った言い訳通りにダンブルフの弟子として押し通す気満々であった。更には面倒な事を聞かれる前に、しっかりと先に釘を刺しておく事も忘れてはいない。

「そうか、そうだったか。ダンブルフ様はご存命であったか。ああ、それだけでも聞けて良かった。本当に良かった……」

ただ、そんなミラの姑息さなどいざ知らず、ヘムドールは心底安堵したように笑い、うっすらと涙を浮かべた。

その様子からして、よほどダンブルフの安否を案じていたのだとわかる。

ただ、それに対してミラは──

（はて……しかしなにゆえにヘムドールは、わしの事をこれほど気にしておるのじゃろうか……）

と、首を傾げていた。

ヘムドールとは、かつて三神将関連のクエストでちょこっと会った程度のものだ。

当時、命を狙われていた彼を助けはした。よって彼にとってダンブルフは恩人にもあたるが、これの解決に携わったのはダンブルフのみではなくソロモンも含んだ九賢者全員。

加えて、最終的な決め手は彼の祖父であるウォーレンヴェルグであり、ダンブルフ達はその補助をしたに過ぎない。

彼にしてみたら、すれ違ったくらいの感覚のはずだ。だからこそヘムドールの心配ぶりに、ミラもまた驚いた様子である。

「ところで、そこまでわしの師匠を気にするとは、前に何かあったのじゃろうか？」

彼が、なぜダンブルフを気にしているのか。単純に気になったミラは、それこそただの好奇心を覗かせてその問いを口にした。

「おっと……そうか、すまない。そうだな、きっとダンブルフ様には些細な出来事だ。私について触れる事もなかっただろう。しかもその頃の私は……恥ずかしながらどうしようもない子供だったからね」

微かに苦笑を浮かべたヘムドールは、そんな言葉を口にして当時の出来事を語った。

とはいえ彼が話した内容については、当然ながらミラもまた把握している。

オズシュタインに潜入していた黒悪魔。狙われたヘムドール。共闘する三神将ウォーレンヴェルグとソロモン、そして九賢者。

特に黒悪魔との戦いや、そのためにとった作戦などはミラの方がずっと詳しいくらいだ。

ただ彼が伝えたかったところは、その先にあった。

「――と、そうして悪魔を打ち倒し、呪詛に苦しんでいた者達も解放された。けれど、めでたしめでたしとはいかない。そうなるまでに多数の犠牲が出ていたからだ……」

ヘムドールは語る。そうなってしまった全ての原因は、呆れるほどに愚かだった自分自身にあるのだと。

黒悪魔の暗躍。その狡猾さは知っての通り。

ゆえに彼は、いいように利用された立場でもあるのだ。

三神将の孫という立場を笠に着て、やりたい放題だった少年時代のヘムドール。

その愚かさと権力を利用するために近づいた黒悪魔。

その結果、引き起こされた大騒動。

全ての原因は、それを企てた黒悪魔にあるものの、まんまと利用されたヘムドールへの風当たりが強かったのもまた事実だ。

今の彼の努力とは別に、闘技大会にて観客達の目が冷たかったのは、そういった過去あってのものだろう。

「あの日に見た祖父とソロモン王、民のために尽力してくれた九賢者の方々の勇姿は、今でもこの目に焼き付いている――」

黒悪魔との激戦を繰り広げたウォーレンヴェルグとソロモン。街の防衛に回った九賢者。その姿は、彼にとって正しくヒーローだったそうだ。

そしてヘムドールは、その大騒動を経て、ようやく自分の愚かさに気が付いたのだと苦笑する。

「とはいえ、それこそ今更な状態だった。失ったものは、もう戻らないのだから」

あの頃は、どうしようもないほどに子供だった。そう口にしては、その目に後悔の念を浮かべるヘムドール。

彼は皆が黒悪魔の討伐を祝う中、そんな現実に打ちひしがれて隅の方で丸まり鬱々としていたと続ける。

だがミラは知っていた。彼が黒悪魔につけこまれた理由を。

「――じゃが、それもこれも、本当の友達が欲しかったから、じゃろ？」

それをミラが口にした瞬間、ヘムドールは驚いたように目を見開いた。

だがそれも当然か。その件について知るのは、ダンブルフしかいなかったからだ。

そしてミラは懺悔にも近い彼の話を聞いているうちに、それを思い出していた。ちょっとすれ違っただけではなかった、少年ヘムドールとの接点を。

「どうして、それを……」

ダンブルフにとっては、きっと些細な出来事の一つ。わざわざ語るほどの出会いではなかったはずだ。

そう思っていたからこそ、ヘムドールは、なぜそれを知っているのかと微かな期待をミラに寄せる。

「いやなに、ヘムドール殿の話を聞いて、師匠が話してくれた出来事を一つ思い出したのじゃよ。大勢に埋もれて孤独な少年がおった、とな」

ミラはどこか慰めるようにして、そう告げた。

当時の事。黒悪魔の討伐に沸いていた祝勝会の時。たんまりと褒美が貰えた事もあり、それはもう機嫌がよかったものだ。

何といっても、賢者のローブ用の素材としてずっと探していた天骸布が手に入ったのだから、その喜びといったらひとしおである。

そんな中で、ふと目に入った少年。

勝利に盛り上がる会場の隅。目につかないその場所でうずくまっていたその少年こそが、ヘムドールだった。

（思えばあの時は、浮かれ気分で話しかけたのじゃったな……）

こんなハッピーな時に何をどんよりしているんだい、といった絡み方だ。本来ならば鬱陶しい事この上なかっただろう。

「ダンブルフ様が、そのように……。ああ、私の事を話題にしてくださっていたのか……！　嬉しいが、愚かだった子供の頃の話となると、やはり恥ずかしくもあるな」

ダンブルフに覚えられていたのみならず、弟子にも話していたのかと喜ぶヘムドール。

彼は、あの時に話しかけられた事がどれだけ嬉しかった事か、その時に言われた言葉がどれだけ救いになったのかを語った。

自分のせいで大災害にまで発展してしまったと後悔していたヘムドール。それが原因で、大勢に迷惑をかけてしまったのだと思い悩んでいた。

また、そのように思っている者が大勢いる事も感じていた。

だがダンブルフは、そんな彼に対して何事もなかったかのように話しかけた。罵詈雑言ばかり受けていた彼は、そんなダンブルフの行動に初めは面食らったようだ。

そして優しく話しかけられたものだから、つい感情が爆発してしまったという。

酷い事をしてしまったという後悔と、友達が欲しかっただけという言い訳。少年ヘムドールはそれをわんわんと泣きながらダンブルフにぶつけたわけだ。

「ダンブルフ様は、そんな私の言葉を最後まで聞いてくれた。そして、今の私の指標となる言葉を下さったんだ」

その日の事を思い出しているのか。ヘムドールはそこで一度言葉を区切ると、どこか神にでも祈るかのように安らかな顔で続きを口にした。

「ならば、次は自分でどうにか出来るくらいに強くなれ。失敗は未来で取り返せばいい。今日は決着ではなく、始まりの日である。と、そう仰った後に笑ったんだ。本当ならば、私のしでかした過ちを罵っても当然な立場でありながら、ダンブルフ様は未来があると笑い飛ばしてみせた。その時に私は心の底から思った。ああ、私もこう在りたい、と」

そこまで語りきったヘムドールの目には、憧れと崇敬の念が浮かんでいた。

どうやら彼にとって、その時に交わした言葉は特別であり、ひしひしと感じるダンブルフへの想いの原点のようであった。

(強くなれなぞ、言うのは簡単じゃがのぅ。そう易々と強くなれるはずもないじゃろうに……わしもまた無責任な事を。しかし……あの時は浮かれておったからのぅ。ロールプレイに興が乗って、そんな適当な事を言っていたやもしれぬ……)

泣いていた彼に、何かしらの言葉をかけた事は覚えている。だが、その内容については覚えていなかったミラ。

けれど、何となくではあるが予想は出来た。

丁度そのくらいの時期だ。

今日は今日、明日は明日。痛みを知った今だからこそ、進める道もある。など、当時はまっていたドラマで出てきたそんな言葉を気に入っていた頃があった。

そしてダンブルフでいる時は、それっぽい言葉を口にしてロールプレイを楽しんでいたものである。

つまり少年ヘムドールを相手に、もうこれでもかというほどに演じていた可能性が高い。

それが現実となった今、ヘムドールは、そんな勢いだけで無責任感すらあるダンブルフの言葉を胸に、ここまでやってきてしまったというわけだ。

（……なんかすまぬ！　きっとその場のノリじゃったー！）

まさか人の人生を大きく変えてしまう事になるなんて。ミラは、その事実にうろたえながらも、どうにかそれが顔に出ないようにと堪える。

しかしそんなミラとは対照的に、どこか陶酔気味となったヘムドールの勢いは増していく。

「そこで私は心の中でダンブルフ様に誓ったんだ。祖父にも負けないくらい強くなって、今度はきっと守れる側になろうと、ね」

そう告げた彼の顔は、それはもう快晴の空よりも清々しくあった。

もはやダンブルフの言葉が、彼の人生に深く根付いているのだとはっきりわかるくらいの清々しさだ。

「ふ……ふむ、そうか。流石は師匠じゃな。お主――ヘムドール殿の事を伝えれば、きっと喜ぶじゃろう」

ミラは心の中に沸々と浮かぶ罪悪感を押し留めながら軽いノリだったという事実を隠し、彼が思い込む通りにヘムドールを思っての事だった方向に頭の中で切り替える。

「おお、ありがとうミラ殿！　では、どうしようもなかったこの私、ヘムドールを救ってくださった事。どれだけ感謝してもし足りないほどですと、是非ともお伝え願いたい！」

よほど嬉しかったのだろう。ミラの言葉を受けたヘムドールは、身を乗り出しながらそう迫った。

その熱意と情熱、そして内に宿る信念。何よりも今の彼の目に宿る実直さは、少年ヘムドールの頃とはもはや別人と言ってもいいほどだ。

まさか調子に乗った何気ない一言で、彼をこうも変えてしまったのかと責任を感じたミラは、その責任の重さから僅かに頬を引きつらせる。

と、その直後だ。

「お坊ちゃま、お下がりください」

そんな冷たい声と同時に、ヘムドールの身体がぐいっと椅子に引き戻されていったではないか。

思えば先程の状況は、興奮した顔で美少女に迫るおじさんとでもいったものだった。

だからだろう。いざという時は刺し違えてでも、などと言っていたメイドは、そんな接近すらもまた許さないようだ。実に見事な早業である。

「おっと、すまないミラ殿。ダンブルフ様に私の感謝を伝えられると思ったら、つい興奮してしまった」

「い……いや、構わぬ」

メイドと主人とは思えぬほどに豪快な戻しっぷりであったが、ヘムドールに気にした様子はなく、それどころか申し訳なさそうに頭を下げる。

きっと彼女は、世話役兼護衛も兼ねているのだろう。加えて彼の外聞が悪化したりしないようにも気を遣っているようだ。

何とヘムドール想いなメイドだろうと、ミラは二人の関係性に困惑しつつも、どこか微笑ましいと心の中で笑う。少年時代の彼ならば、きっと怒鳴り散らしていたであろうから。

「ともあれ、気持ちはしかと受け取った。お主の想いは、わしが責任をもって届けるとしよう」

ヘムドールという一人の男の人生を大きく変えてしまった。その件については色々と思うところはあるが、現状を見るに悪い方へ進んでしまったわけではない。むしろヘムドールは、あの頃からは考えられないほど立派な男に成長しているといっていいだろう。

また何よりも彼が巨獣騎兵団の軍団長という今の地位にまで上り詰めたのは、彼の努力のたまものだ。その一助になれたのなら、これは喜ばしい事である。ミラはかつての事を忘れて笑顔で答えた。

「と、そういえば先程、国家機密だと仰っていたが……つまりソロモン王もダンブルフ様については既にご存じという事か？　いや、それ以前に、実はエルダー消失事件が国ぐるみの策略か何かで、秘密の任務を遂行していたりなど……」

幾らかを話し終えたところで、ふとヘムドールがそのような事を言い出した。

国家機密。保身のため、身バレを回避するため。ダンブルフの事で追及されないようにと口にした言葉だが、裏を返せば国王であるソロモンは事態を把握しているという意味にもなる。

ただヘムドールは、その直後に「いや、すまない！　これは聞くべき事ではなかったな。忘れてくれ」と慌てて続けた。

実際のところ、こうしてダンブルフが存命である証拠のミラがいながら、ダンブルフの帰国が発表されていない今、そこに何かしらの思惑があるのではと疑問が浮かぶのは当然といえるだろう。

更にヘムドールは、そもそも九賢者がいなくなったという根本についてまで陰謀があったのではと考えたようだ。

とはいえ、流石にそれは考え過ぎというものである。

「いやはや、ソロモン王が知っておるのは確かじゃが、そこまで企ててはおらぬよ。むしろ、わしの師について知ったのは、ここ半年といったところじゃからな――」

下手に話を途切れさせて、そのままモヤモヤさせておくよりは、きっぱり言っておいた方がいい。そう判断したミラは、それと同時にちょっとした妙案を思いついた。

ソロモンの事について。今回の出会いは、彼が今悩んでいる問題について相当な手助けになるのではないかと。

「――ところでじゃな。そのあたりのあれやこれやについて、わしの師に対するお主の気持ちを信頼して、ちょいと話があるのじゃが……」

ミラは神妙な面持ちで、ずいっとヘムドールに顔を寄せる。

するとヘムドールもまた、そんなミラの表情と話の流れから、国家機密にも関係してくるかもしれない内容ではないかと察したようだ。

彼がちらりと目配せをすると、無言のまま頷いたメイドは、カバンからヘッドホンのようなものを取り出して装着した。

話は聞かない。だが退室はしないようだ。

それは、ヘムドールが馬鹿な事をしないように見張るため。ミラの身を守るために。

だが同時に、ある事ない事でっち上げられてヘムドールが濡れ衣を着せられないようにという意味合いもあった。


ミラが内緒でヘムドールに話した事。それは、来月に開催されるアルカイト王国の建国祭についてだった。

しかも伝えたのは、それだけではない。アルカイト王国にて、ここ数十年来の大ニュース。そう、建国祭にて一部の九賢者達の帰国が発表される予定である事も彼に教えたのだ。

「な、なんと……なんと、あのお方達が……!?」

まず最初にヘムドールの顔に浮かんだのは驚愕だった。そして続くようにして歓喜が現れ、そのまま狂喜にまで達した。

ヘムドールは崇敬の念をその目に溢れさせ、「素晴らしい！　何という事だ！　こんな日が来るなんて！」と、それはもう少年のようにはしゃいだ。

その様子を前に何事かとぎょっとするメイドだったが、ヘムドールはこの上なく喜んでいるだけだと伝わったようで、ほのかに微笑んでいた。

「とすると、もしやダンブルフ様もその時に!?」

大いに喜んだヘムドールは、はっと気づいて期待に満ちた目をミラに向ける。だが当然ながら、それは無理な話というものだ。

「いや、わしの師は、まだちょいと来られそうにないのでな。建国祭は見送りとなっておるのじゃよ」

「なんと……」

ミラは、ダンブルフとしてその場に立つ気はなかった。また、国としても困惑が大きいだろう。少なくとも今ではない。よってダンブルフの帰国は、当分お預けだ。そんな事を思い浮かべながら答えるミラ。

すると、舞い上がっていたヘムドールの勢いが急激に落ち込んだ。そのような意図はなかったものの、状況でいえば上げて落としたようなものである。彼の落胆も仕方がないというものだ。

とはいえ、元気でやっているというミラの言葉が効いたのか復活も早い。

「ところでじゃな。これを踏まえて、ちょいと相談があるのじゃが――」

少しヘムドールが平静に戻ったところを見計らい、いよいよミラは要点を口にした。建国祭について、そして九賢者の帰還について彼に話した理由。それは彼に建国祭への出席を検討してもらうためだ。

「──というわけでのぅ。今ソロモン王は、式典に誰を招待するかで難儀しておるようなのじゃよ。そこでちょいとばかし、考えてはもらえぬじゃろうか？」

ミラは、そこに秘めた魂胆まで包み隠さず告げた。他国への牽制のため、戦争抑止のためにも、三神国の威光を貸してほしいのだと。

「おお！　いやはや、そんな記念すべき場に参列出来るとなれば、私としては喜んで駆け付けたいほどに光栄な事だ！」

政治的利用だろうとなんだろうと何のその。むしろこの立場を利用してアルカイトの建国祭に行ける、九賢者の帰国を見届けられてラッキーだと喜ぶヘムドール。

「……しかし、本当に私などでいいのだろうか。もしかしたらミラ殿は知らないのかもしれないが、正直なところ私自身の評判となると、あまり好くない。こんな私が出席しては、むしろアルカイト王国に迷惑をかけてしまいかねないほどにだ」

一度は喜んだヘムドールだが、彼が抱える問題は相当に重いようだ。

嬉しい反面、ヘムドールは自身が背負う悪評がどのように影響してしまうかを心配し、その懸念を口にした。

九賢者の帰還。その知名度と数々の逸話、そして術士界に与えた影響から大陸中を巡る大ニュースになる事は間違いない。

また、ニュースの舞台となった建国祭についても同時に広まるだろう。そうすると、この大ニュースの見届け人となった建国祭の臨席者にも注目が集まるのは必至だ。

当然というべきか建国祭の進行において、これだけの大事を臨席者に説明しないはずがない。つまり、そこに揃った者達は、九賢者の帰還を祝うために集まったという見方もされるわけだ。

人によっては九賢者など物語の中の存在であり、特に若者世代にはピンとこない者などもいるだろう。

その指標となり得るのが、見届け人。強大な力を持つ大国、誰もが知る偉大な人物などが揃っているほど、事の大きさを理解しやすいというもの。

そして、だからこそ見届け人達が持つ印象も大事であった。

「ふむ……何やら客席の方でひそひそと囁かれておったアレじゃろう？　親の七光りだとか、特権で今の地位を無理矢理手に入れたとかいう」

その点においてヘムドールが持つ印象というのは、確かに好いものとは言い難い。ミラは、それについての噂は耳にしている。

その立場と名は、そこらの小国の王すらも凌駕するほどのビッグネームだ。影響力という面で見れば、大陸でもトップクラスと言えるだろう。

しかし、だからこそ彼の名と共に広まった悪評もまた、相応の影響を及ぼす事になるわけだ。

ミラが口にしたのは、その中でほんの一部だった。真偽といった部分を考慮しなければ、それこそ沢山の噂が大陸中を飛び交っている。

「ああ、そうだ。だからこそ、私などが出てしまったら迷惑をかけるだけになるかもしれない。個人的に大恩のあるアルカイト王国だ。それだけは避けたい」

この話を持ち掛けられた時、最初に見せたヘムドールの表情。きっとそれが彼の本心のはずだ。九賢者の帰還というサプライズ付きの建国祭。その招待客としての出席を、彼は心の底から喜んでいた。けれど今後にかかわってくるような重大な式典だからこそ、彼は感情を押し殺す。

ソロモンに、そして九賢者への恩を仇で返してしまうかもしれないと懸念して。

愚かだった少年時代から三十年以上経った今も、まだ当時の印象が残っている。だからこそ彼は、これまでの間、自国の式典にすらも出た事はないそうだ。

ヘムドールが慎重になるのも無理はない。特に過去を悔やみ、それを償っていこうとしているのならば尚更、その過去の事で自分自身のみならず、周りにまで悪影響を及ぼすわけにはいかないというものだ。

きっと、それが彼なりの覚悟なのだろう。

「ふむ、確かにヘムドール殿の言う事も一理ありじゃな……」

むしろ政治的観点から見れば、ヘムドールの方が状況を冷静に捉えられているとすら言えた。

そして、自身の利よりも相手側の立場を尊重するなど、少年時代の彼ならばあり得なかった事だ。

「じゃが、今後はわからぬぞ。今回の試合では負けたものの、決勝までは勝ち進んだじゃろう。しかもその間に、熟練の冒険者を打ち負かすばかりか、大陸中の犯罪者が震え上がる賞金稼ぎまでをも下したではないか。そこまでの活躍を見せたのじゃから、もうヘムドール殿の実力を誰もが思い知ったじゃろう。いずれ自然と、七光りだ特権だといった噂も消え去ると思うがのぅ」

かつてのやんちゃぶりもそうだが、中でも一番観客達の野次が多かった部分が、その家柄などに関係するところだった。

どこの世界も、上流階級、特権階級といったものへの反発心は強いようだ。少しでも優位に立って責められる大義名分があれば、言わずにはいられない。それが人の心理というものである。

だが今回ヘムドールは、祖父の力ではなく己の実力で以て巨獣騎兵団の軍団長に選ばれたのだと証明してみせた。

彼が試合で見せた強さは、その立場に相応しいと誰もが思い知るほどに鮮烈だったからだ。

「そ……そう、だろうか？　優勝は逃してしまったが……」

これまでに相当な努力を重ねてきたからだろう。ヘムドールは、強さにおいてはそれなりに自信があるようだ。ゆえにミラの言葉を受けて、その目にどこか期待するような色を浮かべる。

「うむ、自信を持ってよい。精霊女王と呼ばれておる、このわしが保証しよう！　しかも決勝では、あの大陸最大規模を誇るギルド、エカルラートカリヨンの団長を相手に、あれほどの戦いを繰り広げたではないか。わしもキメラクローゼンとの決戦の折から、かの団長セロとは知り合いでのぅ。その強さもそれなりに把握しておる。あの者の強さは、そこらの冒険者の比ではない。負けたからといって弱いなどと、あの試合を見た後に言える者などおらぬよ」

少なくとも自分の目には、オズシュタインを背負って立つヘムドールの未来像が見えた。と、そのように締めくくったミラ。

するとヘムドールは、あからさまとも言えるほどの喜びをその顔に浮かべた。しかし次の瞬間に「私としては是非ともと答えたいのだが……」と、悩ましげに目を閉じた。

そう上手く行く保証などないとわかっているからだ。

実際のところ、冷静かつ現実的なのはヘムドールだ。ミラは彼がダンブルフ派と知った事もあり、少々熱くなり過ぎているきらいがある。

「……ならばこうしようか――」

ヘムドールの態度を鑑みて幾らか冷静さを取り戻したミラは、そこで一つの案を提示した。

その案とは――

「――発表予定の九賢者らの過半数が希望すれば、参加してもらう。これでどうじゃろう？」

当日の主役となる九賢者達の判断に委ねる。それがミラの思いついた方法であった。

ヘムドールが憧れるダンブルフと同列の九賢者達。また彼にとっては、ダンブルフと同じくらいに恩のある者達だ。

「九賢者の皆様方の判断……。わかった、もしも私に許可をくださるのならば、その時は喜んで祝賀の末席に並ばせていただこう！　そして、それが叶った暁には、必ずや九賢者様方を見届けるに相応しかったと思われるよう、精進していくと誓おうではないか！」

そんな面々が出席を求めてくれるのなら断る理由などない。それどころか、噂も過去も払拭するほどに立派なオズシュタインの将になってみせると、ヘムドールは決意を胸に答えた。

そのようにして、アルカイト王国の建国祭についての話はまとまった。

それから少々の雑談を交えたミラとヘムドール。そして幾らか過ぎたところで、そろそろ戻る時間だと彼のお付きのメイドが告げた。

「――おお、そういえば、これは単なる興味なのじゃが。試合の時は師匠から聞いていた話とは別人なほどの強さで驚かされた。ヘムドール殿は、どのような特訓を積んできたのじゃろうか」

今日はお開きだと立ち上がったところで、ミラはふと気になっていた事について問うた。

かつての、あの強いのは権力だけだったヘムドール少年が、何をどうしてどうやればセロとあれほどの戦いを繰り広げられるまでに成長するというのか。

そんな、単純な興味だ。

それに対するヘムドールは、少しばかりばつが悪そうに苦笑を浮かべながらも、その理由を口にした。

「ああ、強くなりたいと言ったら、祖父が喜んでくれてね。毎日稽古をつけてくれたんだ」

「なんと……」

彼の強さの大本。それはまさかの三神将直々による稽古であった。

孫に甘過ぎたウォーレンヴェルグの様子が脳裏に浮かんでくるようだと、絶句するミラ。同時に、それはもう当然強くなるはずだと大いに納得した。

さりげなく特権階級ぶりを聞かされたミラは、その事はあまり他で言わない方がいいかもしれないと彼に助言して、別れの挨拶に代えるのだった。

## 〈30〉

ヘムドールと別れた後、ミラは闘技場内の関係者用通路を進んでいた。

素晴らしい解説だったとスタッフに褒められては、「お疲れ様じゃ」と良い気になりながらすれ違うミラ。

その途中の事だ。見覚えのある顔が、ぞろぞろと集まっていく部屋が目に入った。

そして見覚えがある理由は、その者達が闘技大会の各部門にて入賞していたからだ。

「ほう、別の場所でとは聞いておったが、ここだったのじゃな」

部屋の扉の脇には『賞品贈呈式場』の文字。そう、この部屋にて各賞品や賞金などの正式な贈呈が行われるというわけだ。

ちらりと部屋を覗いてみると、アルマの他にも、見た目からしてやんごとなさそうな者達が揃って並んでいる。

なお、少し探したらメイリン——もといプリピュアもいた。

ただ、こういった場は苦手なメイリンである。抜け出さないようにするためか、その傍にはエスメラルダの姿もあった。

大会の主催側としては、目玉である無差別級覇者が不在の贈呈式は何が何でも回避したいのだろう。

エスメラルダが手にしているのは、ミラもまた羨むようなスイーツばかりだ。

(なんて理不尽なのじゃろうな……！)

主催側からの出場拒否により出たくても出られなかった闘技大会の賞品贈呈式にあるのは、軽食やスイーツが揃う魅惑のテーブル。そして、出場していれば手に出来たかもしれない豪華な賞品の数々。

それらを前にしたミラは、こんなところで見ていても虚しくなるだけだと目を逸らし、その場から逃げるように立ち去った。

と、その直後の事だ――。

「え!?」

戸惑うような、だがそれでいて仰天したような声が不意に前方から聞こえてきたのだ。

いったい何がどうしたのかと、ミラもまたほぼ反射的に、その声がした方向へと目を向けた。

すると、そこには一人の男がいた。しかも見覚えのある男、というよりは知り合いの男。無差別級準優勝者であるトムドッグ――最強のプレイヤーキラー、レヴィアードだ。

先程の声の主は、彼のようだ。そしてそんな彼は何事か、目を見開いたままミラの事を見つめていた。

もしや、この可憐過ぎる少女に一目惚れしてしまったのだろうか。

最近、そういった視線が増えていると感じていたミラは、とはいえこれだけ可愛いのだから仕方がないと心の中で笑う。

（じゃが、なんというか、あれはいったいどういった顔じゃ……？）

彼とは趣味が合う事もあった。ゆえに惚れられるのはわかるのだが、よくよく見たところ、むしろレヴィアードは突如幽霊にでも出くわしたといった顔をしているではないか。

そして彼はそんな顔をしながらも、じっと観察するように、何かを確かめでもしているかのようにミラの事を見据えていた。

（何を考えておるのかはわからぬが……嫌な予感がするのぅ……！）

彼が声を上げた理由。そして今、こうして見つめてきている事にどういった意味があるのかは不明だ。

しかしながら、レヴィアードは何だかんだで顔見知りである。下手に反応したり言葉を交わしたりした場合、ダンブルフだと気づかれてしまう恐れがあった。

これまでに積み上げてきたダンブルフ像を崩さないため。もはや既にあってないようなものだが未だそれに縋るミラは、そそくさとその場を立ち去る事に決めた。

そうして気にしていませんよといった態度で、すたすたと歩いてすれ違おうとしたところ。

「あ、ミラさん……だっけ？　ちょっとだけ話をしたいんだけど、いいかな？」

まさかレヴィアードの方から話しかけてきたではないか。

その瞬間、ミラは立ち止まった。聞こえないふりをするという手も考えたが、この場ではどう考えても不自然だと判断したからだ。

とはいえ、話をするのもまずい。

「すまぬが、ちょいとばかし急ぎの用事が残っておってな――」

結果ミラは、最低限の言葉だけでその場を切り抜けようと考えた。急ぎの用事があると言えば、たいていはやり過ごせるものだ。

だがそれは、面倒事を断るために使い古された常套句でもあった。だからこそ、相手には別の意味で伝わってしまう事もある。

そう、面倒事や、しつこい勧誘、そしてナンパ等から逃れようとしている、といった具合に。

今回レヴィアードは、ミラの態度や言葉、場の状況などを鑑みた事で、その言葉をそのように受け取ったようだ。

「あ、待って。そうじゃないんだ。えっと、もう、忘れちゃったかもだけどさ。俺だよ、レヴィアード。で、ミラさんは……ダンブルフさん、だよね――」

慌てたように弁明したかと思えば、懐かしむかのように自身の正体を明かし、更にはミラの正体までも声にしたではないか。

直後、ミラは大急ぎでレヴィアードの口を塞ぎ「うむ、確かにダンブルフの弟子じゃが、なるべく秘密じゃよ！」と大き目に声を上げた。

なお、素早く周囲を確認したところ、レヴィアードの声を聞いていた者はいなそうで、ミラはほっと胸を撫で下ろす。

ただ次の瞬間にミラは小さく、それでいて声を荒らげながら言った。

「馬鹿者が！　こんなところでその名を口にするでない！」

それは、わざわざトムドッグなどという偽名を使っているのだから、そのくらい察しろとでもいうような言い方だ。

そして彼もまた同じような立場にあるためか察してくれたようだ。しまったといった表情を浮かべる。

「あ、そうだった。ごめんごめん。俺もそうだけど、ダ……ミラさんもか。聞かれちゃまずかったね。何かもう突然会えたのが嬉しくて、そのあたり考えられてなかったよ」

反省した顔のレヴィアードは今一度周辺を確認してから、ひそひそ声で、そんな言葉を口にした。

彼の事である。人一倍注意はしていたのであろう。だが、そんな普段の事を忘れてしまう程に、この再会を喜んでいたわけだ。

確かに、旧友と出会えたのは喜ばしい。ミラもまた気持ちはわかると、それ以上に何かを言う事はなかった。

だが、一つだけ気になる事がある。

「わかってくれたのならよい。じゃが、そもそも、なぜわしじゃと気付いた？」

単純な疑問だ。元プレイヤーならば、《調べる》だけで相手も元プレイヤーであると直ぐにわかる。

だが、わかるのはそれだけだ。誰かまでは見抜けない。ミラのように大きく姿が変わっていた場合、見ただけでそれを判断するのは至難の業だろう。

けれどレヴィアードは、ミラがダンブルフであると確信した様子だった。

その根拠は、いったい何か。場合によっては、今後、保身のために知り合いとの接触を極力避ける必要も出てくる。

「ああ、それはアレだよ。《特定観測》っていう技能によるものだ。注意して記憶した対象が近くに来たら反応出来るようになっている。それで昔は、よく俺に付き合ってくれていた事があったよね？しかも不意打ちばかり仕掛けてきて。だから記憶していたんだ。するとさっき、その時と同じ気配を感じてびっくりしたよ。しかも、もしかしてと見てみたら女の子がいて二度びっくりさ」

レヴィアードは、そうひそひそ声で真相を明かしてくれた。

そしてミラは、その答えになるほどなと苦笑する。

ゲーム時代の事。ミラはプレイヤーキラーであるレヴィアードと友人関係にあった。

切っ掛けは、キルを狙ったレヴィアードの襲撃だったが、その戦いの中で二人は気づいたのだ。互いにゲームを、楽・し・ん・で・い・る・と。

ほぼ全てのプレイヤーを震え上がらせた事で知られる、プレイヤーキラーのレヴィアード。だが現在の彼を見てわかるように、その実態は、なんて事のない普通の青年である。

というのも、プレイヤーキラーと一言でいっても、そのタイプは幾つかあるものだ。

稼ぐための手段と割り切っているタイプ。単純に対人戦が好きだったりするタイプ。また、優越感に浸りたいタイプ、弱い者いじめや嫌がらせが好きだったりするタイプ。

そして、悪人のロールプレイに徹するタイプなどだ。

レヴィアードは、まさにロールプレイ勢の筆頭ともいえる人物であった。

プレイヤー達の間に、ほどよい緊張感を与え、更には仲間とのチームワークの大切さというのを強く知らしめた。

特に五人の『名も無き四十八将軍(ネームレスライン)』と彼が繰り広げた死闘は、見事なまでの正義と悪の対比であり、プレイヤー達の間で語り継がれる伝説となったものだ。

そんなロールプレイに徹していたレヴィアードだ。同じくロールプレイに拘りのあったダンブルフと、馬が合わないはずもない。

(何とも懐かしいのぅ……。途中から不意打ちが通じなくなったのは、そういう技能があったからじゃったのか)

出会ってから互いを知り友となっては、色々と設定を考えて対戦を楽しんだ二人。

中でも特にお気に入りだったのが、『かつて伝説の暗殺者と呼ばれた男レヴィアード――もといアルタイルと、そんな裏切りの暗殺者を粛清しにきた組織のボス、ダンブルフ――もといベガ』という設定だ。

どこぞの街や店、通りや広場などで芝居がかった会話と共に対戦を始めるのである。

はて、そういえばあの時の黒装束は、どこにしまっておいただろうか。と、そんな事を思い出していたところだ――。

「あの、トムドッグ選手。そろそろ始めたいのですが、よろしいでしょうか？」

廊下で立ち話をしていた二人のところに、大会の係員がやってきて声をかけてきたのだ。

見てみると、贈呈式場には既に各部門の受賞者達が揃っていた。残るは、無差別級準優勝者であるトムドッグの席だけだ。

「あっと、そうだった。でも折角会えたんだから、今度ゆっくり話そう」

このまま話をしたいが、あれだけの人数をこれ以上待たせるわけにもいかない。そう判断したレヴィアードは、また今度と言って式場に向かった。

「うむ、今度は落ち着いた時にでものぅ」

ミラは、レヴィアードの背に向かって答える。

出会う前までは保身のためその気などなかったのだが、もう正体がバレてしまったのなら問題ない。というよりはしっかりと彼に言い訳を刷り込まないといけないからだ。

「ふむ、何やらこれまで以上に忙しそうじゃのぅ」

王城で迎えた朝。廊下を行くミラは、城内を観察しつつ独りごちた。

闘技大会の全日程は、昨日をもって終了。数ヶ月にも亘って続いたお祭りは、終わってしまった。

それでいて城の者達は、実に慌ただしく働いている。それは作業が祭りの運営から後処理と撤去に移っただけだからだ。

とはいえ、そんな内情など気にもしないミラは、朝からご苦労な事だと見送りながら今日の予定について考える。

(さて、まずはヘムドールの件じゃな)

――昨日の夜の事。城の一室にて闘技大会無事完了の祝勝会も終わったところで、さらりと決まった事だ。

その場にいたのは、いつものメンバー。アルマとエスメラルダ、ノイン。ゴットフリート達と、九賢者にイリスだ。

途中、眠くなったイリスをエスメラルダが部屋に連れて行ったあたりで、ミラはそういえばと、その話題を口にした。アルカイト王国の建国祭についてだ。

そして、ソロモンが招待客について悩んでいたという件を告げた後、ヘムドールを招待するのはどうかと皆に話す。

ヘムドールは九賢者に憧れて心を入れ替え、努力して今の力を身に付けて、更には猛者達の集う特別トーナメントにて準優勝にまで輝いた。そんな彼ならば適任なのではないかと。

「まさかそんなふうに思ってくれていたとは、頑張った甲斐があったってもんだな！　俺は賛成だ！」

「試合見てたヨ。わたしも戦ってみたいネ！」

その話に感動を示したラストラーダ。またメイリンも、チャンスがあれば手合わせしてみたいと彼を評価する。

「やっぱり正真正銘の本人だったのか。なら、問題ないだろ。にしても、あれだけの大国だ。俺の知らない死霊術でも秘匿しているんじゃないかと思ったんだが……残念だな」

今のヘムドールと少年時代のヘムドールは、ソウルハウルの言う通り、まったくの別人であるといっても過言ではないほどの変わりっぷりだ。

ソウルハウルは、厄介になったヘムドールをどうこうした後、特殊な死霊術でもって都合のいいように操っているのでは、などと考えていたらしい。

「その発想が恐ろしいわい……」

彼の事だ。そういった研究もしていそうだからこそ、より恐ろしいというものである。

「私も、いいと思う。噂は所詮噂だし、今日の事がいい証拠になるでしょ」

大陸中の情報を集められる五十鈴連盟。集めた中には彼の噂なども幾つかあるそうだ。

それらにはいい噂などなかったが、今日の試合を見ればヘムドールが今の立場に相応しいだけの努力を積み重ねてきたのだとはっきりわかる。噂はただの噂に過ぎなかったと言い切るカグラ。

ゆえに、きっと大丈夫との事だ。

また、それならばとルミナリアも同意。

アルテシアも、あの時の男の子が――と、それはもうヘムドールの努力を称賛し、もちろんと頷いた。

そうして満場一致で、ヘムドールの招待が決定したわけだ。

その後ミラは、ニルヴァーナの通信室を借りてソロモンに、この件を伝えた。

『うっそ……!? あのお孫さん!? え……どうしてそんな大物が出てきたの!?』

第一に返ってきたのは、驚愕だ。

ヘムドール自身は過去の自分を省みて驚くほど謙虚になっているが、かといって彼が持つ権威は健在のまま。

むしろ頭を下げてお願いをするような相手のはずが、なぜそのような状況になっているのかと、ソロモンが次に浮かべたのは困惑だった。

とはいえ、ヘムドールがそれでいいと言うのなら、いいのだろう。

ミラの話を聞いたソロモンは、深く考える事を止めて『わかったよ、ありがとう』と答えた。

悪い噂はあれど、今は闘技大会にて真の実力を見せつけたという絶好のタイミングだ。

これを観戦していた者の中には、大陸各国の主賓クラスも多い。なればこそ話題性も高いとソロモンは嬉しそうだ。心して招待状を送ると約束してくれた。

「今日も忙しくなりそうじゃな！」

ヘムドールにその事を伝えたら、次はレヴィアードだ。

そのように今日の予定を決めたミラは、まず朝飯だと食堂に向かうのだった。

# 〈31〉

皆で朝食を過ごした後、暫くの間のんびりと談笑する。

些細で長閑な、ほんのひと時。そして同時に、別れの時間でもあった。

「それじゃあ、またね。文香姉さん……」

「あらあら、またすぐに建国祭で会えるでしょ」

義理とはいえ、唯一本当の家族であるアルマとアルテシア。

よほど大好きなのだろう。ぎゅっと抱き着いて離れないアルマと、それを優しく受け止めるアルテシア。

女王らしからぬ行動、加えて今日の業務が山積みであるものの、今回エスメラルダは途中で口を出す事をしなかった。

今回はアルマが満足するまで好きにさせるつもりのようだ。

ただそれでいて重要な業務のやり取りも怠らない。

「――と、そんな感じでいい？　アルマったらカグラちゃんの凄さを知ったら、もう戻れないって言うから」

「まあ、大丈夫だと思いますよ。これからはアルカイトの方で落ち着く予定ですから、連絡いただければピー助飛ばしますので」

「ほんと、凄いわねぇ。ありがとう、カグラちゃん！　今度、ピー助ちゃん専用の入口を作っておくわ！」

それは、カグラの専売特許である自白の術のレンタルについての約束だった。

対象から正確な情報を引き出すというのは、本来ならば一筋縄ではいかない案件だ。

場合によっては、それこそ苦痛を伴うような方法まで用いられる事もあり、それらを執行する立場にあるアルマは、これに長い間苦しんでいた。

そこに燦然と現れたのがカグラである。情報を容赦なく洗いざらい引き出せるばかりか、非人道的な手段は一切必要ないときたものだ。

それゆえの九賢者出張契約である。

なお、当然ながらこの件は機密事項だ。


「じゃあ、また今度。次までに、必殺技をどれだけ増やせるかで勝負だな」

「ああ、いいぜ。勝負だ！」

ラストラーダとゴットフリートは、そんな暑苦しそうな約束を交わしていた。

だが、到底この二人でしか通じ合えないように思えるやり取りに興味を持つ者が一人。

「それ、なんだか面白そうヨ、わたしも勝負したいネ！」

メイリンだ。勝負事というのもあるが、彼女もまた必殺技というものには人一倍の関心があるようだ。

特に公爵級黒悪魔アスタロト戦で二人が見せた必殺技の数々に、それはもう興奮したという。

「これは強敵だな！」

油断ならないライバルが現れたと、実に楽しそうなラストラーダ。

「メイリンちゃんか、いいぜ、相手に不足無しだ！」

ゴットフリートも面白そうだと笑う。だがそれだけでは終わらない。

「あ、ヴァレンティンも色々と必殺技あったよな！　じゃあ、勝負しようぜ！」

そういえばと思い出したような顔で振り向き、我関せずといった態度のヴァレンティンを全力で誘ったのだ。

「ああ、そういえばそうだったな！」

「黒(くろ)さんの必殺技、カッコいいのいっぱいだったネ！」

かつてのヴァレンティンといえば、その辺りも存分に嗜(たしな)んでいたものだ。

「いえいえ、今はまったくですからね。やりませんよ⁉」

当たり前のように引き入れようとするゴットフリート達に、全力で否定するヴァレンティン。

けれど三人には彼の意見を聞く気がないようだ。四人の内のだれが最強の必殺技使いか勝負だと勝手に盛り上がっていった。

「――へぇ、これは研究し甲斐がありそうだな。礼を言う」

「私も、ありがとう。いっぱい勉強出来そう」

ソウルハウルとエリュミーゼは、互いの研究成果を交換し合ったようだ。

多岐に亘るソウルハウルの研究内容は、極めて複雑ながら無数の可能性に満ちたもの。習得出来れば、限界の先に続く新たな道を見出せるかもしれない。

一点のみに特化したエリュミーゼの研究内容は、その点において更に深い造詣を得られるはずだ。実に有意義な情報だったと告げるソウルハウル。エリュミーゼはというと、少し照れながらも嬉しそうだった。

「さて、今日で最後という事で、これをやろう」

「な……!?　おい!?」

皆と違い、どこかひっそりとしたやり取りをするのは、ルミナリアとノインだ。

しかもこの時この瞬間、ルミナリアがとっておきだと取り出したのは、またもやミラの下着写真だった。

リリィ達が衣装制作のためにと撮影し保管してあった稀少な一枚である。

それを目にした瞬間、ノインの感情ゲージは一気に臨界を突破した。

欲しい。それが彼の脳裏に浮かんだ心からの声だ。

「馬鹿を言うな。そんなもの貰ったところで処分に困るだけだ」

けれどノインは、強靭な理性によって本能をねじ伏せた。そこはもうこれ以上踏み越えてはいけないラインであると自身に言い聞かせて。

「なんだそうか。欲しいかと思って用意したのに残念だな」

ここでルミナリアが仕掛けた。

今までならば、でも好きなんだろうと強引に渡していたところだが、ここで引くという手段に出たのだ。

するとどうだ。その術中に見事に嵌まったではないか。口では断固拒否しながらも、ノインの目はルミナリアが引っ込めた写真を未練がましく追っていた。

「――――っ！」

それは、完全な無意識だった。ノインの中には、理性にすら従わない根源的本能が潜んでいたのである。

その無意識な行動に気付いて咄嗟に顔を背けたノインであったが、時すでに遅し。

それはもう満面の笑みで「まったく、意地っ張りだな」と、にまにましながらノインの懐に写真を忍ばせるルミナリア。

ノインは一切の抵抗も出来ず、それでいて心の中では『ありがとう』とすら応えてしまうのだった。

「ありがとうございました、ミラさん、シャルウィナさん、団員一号さん！　とっても楽しかったです！　いっぱいお友達が出来たみたいで、とっても嬉しかったです！」

顔をくしゃくしゃにしながら、どこか子供っぽく、それでいて心からのありがとうを口にするのは、イリスだ。

今日をもって、ミラもまたイリスの部屋を出ていく。そしてイリス本人の希望もあって、彼女はこの日を境に厳重で一人ぼっちのあの部屋を出て段階的に周囲と馴染み、男性恐怖症を克服していく予定だ。

それに伴い人との交流が増えるのは確かだが、流石に部屋の大きさは小さくなる。これまで通りには暮らせない。

だからこそ、今日は新たな始まりの日でもあるのだ。

「出来たみたいではないですにゃあ。小生達は、もうずっ友ですにゃあ！」

もらい泣きどころではなく、こちらもまた大号泣している団員一号。余程友情を深める事が出来たのだろう、ひしりと抱き合う姿は青春ドラマの一ページのようである……が、やはり猫だけあってどことなくメルヘンチックだ。

「私も楽しかったです。こんなに趣味が合って話も合うなんて、初めてでした。だから私達はもうお友達――……いえ、親友だと思います！」

こちらもまた別れを惜しむように、それでいて初めての親友が出来たと嬉しそうに宣言するシャルウィナ。

アルフィナ達は闘技大会終了日に帰還していたが、唯一シャルウィナだけはギリギリの今日まで残っていた。彼女にとっても、イリスは特別な親友になったようだ。

「ジャルヴィナざーん！」

それを聞いたイリスは、更に感極まったように涙を浮かべてシャルウィナに飛びついた。

そしてがっしりと抱き合うイリスとシャルウィナ。その様子は、それこそ正真正銘の青春ど真ん中であった……が、そんな二人に挟まれて苦悶の表情を浮かべる団員一号のせいで、絵面は台無しだ。

「大変かもしれぬが、元気に頑張るのじゃよ」

ミラは最後まで色々と騒がしいイリスの頭をそっと撫でつけながら、彼女の今後を祈る。幸多からんようにと。


と、そのように各々が別れの挨拶を交わす中、どの輪にも入れずにいる者が一人いた。

サイゾーだ。

「特に今は隠遁(いんとん)しておらぬが……これも人望でござろうか……」

思えば、武具の手入れだとか忍具の試しなどばかりしていたサイゾー。特に誰かと最後に話すような話題もなく、今もまた趣味で集めた個人製作の術具を確認しながら、それぞれの別れが終わるのを

待っていた。

と、そんな彼に歩み寄る者が一人。

「相変わらず、よくわからない術具が好きなのじゃな」

どこか呆れながら、それでいて興味深げに声をかけたのはミラだった。次に大会が開催された時は、また皆でコスプレしたいなどとイリス達が白熱し始めたため逃げてきたのだ。

竈（かまど）に火をつけるものから、魔獣すらも消し炭にするものまで。術具というのは、実に多種多様である。

中でも個人製作の術具は、特徴的なものが多い。そしてこれらを製作している者は、やはり奇人変人が多い。

それは既存の概念に囚われず自由な発想によって独創的な効果を発揮する、他に類を見ない術具ばかりだ。

ワインを水に変える、聞こえる音が全てカエルの声になる、エロティックな夢を見られる、目が回らなくなるが効果が切れたら尋常じゃなく目が回る、など。

どういう意味があるのか、どんな役に立つのかわからないものがほとんどだった。

ただ、そういった面白おかしさに惹かれる好事家というのも存在する。

その一人が、サイゾーだ。

「このよくわからない感が、また面白いのでござるよ」

言うなり一つの術具を発動させるサイゾー。

そして水筒を取り出して、その中身を術具の上に注いでいった。

するとどうだ。注がれた水は術具の上から零れ落ちる事無く、それどころか水玉となって浮かんだではないか。

「ほぅ、これまた凄いが……どう使えるものかのぅ」

実践的、実用的な術具を好むミラだが、こういったお遊びもまた嫌いではなかった。とはいえ、いったい何の役に立つのだろうか。

なおサイゾーの説明によると、これはただ液体を浮かせて留めておくだけの術具との事だ。

少し考えてみると、アクアリウム的な使い方が出来るかもしれないと思いつくが、既にサイゾーが実験済みらしい。見事に小魚が飛び出して行ってしまったそうだ。

「――ちなみに、今拙者が一番に考えているのは、薬物の精製でござるよ」

謎の効果の術具の効果的な活用法。それを考える事もまた好きなようだ。ものによっては、意外と便利に化ける術具などもあるのだと、それはもう楽しげに語る。

「ほぅ、なるほどのぅ。それは確かに可能性じゃな！」

サイゾーが提案した使い方に、ミラもまた可能性を見出す。そして、ああだこうだと話が弾んでいった。

と、そのようにして楽しげに会話するミラとサイゾーを見つめる者が一人。

（あんなに楽しそうに……。いや、違う！　誰と話していたって――……あああっ！）

ノインだ。仲良さげな二人の様子に嫉妬しては、なぜこんな気持ちが湧いてくるのかと心の中で悶絶する。

その傍らではルミナリアが、少し焚き付け過ぎてしまっただろうかと苦笑していた。

アトランティスの将軍三人は、飛空場に到着していた迎えの飛空船に乗って帰っていった。

何でも将軍専用の飛空船だそうで、小型ながらも通常の型の倍は速いそうだ。

アトランティスとニルヴァーナはアーク大陸の最北端と最南端に位置するが、今日中には国に帰れてしまうとの事だ。

流石は将軍専用機、そしてプレイヤー最大国家の科学力である。

なお、『アイゼンファルドを喚べれば、わしの方がもっと早く着けるがのぅ』というのは、対抗心を燃やしたミラの心の声だ。

アルテシアとラストラーダは当然ながら来た時と同様、孤児院の子供達と一緒に帰国する予定だ。

となれば、その送迎にはニルヴァーナの飛空船が使われる。ソウルハウルとルミナリアもまた、これに同乗していくとの事だ。

そして肝心のメイリンだが、彼女もこの飛空船にて帰国する事となった。全て任せてくれていいとは、アルテシアの言葉である。

言葉通り、彼女に任せれば万が一にもメイリンが逃げるなんて事態は起こらないだろう。

カグラはというと、そのフットワークの軽さが羨ましいほどだ。別れが済むなり、そのまま式神と入れ替わりあっという間に遠くへと帰っていった。

彼女が天使のティリエルと共に行っていた各地の鬼の棺の調査とやらは、もう終わったそうだ。更には今後、何かが起きないように監視用の術式も仕込んだという。

後は五十鈴連盟の引継ぎや、細々とした処理を残すのみらしい。それらが片付いたところで、遂に帰国出来るとの事。建国祭には十分に間に合うそうだ。

ヴァレンティンも同様、挨拶を終えたらそのまま転移で組織の拠点へと戻ったようだ。

ここ最近の出来事に黒悪魔が関係したものが多かったとあってか、組織は研究調査でかなり忙しいそうだ。

「さて、わしも行くとするかのぅ！」

別れの挨拶を済ませたミラは、いよいよニルヴァーナ城を後にする。

そこそこの期間を過ごした巨大な城。最後に大きく仰ぎ見てから、いざさらばと踏み出すのだった。

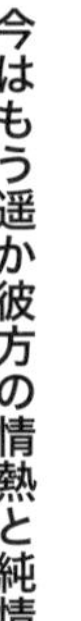

# 〈EX〉今はもう遥か彼方の情熱と純情

それは、イリスの部屋でお泊まり会をした日の事だ。

その日はミラのみならずアルマとエスメラルダに加え、カグラとメイリンにエリュミーゼ、更にはルミナリアまでも一緒に泊まる事になった。

大好きな皆に加え激動の時代の英雄まで集結とあって、イリスもずっと大はしゃぎだ。

当時の大きな出来事は、その多くが物語として本になっている。そしてそれらの本は全てイリスの図書室に揃えられており、本が大好きなイリスは当然全て読破済みだ。

だからこそ彼女の好奇心は、夜遅くまで続いた。

そうして深夜。騒ぎ疲れたイリスが眠り、また皆も明日に備えて眠りに就いてから暫くした頃。

「んー……便所……」

ふと催して目覚めたミラは、そのままふらりと立ち上がりトイレに向かい用を足した。

そしてベッドに戻ろうかと廊下を歩いていたところで、ふとそれが目に入る。

「む？　明かりを消し忘れておったか？」

正面の階段上から、仄かに光が零れているのが見えたのだ。

その階段を上がった先にあるのは、イリスの図書室。こんな夜中に明かりを付けておく必要などない場所だ。

「仕方がないのぅ」

貧乏性気味なミラは、ちゃんと消しておいてやろうと階段を上がり図書室に向かった。

「……ん？」

照明のスイッチがある図書室の入り口。そこまでやってきたミラは、スイッチを切ろうとしたところでそれに気づく。

何やら図書室の奥から気配を感じたのだ。そして、はて気のせいかと《生体感知》で探ってみたところ、そこに誰かがいるとわかる。

（ふーむ、シャルウィナは大人しくしておるようじゃからのぅ……）

最も可能性の高いシャルウィナは、ちゃんと寝室にいると把握出来ている。

ただ、こんな時間になっても本を読んでいるのだろう、まだ寝てはいないようだ。

寝室に戻ったら、早く寝るように言っておこう。と、そんな事を考えながら、再び図書室の方へと意識を向ける。

ならばこんな夜中に図書室にいるのは何者か。気になったミラは、その気配のある場所まで忍び足で近づいていった。

「――ここにもないなぁ」

覗き込んで確認して判明する。その正体は、ルミナリアであった。何か探し物でもしていたのか、本棚をじっくり見つめていた彼女は、そう呟きため息を零していた。

ともあれ、こんな時間にこそこそと何を探しているというのか。

「おい、こんな時間に何をしておる」

気になったミラは、そのままこっそり見張るなんて事はせず堂々とルミナリアに問いかけた。夜も遅いため、最短で答えを求めたのだ。

「おわぁっと!?」

対するルミナリアはというと、急に声をかけられたからか、それとも何か後ろめたい事でもあったからか、跳び上がるくらいに声を上げて驚いた。

「って、なんだミラたんか。まったく驚かせないでくれよ」

だがその顔に動揺を見せたのも束の間。ルミナリアはミラの姿を目にするなり、安堵のため息を漏らした。

「なんじゃ、なんじゃ。わしでなければ、まずかったみたいな反応じゃな」

その態度から推察したミラは、更に深く問いただすようににじり寄っていく。

「まあ、ちょっとな……」

どうやら、その通りだったらしい。ルミナリアは苦笑気味に答える。

「して、何をしておった?」

こんな夜遅くに図書室でルミナリアは何をしていたというのか。自分以外に知られたらまずい事とは何か。あれこれ探るのは面倒だと、ミラは直ぐ核心に触れた。

「実は……前からずっと探している本があるんだよ」

観念したというよりは、まあいいかといった顔で理由を口にするルミナリア。むしろその目には、一緒に探してほしいという要望すら浮かんでいる。

「本か。それならば、だいたいの本は揃っておるという話じゃが、いったいどんな本を探しておった？　シャルウィナに手伝ってもらうか？」

イリスの図書室の蔵書量は並大抵ではない。余程の稀覯本でなければ、どこかにあるはずだ。とはいえそれだけの量があれば、探すのも一苦労。ゆえにミラは流石にイリスを起こす事は出来ないが、代わりに夜更かし中のシャルウィナがいると提案する。

それはもう夢中でここの本を読み漁っていた彼女だ。既にだいたいの本の所在を把握したとも言っていたため、タイトルがわかれば見つけてくれるはずだ。

「いやぁ……シャルウィナちゃんかぁ。うーん、でもなぁ、やっぱりちょっとなぁ……」

頼めば目的の本を見つけられるかもしれない。けれどどうやら後ろめたい気持ちでもあるのか、その案を直ぐには受け入れようとしないルミナリア。

「ふーむ、とりあえず何じゃ。いったいどんな本を探しておる？」

そこまで渋る理由は何か。何を探していたら、そこまで秘密になるのか。その真意を探るべく、原因の本について問うたミラ。

するとルミナリアは小声で囁くように「……ここだけだからな」と告げて随分と薄目な本を取り出し開いてみせた。

「なんと……こ、これは！」

広げられたその本は漫画だった。けれど、ただの漫画ではない。二人の女の子がくんずほぐれつする姿が描かれた、かなり際どい百合漫画であったのだ。

「たまたま見つけて手に入れたんだけど、これがもう何というか、今一番のお気に入りでさ――」

ルミナリアいわく、かなり久しぶりの個人的大ヒットだという。

「ほぅ、これはなかなか……」

その内容は、一般向けとするには無理があるものだった。明るく優しい印象ながらも絡みのシーンになると一転、極めて濃厚。ほぼ間違いなく十八禁に分類される本だ。

そしてミラも、そこに惹かれるところがあった。ページをぱらぱらと捲(めく)りながら、思わずにんまりとした笑みを浮かべる。

ただ、濃厚なシーンを堪能していたのも束の間。

「いやいや、確かに大半の本が揃っておるところじゃが、こういった本は置いておらんじゃろう」

ここはイリスのために用意された図書室だ。当然ながら彼女にはまだ早い内容の本が、ここにあるはずがないとミラは断言する。

「ああ、それはそうだ。そこらへんは、ちゃんとわかってるさ」

「それならば、探すだけ無駄だともわかるじゃろうに」

アダルト向けな本はないという言葉に対し、その辺りは重々承知していると答えたルミナリア。対してミラは、わかっているというのなら尚更なぜに探していたのかと疑問を向ける。

「実は、ここなんだけどな――」

アダルト向けな本とは、まったく関係のなさそうなイリスの図書室。けれどルミナリアは、ここに関係する本があるかもしれないのだと続け、手にする本の最後のページを広げてみせた。

そこにあったのは、この漫画を描いた作者のコメントだった。

そんなコメントの中でルミナリアが、ここだと指摘した箇所。そこに書いてあったのは、この本が誕生した経緯だった。

いわく、作者はとある本を読み、すっかり虜になったそうだ。そしてそれを元に妄想を広げ形にしたのが、何を隠そうこの薄い本だという。

そう、ルミナリアお気に入りの本は、とある本の二次創作という形で世に生み出されたもの。つまり、同人誌であったのだ。

「この薄い感じからして何となく予想しておったが、やはりもう、この文化があるのじゃな……」

漫画がこの世界に齎(もたら)されてから、どれほどか。既にこの文化も侵食を始めているのかと、元プレイヤー達の行動の早さに呆れるミラ。

「二次創作を楽しむ界隈っていうのは、前からいたけどな。その広がりを爆発的に加速させたのは、まあ元プレイヤー共の仕業で間違いない」

娯楽関係の広げっぷりには、かなり躊躇がないと続けるルミナリア。そしてミラもまた、これまでの間にそれらしいものを幾つも見てきたため、確かにそのようだと苦笑する。

「それでだ。俺が探している本ってのは、この原作の方ってわけさ」

何はともあれ、そう話を本題に戻したルミナリア。どうやら、そのコメントを参考にある程度は情報を集めて絞り込んでいたそうだ。

現在判明している事は、三つ。

作者の名は『アルムス』。

原作のタイトルは『春色の情熱と純情』。

五年前にエルド出版という出版社から発売された漫画本で、幾つかの書店に並んでいた。

ちなみに内容は、少女達によるそれなりの描写はあるものの一般向けだそうだ。同人誌ほど濃厚な百合シーンというのは無いらしい。友達以上、恋人未満な少女達の甘酸っぱい関係が描かれた、何気ない日常と青春の物語との事だ。

「やっぱりさ、俺は思うわけだよ。二次創作を楽しむなら、その元となった作品も熟知してこそだってさ」

何やら感慨深げに語るルミナリアだが、つまりは『服を脱ぐ前も知っている方が、より興奮するよね』というような意味合いだ。その本意は不純に満ちている。

「ふーむ、そこまでわかっておるのなら直ぐに見つけられそうじゃがのぅ」

「それがそうでもなくてなぁ。随分前から使える情報網は全て使って探しているんだが、どうやっても見つけられないんだよ。特に出版社なんて直ぐ特定出来そうなのに、調べるとエルド出版の本が他にはないときたもんだ——」

作者の名とタイトルに加え出版社までわかっているのだから、探すのも簡単そうだと考えるミラ。けれど九賢者としてのあれこれまで利用しても原作を見つけられないそうだ。中でも驚くところは、その出版社について書店員が誰も知らなかった事だとルミナリアは言う。

「これまたミステリーじゃな。そう聞くと、どうにも気になってきたのぅ」

ニルヴァーナの女王アルマが用意したイリスの図書室には、一般的に出版されている本が全て揃っているという話だ。けれどそこにないだけでなく、出版社までも幻ときた。

目標は、本一冊。それでもルミナリアが本腰を入れて探し、なお見つからないなんて状況は相当なものだ。

「ここはもう俺の事については一切伏せたまま、どうにかシャルウィナちゃんに聞いてみたりは出来ないか？」

同人誌の原作がどうのこうのという話になると相談し辛いが、ただ単純に本を探していると言えば、協力してくれるのではないか。少しでも情報が欲しいのだろう、一度は渋った案を改めて口にするルミナリア。

「ふーむ。何かしらヒントを得られる可能性もあるが、そういう理由ならば最後の手段くらいにしておいた方がよいかもしれんな」

原作の方だけならばシャルウィナや、なんならイリスに相談してしまうという手も確かにある。けれど二人の様子を間近で見てきたミラは、やるにしても最後の最後。禁じ手くらいの選択肢にした方がいいという考えを述べた。

極度に本好きな二人である。そんな彼女達に探している本があるなんて相談したら、興味を持たれるのは間違いない。

そしてそのまま情熱に火が点いてしまったとしたらどうなるか。二人のその後の行動は、もはや予想も出来ない。もしかしたら真の動機に気づかれてしまう恐れだってある。

「なるほど、それはちょっと厄介だな……」

目的は純粋にその本を楽しむためではなく、エロエロな本を更に深く堪能するため。二人にその真実を知られるのは色々な意味も含めて辛いと苦悶するルミナリアは、その選択肢を頭から追い払った。

とにもかくにもイリスとシャルウィナの手は借りられないという事で、仕方なくミラとルミナリアは手分けして図書室を調べ回った。

とはいえ立派な図書室である事に加え、ここを我が城とするイリスが管理している場所だ。どこもかしこもしっかり整理整頓されている。漫画は漫画で一角に集められているため、タイトルと作者がわかっていれば絞り込むのも簡単だった。

けれどそれゆえに、ここになければどこにもないとわかるのも早い。

「何度見てもないなぁ」

「そうじゃのぅ。あるとしたら、この棚じゃが……さっぱりじゃな」

見落としがないか念入りに調べたが、『春色の情熱と純情』という本のみならず、『アルムス』という作者自体がここには何一つ見当たらなかった。

一作しか書いていないのか、複数の作品があるのかは不明だが、どちらにしろルミナリアが探している本は、この図書室には存在していないようだ。

出版された本（一般向け）なら全て揃っているというのが謳い文句の図書室。それでいて、その本がないというのは何故なのか。

「一番考えられる可能性は、この図書室が作られた頃には既にエルド出版というところが潰れていて本を確保出来なかった、といったところじゃろうか」

あるはずの場所に存在しない本。この事実について現実的に考えた結果、ミラが出した答えがそれだった。

これほどの量の本を揃えるとしたら、直接出版社と交渉するのが一番であろう。そしてニルヴァーナの女王アルマであれば、その交渉も十分に出来たはずだ。

ただ、だからこそ出版社自体が既に存在していなかった場合は、交渉のしようもないわけだ。

「あーぁ。もしかしたらって思ったんだけどなぁ」

ルミナリアの調査でも見つけられなかったという出版社自体が謎に満ちているものの、この図書室にないのなら、もはや存在していないのだろう。

と、二人が諦めかけたところだ――。

「何か明るいなって気がしたら、こんな夜中にどうしたの？」

図書室の明かりに誘われたのか、アルマがふらりとやってきたではないか。

まだ少しご機嫌そうな様子からして、幾らか酔いが残っているようだ。きっとミラと同じようにトイレに起きたところで、上の階の明かりが付いている事に気づきやってきたのであろう。

「お、丁度よいところに！」

「ああ、いいところに一番の人材がやってきたな！」

「え？　え？　なになにいきなり何なの!?」

彼女こそが、この図書室を作った張本人だ。なればこそ、蔵書についてもある程度の情報は持っているはず。そんな考えに至ったミラとルミナリアは素早くアルマを確保して、最も気になった事を彼女に問うた。

ここに置いていない本というのは、具体的にどういった部類の本なのかと。

「今更何でそんな事？　まあ、そのくらいならいいけど――」

こんな夜中に集まって何をしていたのかと思えば、聞かれた事はこれといって特別でもなんでもないような内容だ。

はてと首を傾げつつも、アルマはミラ達の疑問に詳しく答えてくれた。

まずは、個人の手記などといった一点もの。次に稀覯本の類。極めて入手し辛く数なども限られている本の中でも、お金で解決出来ないものなどは蔵書にないとの事だ。

「あ、それとエッチなやつもないからね。探しても無駄だから」

続きアルマは二人をじっと見やってから何か察しましたといった顔で、それも蔵書にないジャンルだと付け加えた。

「まあ、そうだな」

「むしろあったら驚くところじゃった」

いちいち連想されたのは遺憾だが、それもわかっていますよという態度で返すミラとルミナリア。そして、更に他にはと続きを促す。

「他に？　うーん、他って言われてもなぁ。出版社とか問屋とか片っ端から呼んで揃えたから、それ以外にないものなんてないはずだけど」

女王の力があってこそか。かなり念入りに本を集めたようだ。だからこそ余程自信もあるのか、アルマは先ほど答えた本以外ならここに揃っているはずだと豪語する。

「なら、ありそうなのになぁ」

「万が一じゃが、誰かが戻す場所を間違えたという可能性も……あるじゃろうか？」

けれど探しても見つけられなかったのは事実。ミラ達は、ならばどうしてここにないのだろうかと顔を見合わせその理由を考え始めた。

「ねぇ、どうしたの？　何でまた急にそんな事を気にし始めたの？」

かなり真剣に意見し合う様子が気になったのか、アルマはその目に興味を浮かべながら二人の間に割って入った。

「……まあ、ちょっと探している本があってさ」

アルマをじっと見つめたルミナリアは、彼女ならまあいいかといった顔で理由を答えた。イリスやシャルウィナほど本好きという印象のないアルマだ。そこまで深く根掘り葉掘り聞いてくる事もないだろう。

「へぇ、つまり一般向けの本を探しているって事だよね。珍しい。それならきっとここにあるはずだけど、探し方が悪いんじゃない？　で、なんていう本なの？」

ルミナリアについてよく知っているからこその反応というのだろうか。アルマは代わりに見つけてあげようという態度ながらも、にまにまとした笑みを浮かべ、その目に好奇心を宿していた。

「俺だって普通の本も読んだりするからな。……で、まあ探している本ってのは『春色の情熱と純情』ってタイトルなんだけど聞いた事あるか？　ちなみに作者は『アルムス』っていうんだけど」

アルマの目に対し反論するも、その言葉はアルマどころかミラにさえ響いていない。それを目の当たりにしたルミナリアは少し不服そうに口を尖らせながら、探している本について答えた。

「――えっ⁉」

直後だ。不意にアルマの顔から好奇心が消え失せ、代わりに驚きが浮かんだではないか。

「お、その反応、もしかして何か知ってるな？　なら教えてくれないか。その本は、ここにあるのか？　ないのか？」

アルマが見せた表情は、明らかにその本を知っているものだった。それほどまでにわかりやすい反応を見逃すはずもなく、これは有力な手掛かりを聞き出せるチャンスだと、ルミナリアは一気に捲し立てていく。

「ここにはないかな！」

これだけの蔵書を誇る図書室だ。その全ての本を把握するなど、それこそイリスやシャルウィナかそれ以上の熱意がなければ不可能だろう。だがアルマは、そうきっぱりと即答した。

「お、その感じ。ここにない理由まで知っていそうだな！」

即答出来るという事は、それだけしっかり把握出来ているという意味でもある。そう直感したルミナリアは、更に追及していく。

ただ、その理由というのは、成人指定や希少というように直ぐ明かせるものとは違うようだ。

「こほん。いい、これは女王としての忠告よ。その本を探すのだけは止めておきなさい。調べるのもだめ。わかったら早く寝るように！」

そう神妙な面持ちで告げたアルマは、「今ならまだ引き返せるから」と付け加えながらミラ達の間をするりとすり抜けて図書室から出ていってしまった。

「結局、どんな本だっていうんだ？」

「さっぱりじゃのぅ」

色々と謎な部分はあるものの、探していたのは一般に販売されていた本だ。特にこれといって問題などなさそうである。

だがアルマの反応は、明らかにおかしかった。

まるで何か腫れ物にでも触るかのような。それこそ、何かから遠ざけようとするかのような、そんな意図が感じられた。

「もしや曰く付き……だったりするのではないか？　発売後、作者がどうたらこうたらして本に何かが憑りつき、それを見てしまったものは……というような」

オカルトな事も普通にあるかもしれない。ここはそんな世界だと考えるミラは、その可能性について言及する。

「おいおい止めてくれよ……。本当にそんなんだったら、もう楽しめなくなるじゃねぇか」

同人誌の濃厚な百合描写を最大限に楽しむため、原作を探していたルミナリア。だからこそ原作にとんでもない経緯があったら、純粋にその世界を味わえなくなると嘆く。

「それは知らぬが、まあそうですかと納得するには、ちょいと興味の方が立ち過ぎてしまったのぅ」

「まあ、それはそうだな」

どのような理由があるにせよ、こんな秘密や謎を前にして止まれるはずがないというもの。今は恐れよりも興味の方が勝っていた。

では次は、どうするか。ミラとルミナリアは、真実を追求するための方法について相談するのだった。

そうこうして次の日の朝。皆で仲良く朝の食卓を囲んだ後。ニルヴァーナ城の廊下での事だ。

「ちょいと話したい事があるのじゃが」

「少しだけいいか？」

ミラとルミナリアは、アルマを執務室に叩き込んで戻る途中のエスメラルダに、そう声をかけた。

そう、二人で相談して決めた方法とは実に単純なもの。

アルマの御守り役のような立場にあるエスメラルダであれば、同じようにイリスの図書室について色々と把握しているのではないか。だから聞いてみよう、というものだった。

「あら、二人してどうしたの？」

何となく真剣みを帯びたミラ達だったが、無事に一仕事を終えて満足そうなエスメラルダは、ご機嫌な様子でこれに応じた。しかも、一見すると真剣に見えるが実際はそうでもない事だと見抜いているかのようだ。

「実は、ちょっと内緒で聞きたい事があるんだけどさ――」

と、ルミナリアが切り出したところだった。

「――探している本がある、とかでしょう？」

なんとエスメラルダが、ずばりその内容を言い当ててきたのだ。

なぜそれをと驚くミラとルミナリアだったが、その理由は至極単純。夜中に目を覚ました後、図書室でこそこそ相談している二人の話を聞いたからだという。

昨日の夜は、ほぼ皆がよく飲んでいた。エスメラルダもその類に漏れず同じような行動をした結果、その現場を目撃していたわけだ。

「細かい流れはわからないけど、何かの本を探していたもののアルマに教えて貰えなかったから、明日私に聞いてみようって話でしょう。で、どんな本を探していたの？」

エスメラルダが聞いていたのは、相談の最後の方だったようだ。だからこそミラ達が聞きに来るのはわかっていたが、その内容まではまだわかっていない様子である。

「まあ、話が早くていいな。探している本のタイトルは『春色の情熱と純情』っていうんだけどさ。話に聞いた限り、あの図書室にありそうなものなんだが見当たらなくてな」

「うむ、それで丁度やってきたアルマに尋ねてみたところ、何やら様子がおかしくなってのぅ。調べないようにと忠告されたわけじゃ」

「でも、そう言われると気になっちまうってもんだよな。っというわけで、こうして君に聞きにきたって流れさ」

昨夜の出来事について、簡潔に話したミラとルミナリア。

「あー、そういう事だったのね。まさかその本をピンポイントで探しているなんて、アルマの驚く顔が目に浮かぶわ」

直後、エスメラルダは納得したように頷くと同時に、愉快そうに笑い出した。そして「そんな偶然があるのね」と感心気味に呟く。

「その感じからして、知っているみたいだな。それなら是非とも教えてくれないか!?」

エスメラルダは、間違いなく何かを知っている。そう確信したルミナリアは、その本の情報について少しでも教えてほしいと頼み込む。

「別にいいわよ」

それがエスメラルダの返答だった。けれど、やはりというべきか気になってしまったのだろう。

「なんでまた、その本を探しているのか教えてくれたらね」

という言葉が、肯定の後に続けられた。

「……あー、うーん……っと」

エスメラルダは『春色の情熱と純情』について、きっと多くを知っている。けれどその情報を得るには、彼女に色々と打ち明けなければいけないようだ。

流石のルミナリアといえど知り合いの女性相手に、『エッチな本を十全に楽しむため』だなんて理由を素直に答えるのは幾らか抵抗があるようだ。その表情には、躊躇いと恥じらいが浮かんでいた。

けれど、ルミナリアにしては抵抗があったのだろうがミラにとっては完全に他人事だ。

「それは、その本がとある同人誌の原作だからじゃよ。こやつはどうにも凝り性でのぅ。その同人誌が最近のお気に入りらしくてな。それを十分に味わい尽くすため、こうして原作の本を探しておったという次第じゃ」

「おっつっつまっつ――――！」

今は、ここまでの過程でより興味を抱く事になった原作の事情を知る方が優先だ。ゆえにミラはエスメラルダに全てを包み隠さず正直に答える。なお、かなりエロ寄りの同人誌とまで明かさなかったのは、ミラなりの良心であろう。

当然ながら、これに慌てたのはルミナリアだ。とはいえミラは、どこ吹く風と彼女の抗議の声を聞き流し、エスメラルダに詳細を求めた。

「なんというか、思った以上にちょっとあれな理由だったから若干呆れているけど……まあいいわ。約束だものね」

ミラは明確にしていないが、ルミナリアという人物をそこそこ把握しているエスメラルダだ。どことなく察したのか、これ以上は追及しないという優しさを滲ませながら詳細を教えてくれた。

「えっと、先に言っておくわね。まずその本の作者『アルムス』っていうのは、アルマ本人なのよ――」

「え!?」

「なんとまぁ……」

エスメラルダが一番に明かしたのは、そんなまさかの事実であった。

いわく、『春色の情熱と純情』という本は、女王としての仕事が特に忙しかった頃、アルマが現実逃避代わりに描き連ねた妄想集だそうだ。

そしてある日、会議のためにやってきていた日之本委員会の自称凄腕編集者がその原稿を目にした事で、あれよあれよと漫画本の形になっていったという。

またエルド出版というのは、この『春色の情熱と純情』を販売するためにでっちあげた、その場限りの出版社であった。

ちなみに漫画の内容の方はというと、特に感情が不安定だった頃のものという事もあり、アルマにしてみるとちょっとした黒歴史に近い扱いになっているようだ。

大国の女王などという、とんでもない地位に立ってしまっているという重責やら何やらからくる反動が、その漫画に込められていた。

つまり漫画に描かれている世界は、彼女にとっての理想的な日常であり妄想の塊でもある。だからこそ、そのような本をイリスの図書室に加えるのには抵抗があった。

と、これが一冊の本を巡る謎を追い求めた末に辿り着いた真実だった。

「しかしまあ、これでは見つからぬのも当然じゃな」

ルミナリアが探していた本は発行部数も少なく、更に売れた分以外は既に回収済みとの事だ。

エスメラルダから最後に聞いた話によると、まだまだ百合文化が未成熟であったため思った通りの反響は得られなかった、というのが自称凄腕編集者の言い訳らしい。

「だなぁ。売れちまった一部以外は、女王パワーで全回収っていうんだから。そりゃあどこ探しても見つからないわけだ」

むしろ合点がいったと笑うルミナリアは、それでいてその目をギラギラと輝かせていた。

「アルマの妄想集という話じゃったが……その様子じゃと、まだ諦めてはおらんようじゃな」

その本は、とても貴重で素晴らしい幻の傑作というものではなく、知り合い女性の妄想日記のようなものだった。何とも言い難い謎だったと既に興味を失っているミラとは違い、ルミナリアの表情は不思議と燃え滾っている。

「そりゃあそうだろ。アルマちゃんが内に秘めた百合百合な妄想がそこにあるなんて聞かされたらな。ますます欲しくなってきたってもんよ！」

そう今の気持ちを叫ぶルミナリア。対してミラは、その意気込みに呆れて笑う。

ルミナリアといえば、その私生活もまた色々と複雑だ。特に女性関係については、なかなかの状態である。

ゆえに百合事情において、彼女はそれを特に好む傾向にあった。だからこそ今回得られた情報は、そのやる気を更に燃え上がらせる事となったようだ。

「して、どうすつもりじゃ？」

どれだけやる気になろうとも、探し物の本を隠してしまったのはアルマ女王だ。そう簡単に見つけられるはずもない。当然ながら交渉にも応じてはくれないだろう。

「とりあえずは、話にあった自称凄腕編集者ってのが誰かを特定する事から始める。なんなら回収した分を保管しているかもしれないしな」

どうやら既に、次の手は考えていたらしい。むしろ今回は、大きな手掛かりを得られた事で捜索が進展したと喜んでいるほどだった。

「いやぁ、極限状態のアルマちゃんが、どんな妄想をしていたのか。今から楽しみになってきた！」

探していた本の詳細が知れただけでなく、作者の正体や制作時の話までが明らかとなった。

これは俄然ヤル気が出たと意気込むルミナリアは、何とも下品な笑みを浮かべる。けれどその美貌の為せる業か、それでいて妖艶にも見えるのだから不思議なものだ。

(この件については、知らぬ存ぜぬで通すとしよう)

こうなったルミナリアを止めるのは、極めて面倒だ。また、これに協力しているなどとアルマに勘違いされたりしても堪ったものではない。

ゆえにこの件については全て忘れてしまおうと、ミラはそう心に決めるのだった。

# あとがき

お買い上げ、ありがとうございます！

遂にここまできました。きてしまいました。なんと、二十巻です。

それもこれも、ここまで携わって下さった多くの方々と、何よりも買い支えて下さった皆様のお陰でございます。

ありがとうございます。とてもとても、ありがとうございます！

この想いを胸に、ますます頑張っていこうと思います！


さて、年も明けました。すると気になるのは、やはり今年はどんなゲームが発売になるのかですよね！

まだまだ若かった昔に比べると、ゲームに向き合う気力と体力、そして何よりも技術が失われたと実感する日々です。

けれど、それでもまだゲームを楽しむ心は失っておりません！

最近、古（いにしえ）の闘争心が目覚めたものの時代遅れの自分の腕ではついていけずに挫折した、なんて事もありましたが……。

それは、自分の衰えに真っすぐ向き合っていなかったからこそ！

大切なのは、まず自分自身を理解する事です。しっかり今の自分に合ったゲームを選べば、まだまだ十分に楽しめるのです！

詰まったらレベルを上げて殴る。これが通用するタイプのゲームなら、今でも十分についていけますね。

後は、咄嗟の反射神経を必要としない、またはある程度猶予時間が設けられているというタイプならいけそうです！

ですが、もはや腕も頭もついていけないというのに、それらを酷使するようなゲームに惹かれてしまう事が幾らでもあります。

今回挫折したゲーム然り。今後発売する予定のゲームあれこれも然り。恐ろしい世界です。

と、そんな事を考えていると、いつもだいたい妄想してしまう事があるんですよね。

それは、今よりずっと遠い未来ではどんなゲームがあるのかな、というものです。

これについては前にも触れた気もしますが、まあそれはそれ。

ふと思うんですよね。百年どころか、それこそ五百年や千年くらい未来になるとゲームはどうなっているのかと。

それこそＶＲがどうこうとか、もはやそんなレベルを遥かに超えているんじゃないかと思うわけです。

他にも、もしかしたら宇宙開発がずっと進んでいるかもしれません。そうなったら、宇宙船の中でゲームを楽しむ人もいそうですよね。

しかも宇宙船と地球がオンラインで繋がって、距離なんて関係なく一緒に遊べたりしてそうです。

……オンラインゲームありますかね？　ありますよね？　むしろ今とは比べ物にならないくらいとんでもない規模のオンラインゲームとかありそうですよね。宇宙ネットワーク！

プレイヤー人口は数十億規模で、現実と変わらないくらいに再現された究極のリアリティ電脳空間。専用ＡＩによって進化し続ける無限の可能性。そしてそこでは、望むままの理想を叶える事が出来る。

もはやもう一つの現実！　セカンド・アース！

とかなったら、もう間違いなく入り浸っているでしょうね。

そして遭遇するレアイベント。そこから始まる数々の物語！　ゲームを終えても残るほどの現実感！　曖昧になっていく境界性！

気のせいかと思いきや、徐々に現実へと浸食し始めてくるゲームの世界！

ふと空を見上げたら、自分にしか見えない巨大な何かの影が!?

仲の良かったゲーム仲間が、ある日を境に別人に!?

……あれ？　何かおかしな方向にいってしまいましたね。

とにもかくにも、きっと想像も出来ないようなとんでもない時代が待っていると、そう自分は思うのです！

と、そんな遠い未来を妄想したりするわけですが……。

何やら日本には、日本で出版された本を全て保存している図書館があるという話を聞いた事があります。

つまりもしかしたら自分の本もそこに収められていたりする可能性が!?

もしもそうだとしたら、千年後とかにも自分の本が残っていたりするんですかね。

更にもしかしたら、そんな未来にたまたまこの本を手に取るような人がいて、このあとがきを見たりするかもしれないわけですよね！

そしてその人は、自分が妄想するしか出来なかったゲームの今というのを知っていると。

どうでしょう、見ていますか？　未来のゲームってやっぱり凄いですか？　教えて未来の人！

では、見果てぬ未来にメッセージを残したところで今回はこのあたりにしましょう。

自分が生きられるのは、今この時、この時代だけですしね。

また次巻も、なにとぞよろしくお願いいたします！

原作小説の世界を
美麗な筆致でさらに広げる
コミカライズ！
RideComics
賢者の弟子を名乗る賢者
She professed herself pupil of the wise man.
[ THE COMIC ]
すえみつぢっか／漫画
comic by dicca*suemitsu
りゅうせんひろつぐ／原作
original by hirotsugu ryusen
藤ちょこ／キャラクター原案
character by fuzichoco
コミックス①～⑪
絶賛発売中!!

Profile

## りゅうせんひろつぐ

今を時めく中二病患者です。
すでに末期なので、完治はしないだろうと妖精のお医者さんに言われました。
だけど悲観せず精一杯生きています。
来世までで構いませんので、覚えておいていただけると幸いです。

## 藤ちょこ

千葉県出身、東京都在住のイラストレーター。
書籍の挿絵やカードゲームの絵を中心に、いろいろ描いています。
チョコレートが主食です。

---

GC NOVELS

# 賢者の弟子を名乗る賢者 20

2024年3月8日　初版発行

著　　者　りゅうせんひろつぐ
イラスト　藤ちょこ

発 行 人　子安喜美子
編　　集　伊藤正和
編集補助　高橋美佳
装　　丁　横尾清隆
印 刷 所　株式会社平河工業社
発　　行　株式会社マイクロマガジン社
〒104-0041　東京都中央区新富1-3-7　ヨドコウビル
[販売部] TEL 03-3206-1641／FAX 03-3551-1208
[編集部] TEL 03-3551-9563／FAX 03-3551-9565
https://micromagazine.co.jp/

ISBN978-4-86716-538-6　C0093　

本書は小説投稿サイト「小説家になろう」(https://syosetu.com/)に掲載されていたものを、加筆の上書籍化したものです。



アンケートのお願い
右の二次元コードまたはURL(https://micromagazine.co.jp/me/)をご利用の上、本書に関するアンケートにご協力ください。

■スマートフォンにも対応しています(一部対応していない機種もあります)。
■サイトへのアクセス、登録・メール送信の際にかかる通信費はご負担ください。

ファンレター、作品のご感想をお待ちしています
宛先　〒104-0041　東京都中央区新富1-3-7　ヨドコウビル
株式会社マイクロマガジン社　GCノベルズ編集部「りゅうせんひろつぐ先生」係「藤ちょこ先生」係

昼は学生⁉ 夜は冒険者⁉
二拠点生活を送る
ダンジョン冒険譚‼
恋愛魔法学院
Love & magic Academy
ヒロインも悪役令嬢も関係ない。
俺は乙女ゲー世界で
最強を目指す
岡村豊蔵
Toyozo Okamura
illust. Parum
[1]
好評発売中‼
ヒロインも悪役令嬢も関係ない。
俺は乙女ゲー世界で
最強を目指す
[1]
岡村豊蔵
恋愛魔法学院

GC NOVELS 話題のウェブ小説、続々刊行！